カザアナ

森　絵都

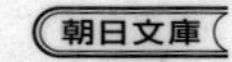

本書は二〇一九年七月、小社より刊行されたものに、加筆しました。

カザアナ　目次

【主な登場人物】

入谷（いりたに）ファミリー

里宇（りう）　勝ち気で元気な女の子。十四歳。茶色い髪がトレードマーク。

早久（さく）　里宇の弟。十一歳。負けず嫌い。ここ三週間ほど引きこもり中。

由阿（ゆあ）　里宇&早久の母。フリージャーナリスト。自由に生きている。

練（れん）　由阿の夫で里宇と早久の父親。故人。アイルランド人と日本人のミックス。

カザアナの人びと

岩瀬香瑠（かおる）　石に詳しい。

虹川（にじかわ）すず（鈴虫）　虫に詳しい。

天野照良（てるよし）（テル）　空が好き。

羽音（はおん）　？

入谷家と出会う人びと

次郎　早久の級友。最近様子が変。

十文字翔　久留瀬市役所職員。

殿（トノ）　ヌートリアのリーダー。またの名をラテンの君。

平安の世の人びと

八条院暲子内親王（はちじょういんしょうしないしんのう）　女院（にょいん）。鳥羽天皇の娘で、後白河天皇の異母妹。

後白河天皇（ごしらかわてんのう）　第七十七代天皇。退位後は長年、院政を行う。

平　清盛（たいらのきよもり）　栄華を誇った武将・公卿。平氏棟梁。「入道」「六波羅」「ふかすみの高平太」「天魔」など様々な異名を持つ。

以仁王（もちひとおう）　後白河の第三皇子。八条院の猶子（ゆうし）。

三位局（さんみのつぼね）　八条院暲子に仕えた。以仁王との間に一男一女を産む。

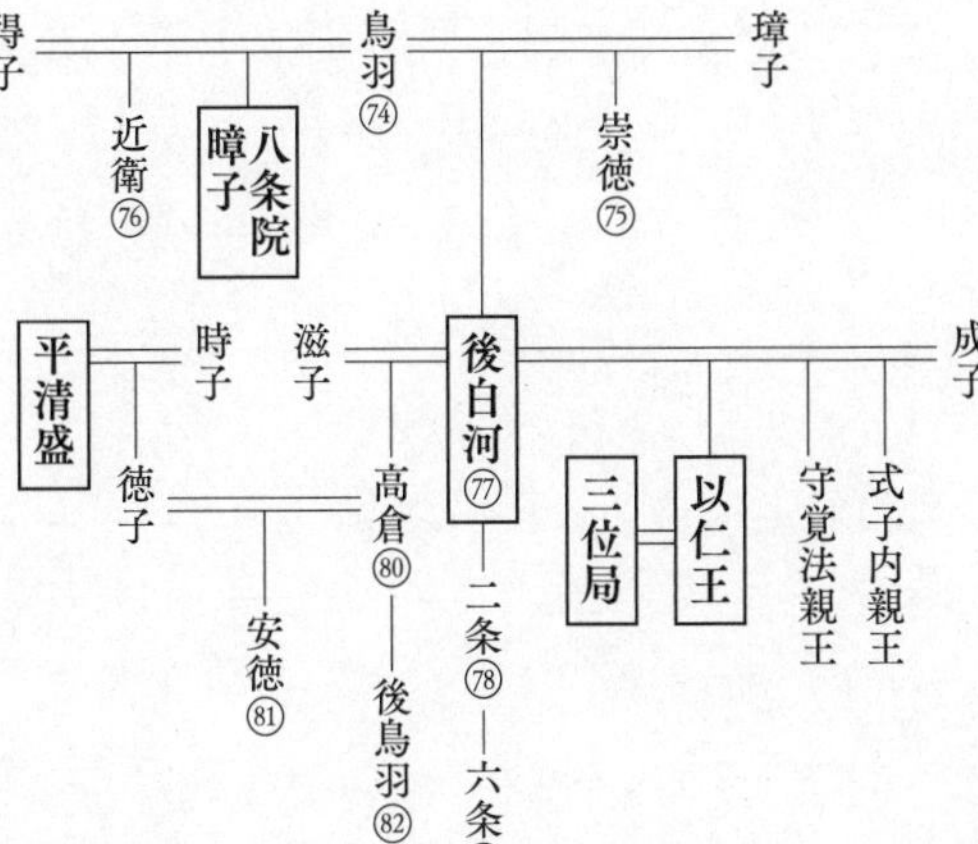

※一部、本作に合わせ省略等しています。
※数字は第○代目天皇

カザアナ

第一話　はじめに草をむしる

風穴（かざあな）？　ええ、ええ、風穴のことでしたら、しかとおぼえております。おぼえておりますとも。

かつて京の都でもてはやされた異能の徒。その怪（け）しき力ゆえに囲われ、使われ、疎（うと）まれ、あげくに葬られたあの者どものいたわしき運命を、なにゆえ忘れることができましょうか。あの者どもを襲った逆浪（げきろう）は、はるけき春秋を経たいまもなお、この不壊（ふえ）なる肌にあざあざと焼きついてはなれません。

怪しき力。いかにも、そう申しあげました。あなたさまはそれをお知りになりたいと？

ええ、申しあげましょう。あなたさまにならば申しあげましょう。

かの時代、風穴なる者どもには人の分をこえた力で万象を読み、人にあらぬものと念を通わせることができたのでございます。

まさしく、彼らは万象を読むのです。

なにを読むかはおのおのさまざま。

たとえば――

海を読み、漁の至りをあてる水読（みずよみ）。

空を読み、雨風の動きをあてる空読（そらよみ）。

風を読み、方様（かたさま）の吉凶をあてる風読（かぜよみ）。

月を読み、運気の流れをあてる月読（つきよみ）。

草花を読み、病によき種をあてる草読（くさよみ）。

土を読み、実りやすき穀物をあてる土読（つちよみ）。

石を読み、その地に眠る記憶をあてる石読（いしよみ）。

時を読み、機の熟するころあいをあてる時読（ときよみ）。

人の影を読み、ふりかかる災いをあてる影読（かげよみ）。

人の夢を読み、ものごとの先行きをあてる夢読（ゆめよみ）。

虫の気を読み、みずからの気と通わせる虫読（むしよみ）。

おなじく鳥と通いあう鳥読（とりよみ）に、獣と通いあう獣読（けものよみ）。

かくもさまざまな風穴どもがしきりに求められ、もてはやされておりました。

ええ、ええ、それはそれはくるおしく求められておりましたとも。

求めたのはほかでもございません、彼らを囲う富をもちうる貴人（あてびと）どもです。

さよう、貴人にございます。ことのほか体裁にのみ心をついやす殿上人が、位低き風穴どもをこぞって乞い求めた――これもまた奇しき話にきこえましょうが、当世の都のありさまと、はやり病のごとき風穴どもの人気とは、けっして縁なく切りはなされたものではございませんでした。

ええ、ええ、たしかに見目はうるわしき時代にございましたよ。いまにして思えばあれは、かのすさまじき世がおとずれる前の、最後の栄花であったのやもしれません。のちにわたくしの主となるあのお方の御殿にも、ひねもす、それはそれはたくさんの女房や貴人、侍たちが詰めていたときききます。雅なるものに背をむけていたあのお方はさておき、やんごとなき位の方々はみな、さぞや綺羅をつくして屋敷やその身をかざりたて、恋にこがれては和歌をよみ、夜には月をあおいでとわずがたりをし、風流を競っていたことでございましょう。のちの嵐を思いますれば、それはいかにも平らかなる時代にございました。

しかしながら、一方で、その平らかさに倦む者が少なくなかったのもまた事実にございます。とりわけ朝廷に仕える貴人どもの日暮らしは、型にはめられた気づまりなものでした。身分の上下はもとより、ひねもす彼らは伝統にしばられ、ことこまかな掟のかずかずに囚われておりました。なにをするにも正しき作法や手順を強いられ、それがまた微にいり細にわたっている。

貴人どもの繰りごとを編んだ「ものかげの集」なる和歌集がひそかに読まれておりましたのも、日ごろの憂さゆえにございましょうか。高き位とひきかえに、無味なるおつとめを強いられていた者どもは、胸につのるよどみの捌(は)けぐちを絶えず求めていたのです。ものかげの集しかり、恋のあだごとしかり、風穴しかり——。

ええ、まさしく。風穴どももまた、物憂き日々から彼らをときはなつ捌けぐちならばこそ、かくもはげしく求められたのでございましょう。

そもそも、風穴なる通り名からして、「ものかげの集」にある一首からとられたものといわれております。

ひさかたの雲井をはらふ嵐のみ　うがつ風穴かりそめの世に

〈空の雲に強くふきつけて払ってしまう嵐だけが、このはかない仮の現世に風穴を穿(うが)ってくれる〉

重き暗雲にふさがれた「かりそめの世」で、貴人どもは新しき風を待ちわびていたのでございましょう。空や風、月などと通ずる風穴は、まさしくうってつけの風にございました。なにせ彼らの怪しき力は、陰陽師(おんみょうじ)や呪師(じゅし)なる者どもをもってしても、遠くおよばぬものでございましたから。

加えて、陰陽師や呪師が帝からいただく職であったのに対し、風穴の力は天からいただく才にございました。祟りやもののけに類する霊妙なる力。それがいつ、なにゆえ彼らにもたらされたのかも、神仏のみぞ知る由縁にございます。

空読は空読の家に生まれ、水読は水読の家に生まれる。広く知られるはその一事のみ。彼らの小屋にはつねにその力を頼む者どもが集っておりました。いわば下々の助け人であった風穴を、貴人までもがひきたてはじめたころから、なにやらものものしげなことになってきたのでございます。

貧しき者どもがわけあってきた風穴の力を、欲深き貴人どもはわけあおうとはいたしませんでした。みずから足を運ぶ労を厭い、風穴を屋敷へよびつけていた彼らは、次第に執心の度を深め、ひいきの風穴を手もとにおきたがるようになりました。「風穴囲い」のはじまりにございます。

囲うと申しましても、もとより気ままな質で知られる風穴のこと、そこに主従のちなみはございません。風穴どもは着るものと寝る部屋、日に二度の膳を与えられ、用なきかぎりは好きに暮らしておりました。つまるところは、いそうろう。ひねもす屋敷をぶらつき、のどのどと時をやりすごしている囚われのなき様に、貴人どもは酔狂なる興をおぼえていたのやもしれません。

しかしながら、時につれて目方を増していくのが人の欲。風穴を囲った貴人どもは、遅かれ早かれ、俗な野心にとりつかれるのでございます。もっとすぐれた風穴がいれば自分も出世できるのではないか、富をたくわえられるのではないか、恋が叶うのではないか——。

かくして、貴人どももはいともあさましき風穴の奪いあいをはじめたのでございます。

「あの家には時読がいるらしい。せがれが正四位へ昇ったのはそのためだ」

「あの家は草読を囲ったらしい。道理で、死にそうだった婆さんがぴんぴんしているわけだ」

「あの男が熊に襲われたのは、恋がたきの家にいる獣読のさしがねらしい」

まことしやかな噂が都をかけぬけるたび、貴人どもは人に負けじと血眼になって才ある風穴を追いもとめ、その競りあいは年ごとにあさましさを増していきました。金にはなびかぬ風穴に砂金をおしつける者。色じかけでせまる者。弱みをにぎらんと企む者。

ええ、ええ、それはそれは見苦しきものでございましたよ。

のちに「治天の君」とあおがれた後白河さまが即位された翌年、風穴の横どりを禁ずる勅旨が下されたのは、よく知られた話にございます。新しきもの、めずらしきものを好まれた後白河さまは風穴へのおぼしめしもめでたくあられましたが、陰の治者たる藤原信西さまはみだりなる風穴囲いをゆゆしきものと忌みきらい、かずかずの決めごとをつくられました。よって、勅旨の明くる年、後白河さまの異母妹にあたるあのお方が齢二十一にして出家されたころには、すでに貴人が囲える風穴の数もかぎられていたのでございます。

風穴囲いを許されるのは従五位以上の貴人のみ。従五位から正四位までは風穴ひとり、従三位から正一位まではふたりをかぎりとす。かくなる掟ができてからというもの、風穴をめぐる空騒ぎもようようおちつきをみせてまいりました。唯一、天のいただきにおられる帝や院、女院のみが、三人の風穴を手もとにおくことを許されたのでございます。

忘れもいたしません。仏に仕えておられたあのお方が、その御殿に三人めの風穴を召されたのは、天のいただきに立つべく院号をたまわった二十五歳の年でした。

その名も、八条院暲子内親王さま――

さあ、あなたさまがお求めの話をいたしましょう。

並ぶ者なき位と富にめぐまれながらも、仏に身をささげ、弱き者どもを守りつづけた心清き女院――八条院さまが愛された風穴どもの話にございます。

1

運命なんて信じない、と言ったのはマムだった。
この世に絶対はない、と言ったのはダディだった。
それはそれとして、あたしは思う。あたしに運命の分かれ道があったとしたら、それは絶対に、あの日だったって。

中二の修了式があったあの日、あたしは午後から大忙しだった。一時から一時五十分までは区営温泉の受付係、二時から二時五十分までは賭場横町の案内係、三時五十分までは寄席のもぎり、四時から四時五十分までは藤寺のガイド役――サボりにサボってきた実習のツケを払うべく、まさに八面六臂の大活躍。ラストの藤寺で嘘くさい藤姫伝説を外国人ツーリストに語っているときには、マジでクラクラめまいがした。

留年したくない！　その一念で外ツーの大波小波をさばきつづけ、慣れない袴の裾を踏んづけては転けつづけ、「その髪は何だ」とケチをつけてくる景勝部員たちを「地毛です」と撃退しつづけて、やっとこタイムアウト。どうだとばかりに左手首のMWをお寺のタイムチェッカーにかざした。

たちまち、MWの画面にきらきらと虹色の紙吹雪が舞いあがり、念願のメッセージが躍った。

『あなたは今年度におけるボランティア実習の必須単位をクリアしました』

「やった、これで中三になれる！」

羽織袴から制服にすばやく着替えて、帰りは走りに走った。腰までの長髪をふりみだし、はりぼての町にひしめく外ツーたちの群れをかいくぐって、一目散に。

ゴミひとつ落ちていない道。

行儀よく連なる焦げ茶色の家々。

瓦風(かわらふう)ガルバリウムの屋根に、木板張りの外壁。

懐かしの行灯(あんどん)を模した街灯。

なんちゃって京都みたいな風景を突っ切っていくあいだ、ある一語がふっと頭をかすめた。

――あたしたちに故郷はない。

特Aエリアにいると、なんでだか、あたしは自分がどこにもいないみたいな気分になる。目の前に広がる町並みのよそよそしさに、まるで自分が迷子のエイリアンにでもなってしまったような。

――あたしたちに故郷はない。

――あたしたちに故郷はない。

——あたしたちに故郷はない。頭でリフレインしているうちに汗が引き、むしろ体が冷えてきた。街路樹が楓(かえで)から銀杏(いちょう)へ変わっているのを見て、空調万全の特Aエリアを抜けていたのに気がついた。腕にかけていたコートを羽織り、再び地面を蹴りつける。外ツーが少ない特Bエリアは見通しがよくて走りやすい。

「ちょっと、君、待って」

突然、後ろから呼びとめられたのは、特Cエリアの我が家までもうひと息というところだった。

待ってたまるか。どうせまた景勝部員だ。ふりむきもせず、あたしは逆に足を速めた。リタイア組の景勝部員なんかに走りで負けるはずがない。ところが——。

どういうわけか、追っ手の気配は一向に遠のかない。執拗な足音はむしろ刻々と迫ってくる。

「待ってってば」

ついに捕まった。やっとのことで家の門前まで到達したあたしの腕を、背後からのびてきた手がぐいとつかんだ。

力まかせにその手を払い、

「地毛ですっ」

叫びながらふりむいた瞬間、まるで深い時間の谷間へ沈みこんだような、奇妙な感覚に襲われた。

そこに藤姫がいたからだ。

どんなにインチキな伝説でも、何度もくりかえし声にしていれば、それなりのヒロイン像が自分の中で育っていく。しなやかな体。透けるように白い肌。細面の顔に端正な目鼻立ち。朝露をはじく花びらみたいにしっとりとしたその藤姫像に、そこにいた女の人はとても近かった。髪はショート、着ている服もシャツにデニムと現代風なのに、その肢体(したい)からはどこかたおやかな香りが立ちのぼっている。なにより、二十歳は優に超えているはずの彼女には、大人の女の生々しさがなかった。まるで何かの精みたいな——。

「君、誰？」

低いかすれ声に、はたと我に返った。

「……って、あなたこそ、誰ですか」

問い返すと、彼女もまた我に返ったように言葉を詰まらせた。

「私は……その、怪しい者ではありません」

「景勝部員？」

「いや、まさか」

「じゃ、なんで追いかけてくるんですか」

「ごめん。怖がらせるつもりはなかったんだけど」

切れ長の目が落ちつきを失う。弱り顔の彼女はきょろきょろと視線を泳がせ、やがてそれを門の格子越しに見える我が家の庭にすえた。

「ここ、君んち？」

「そうですけど」

「立派な藪(やぶ)だね」

「庭です」

「なかなかの野趣だ。手入れを投げだして五、六年目ってとこかな」

図星をさされて驚きながらも、あたしは動揺を押し殺して言った。

「母の方針なんです。植物はあるがままの自然が一番、と」

「一度でも人間の手が入った土地を完全な自然に戻すのは、そう簡単じゃないよ。一定の条件と長い時間が必要だ。君たちにその時間はないよね」

「はい？」

「この一帯は四月から景勝特区Bエリアにランクアップするはずだ。特Cの今より格段に規定が厳しくなる」

「ええ、そうです。でも、あなたには関係ありません」

警戒心まるだしのあたしに、彼女は急に表情を引きしめ、胸ポケットから出した一枚の名刺をさしだした。

「申し遅れましたが、私、こういう者です」

見ると、『株式会社カザアナ　岩瀬香瑠』とある。

「カザアナ？」

「いわゆる造園業者です」

「造園業……」

「君んちの庭とそれほど無関係でもない」

意外な接点に声をなくしたあたしに、その人――岩瀬香瑠さんはあまり上手くない営業スマイルで言ったのだった。

「これも何かのご縁。このお庭、うちに任せてくれたらお安くしますよ」

〈景勝条例第七条五号――景勝特区内に居住する市民は、各々に課せられた規定を遵守し、地域の美化に貢献しなければならない〉

もちろん、あたしも気にはしていた。特Cエリアから特Bエリアへのはた迷惑な昇格。ボランティア実習の単位をコンプリートしたら、つぎはうちの庭をなんとかしなければ、と。

こんなタイミングで造園会社の人が目の前に現れたら、どうしたって運命を感じてしまう。

「あ……でも、向こうからしたら、べつに偶然でもなかったのかな。最近この辺、業者さんの出入りが激しいもんね。特区改変需要ってやつ？　あの人も営業まわりとかしてたのかも」

岩瀬香瑠という人の不思議な佇(たたず)まいに当てられ、のぼせたようになっていた頭が冷めてきたのは、家に帰って弟の早久(さく)に一連の報告をしてからだ。

「けどさ、最初にその人から声かけられたとき、里宇(りう)は特Bエリアにいたわけじゃん。うちの庭はそこになかった。当てずっぽうで営業かけてきたってわけ？」

ペガトレで体幹トレーニング中だった早久の指摘が、あたしをさらに正気に返らせた。

言われてみれば、そうだ。何かおかしい。

「大体、普通は中学生に営業かけねーし。なんかべつにあるんじゃないの、里宇を追いかけた理由」

「べつって？」

「案外そいつ、ヌートリアの一味だったりして」

「まさか。ヌートリアがなんであたしを追いかけるのよ」

「勧誘。髪の色を見込まれて」

「だったら早久だって勧誘されてるでしょ」

「俺は里宇ほどこれ見よがしにのばしてないし、目つきだって悪くない。友達もいる」

「友達は関係ない」

「悪い奴（やつ）らは人間の孤独につけこむもんなんだよ」

知ったようなことを言ってるけど、どうせニノキンの受け売りだ。徐々に揺さぶりを激しくしていくペガサスの背中で器用にバランスをとっている弟に、あたしはシビアな一撃を返した。

「あんたこそ、友達いるなら学校に行きなよ」

痛いところの突（つつ）き合い。

チッと舌打ちが聞こえた直後、びょーんと跳ねあがったペガサスが大きく背中をのけぞらせ、青のジャージがぐらついた。

「うおーっ」

金属の首にしがみつこうともがくも、あえなく落下。明るい栗色の髪を宙にひらめかせ、早久がどすんと床へ沈んだ。

「イテーッ」

バカめ、と心でつぶやき、あたしはリビングをあとにした。

日がな家の中でエネルギーをもてあましている弟。これまた頭痛の種ではあるものの、優先順位としては、やっぱり今は庭だ。

〈マム、お仕事お疲れ。庭のことだけど、今日、偶然、造園会社の人と知りあったの。安くしてくれるって言ってるけど、どうする？　特Bエリアになるまであと十日。あせってます〉

三階の自室で着替えをしながらMメを送った五分後、出張中のマムから返事が届いた。

〈里宇、あなたを我が家の庭大臣に任命します。大臣のお眼鏡に適う業者さんなら契約してください。ただし、諸経費の半分くらいは助成金で賄えるようによろしく。また早久の様子も教えてね〉

やれやれ、丸投げかよ。

ため息をひとつ吐いたあと、あたしは庭大臣として最初の仕事を開始した。

まずはカザアナという会社について知ることだ。

〈カザアナさんのお陰で、長らく殺伐としていた我が家の庭が見事に甦りました。瑞々しい命の横溢に感動あるのみです。家族一同、心より感謝しております〉

〈玄関前のデッドスペースをミニ日本庭園に改造。噂通りのミラクルにびっくり！　待ちに待った甲斐があった！〉

〈カザアナさんに植栽をお願いしてからというもの、毎日のようにチョウさんの群れがうちの庭へ遊びにきてくれて、ご近所さんから「チョウの館」と呼ばれるようになりま

した（笑）〉

〈ついに特A指定を受けてしまい頭をかかえてた我々の前に救世主降臨。英国の裏庭風だった我が家の庭がたった一日でジャポい庭園に大変身。料金も良心的。カザアナさんに感謝〉

〈わたしが思うに、カザアナさんの真価を実感できるのは、施工から一定の時間を経てからではないでしょうか。とにかく、植物たちが、たくましいのです。うちの草木は、施工から一年をすぎた今も、元気いっぱいです〉

〈庭を美化して以来、喧嘩の絶えなかった我が家は何故だか平和である。これが噂のミラクルか？〉

〈もはやお別れするしかないとあきらめていた枯れ木がカザアナさんのおかげで生命の光をとりもどしました。農薬も使わずによくぞここまでと家内ともども感嘆しております〉

〈三ヶ月待ち……うーむ、と、うなった！　でも、待った！　待ってよかった！〉

〈正直、こちらの「お客様の声」を眉唾物と思っておった者ですが、ものは試しで発注した結果、今では己の猜疑心を恥じ入っております。疑り深い老人を謙虚にする、これもミラクルの一例でしょうか〉

驚いたこと、その一。カザアナは東京の福村市を本拠とする人気の造園会社だった。ネットの口コミはのきなみ高評価で、中には半年待ったという声もある。

驚いたこと、その二。会社のHPでは三人の代表取締役が紹介されていて、全員がまだ二十代という若社長たちの写真をよく見ると、なんと、そのうちの一人はあの岩瀬香瑠さんだった。

驚いたこと、その三。会社の沿革によると、カザアナの開業はわずか三年前。なのに、設立当初は三人きりだったスタッフが今では五十人を超えている。いくら景勝景気で業界全体が潤っているとはいえ、この躍進ぶりはまさにミラクルだ。

っていうか、そもそも「ミラクル」ってなんなのか——？

カザアナのことを知れば知るほど謎が増えていく。

第一、これだけ人気があるってことは、香瑠さんは仕事に困っていないはず。じゃあ、なんで中学生相手に営業なんてかけてきたのか？　ますますわけがわからない。

それでも、迷った末にあたしがカザアナへMメを送ったのは、やっぱり心のどこかで何かしらのミラクルを期待していたせいかもしれない。

驚いたこと、その四。長いウェイティングリストがあるにもかかわらず、それを飛びこして香瑠さんは翌日、早速、見積もりをとりに来てくれた。

2

一気に春が押しよせてきたような晴天の朝、約束の十時に鳴ったインターホンに応えて玄関の戸を開けると、そこにはHPで見た三人の若社長が顔をそろえていた。

「はじめまして、カザアナの天野照良と申します。ジョブネームはテルです。このたびはお見積もりのご依頼をありがとうございます」

「同じく、カザアナの虹川すず、ジョブネームは鈴虫です。どうぞよろしくお願いします」

「改めまして、岩瀬香瑠です。ジョブネームはそのまま香瑠です」

ぬうっと背の高いテルさんと、小柄なおだんご頭の鈴虫さん、そして中背の香瑠さん――なんともでこぼこな三人に、あたしは視線をジグザグさせながら長いこと見入ってしまった。なんだか三卵性の三つ子がそこにいるみたいで。

顔も体格も全然違う。なのに、醸しだされる空気感が似ている。天からの陽を顔いっぱいに浴びたテルさんの笑顔は太陽そのものみたいで、香瑠さんと同様、男の人の匂いがしない。鼻の頭に土をくっつけた鈴虫さんからは、女性どころか大人の匂いすらしない。

「お庭のことは香瑠から聞いてましたけど、たしかに、なかなかの密林っぷりですね」

「今どき、特Cエリアにこんなワイルドなお庭が残ってたなんて……」

「よく景勝部員が野放しにしててくれましたね」

不思議なトリオの登場に呆けるあたしの前で、三人は背後の庭をながめまわし、早くも仕事モードに入っている。

「まずは状態を拝見します」

やる気満々の彼らが庭へ踏みこんでいくと、あたしもサンダルを突っかけて外に出た。

「景勝部員、前はよく来てたんですけど、一人残らず母が追い返して、今じゃもう誰も……」

ぼそぼそつぶやきながら、玄関から延びる石畳の左右をながめる。地面の土も見えない藪の密度に、さすがに恥ずかしさがこみあげてくる。

たしかにこの六年間、わが家の庭は完全なネグレクト状態にあった。とりわけ水道法の改正でスプリンクラーが禁止されてからは、雨が土を湿らすに任せ、植えていた草花が枯れるに任せ、植えていない雑草がはびこるに任せていた。

ただし、言いわけをするなら、それは皆がこの庭を忘れていたせいじゃなく、たぶん、思いだすのがしんどかったせいだ。

アイルランド人と日本人のミックスだったダディがまだ家にいた頃の庭。まるで自然が象る小さな雑木林みたいだったここは、今から思うと、それを造ったダディそのものだった。素朴で、明るくて、あたたかくて、ちょっと抜けていて。家族みんなのオアシス。あたしのお気にいりはハナミズキの木で、ふんわりふくれた枝葉の下でよく本を読んだり、ぼんやりまどろんだりしたものだった。木の幹にもたれて頭をそらすと、空を透かす梢から陽の光が滴り、それが濃淡の緑と溶けあって、しゃらしゃら瞳に降りそそぐ。その音楽みたいな光を感じているだけで、自分の髪の色が人と違うことも、学校に居場所がないことも、故郷すらないような所在なさも、ひととき忘れていられた。門の前にはダディお手製の鳥の巣箱があって、雀や四十雀がよく遊びに来てくれた。草木のさざめきと鳥の歌。はじける光と緑の洪水。圧倒的な安らぎ。

それにくらべて今は……。重たい気分であたしは一面の藪を睨んだ。

隙間なく生い茂り、絡みあい、すべてを覆いつくす雑草たち。石畳も、プランターも、玄関との段差も、何もかもがその野蛮な緑に踏みしだかれている。隙間がないから光も入らない。ここだけ春に見捨てられたみたいだ。

「無理ですよね、あと九日で特B規定をクリアするなんて」

言われる前に自分から言うと、腰まで藪に浸かっていたテルさんが予想外の笑顔でふりむいた。

「いいえ、そんなことないですよ。このお庭、もともとの造園は抜群ですから、手間さえかければ必ず息を吹きかえします。土も悪くないし、日当たりもいいし、なにより空がすばらしい」

「空？」

「いい空です。このあたりは建築規制が厳しいおかげで空が高いんだ」

空と庭って関係あるのかな。

小首を傾(かし)げた直後、「おおっ」と甲高い声がした。

「ハンミョウ、見っけ！」

見ると、若草色のワンピースで藪に擬態した鈴虫さんが、高々と片手を突きあげている。

「ハンミョウ？」

「うん。めずらしい虫だよ」

見て見て、と手招かれて歩みよると、その小さな掌(てのひら)の上には変わった虫がいた。

青や赤、黄色などのメタルカラーで背中を光らせた虫。目はぎょろりと突きだし、六本の脚は蜘蛛(くも)みたいに長く、長すぎるから畳んでおけとばかりに関節で折れている。虫のことはよくわからないけど、カミキリムシとかの仲間かな。

「おおっ、見て。あっちにも、こっちにもいる！」

歓声とともに鈴虫さんが緑の海へ頭からダイブした。底の貝を漁るようにぐんぐんもぐっていく。

「おおっ、ここにも！　ひゃっほーっ」

この人、大丈夫……？

目で問うようにふりむくと、さっきまでそこにいた香瑠さんがいない。と思ったら、玄関先の段差にぼうっと座りこんでいた。

異様だったのは、その白い手が足もとの石畳をすりすりと撫でつけていたことだ。まるで猫でも撫でるみたいに、さっきまでのシャープな瞳をとろんとさせて。

にこにこ空を仰ぎつづけるテルさん。

ひたすら虫を追いかける鈴虫さん。

石畳をよしよしする香瑠さん。

この人たち、大丈夫……？

尋ねる相手を探しあぐねたあたしは、胸のお守りに手を当て、三階の窓をふりあおいだ。とたん、そこに見えた人影が部屋の奥へと消えた。

やっぱり、早久もこの珍客たちのことは気になっているみたいだ。

外界のいっさいに興味をなくしたわけじゃない。それを知って少しホッとした。

「まず、さしあたっての課題は特Bエリアの必須条件ですね。行灯と竹垣の設置、それから日本在来種植物の優先的栽培です。たとえばこちらのお庭にあるハナミズキ、あれは北アメリカから来た外来種ですが、すでに植栽されているものについては問題ありません。あくまで今後新たに植えるものに関しては在来種が望ましいって話ですので。水仙や菊は日本の固有種じゃなくても和風だからOKとか、そのへんの定義もわりと曖昧なんですよね。要するに、外ツー受けする草花を育ててくれってことです」

ひとしきり庭を見てもらったあと、家のリビングで話を聞いた。庭では奇行に走っていた三人も、幸い、屋根の下では普通だった。

てきぱきとその場を仕切っていたのは営業担当の香瑠さんだ。

「まず玄関先の行灯ですが、今は電気仕様の安いのが多くありますから、弊社のサイトでお好きなものを選んでください。で、庭まわりの竹垣……こちらも昨今は廉価な樹脂製のものが流行ってますけど、弊社は本物をお薦めしています。多少は高くついても、本物の竹はやっぱりいいですよ。経年とともに移ろう風情を味わえますし」

ハスキーボイスで説きつづける香瑠さんの横では、テルさんがにこにこと目尻を垂らし、そのまた横では鈴虫さんがちらちら窓の外を気にしている。

「極力、植物は今あるものを生かしていきましょう。こちらのお庭の植栽、一見ランダムなようでいて、その実、そうとう緻密に計算されています。まずは雑草を一掃して、本来あった植物にしっかり栄養と日光を届けましょう。環境さえ整えば、必ず本来の生命力が戻ります。うちは農薬や化学肥料を使わないぶん多少時間はかかりますけど」

「あの」と、あたしはここではじめて口をはさんだ。「病気の木とかも、農薬を使わないで治せるんですか」

ダディがいた頃は盛んに花を咲かせていた木々が、順にくったり元気をなくし、つぼみをつけなくなっていく。葉っぱにも白や茶色の斑が広がっているのをひそかに気にしていた。

「農薬がなくても治せますよ。それこそ根気ですけど、まずは病気の葉をしっかりと除いて、木酢液を散布する」

「てんとう虫も助けてくれますよ」

と、鈴虫さんが急に体を乗りだした。

「葉っぱを白くするうどんこ病、てんとう虫はあれを食べてくれるんです。そうだ、ミミズにも手伝ってもらいましょう。ミミズは土の質をよくしてくれますから」

てんとう虫にミミズ。つまり、なるべく自然の力に任せるってことか。

そういえば、ダディも農薬や化学肥料は土の中の微生物を殺してしまうと嫌っていた。本物の竹を使うとか、今ある植物を生かすとか、そういう考え方もダディと似ている。

変わり者っぽいけど悪人ではなさそうだし、時間もないし、この際、この人たちにお願いしようかな。藪の陰からダディが背中を押してくれている気がして、話を聞くほどにあたしの迷いは薄れていった。

「じゃ、その方向でお見積もりをお願いします。もし予算内でいけそうだったら、この場で契約させてもらいます」

お金の話になったとたんに、香瑠さんは「あれ」って顔をした。

「母は先週から出張中で、あたしがうちの庭大臣なんです」

聞かれる前にあたしは言った。

「うちは親イチの家庭で、フリーの記者をやってる母は今、超多忙なんです。世帯主のサインが必要だったら、あとから母に書かせます」

なんとしっかりした十四歳。大人たちはそんな目をしてあたしを見る。はずが、香瑠さんの表情は動かない。代わりに、ソファの真ん中で頭ひとつ飛びだしているテルさんが、ぬっと首をせりだした。

「え、ってことは君、いつもこの家に一人なの？　一人でなんでもやってるの？　なんでも大臣？　ごはん作るのも食べるのも？」

「いえ」と、テルさんの驚きように驚きながら、あたしは首を横にふった。「大臣は庭だけです。ごはんは母がフリーズしてくれてるし、食べるのは弟と一緒だし」

「あ、弟さんがいるんだ。そっか、そっか。ああ、よかった」

テルさんの垂れ目に艶が戻る。わかりやすい人だ。

「じゃ、一人きりじゃないんだね。弟さん、今日はお留守？」

「いえ、家にはいますけど」

「じゃあ呼ぼうよ」

「え」

「一緒に話そう。弟さんの庭でもあるんだし、ぜひ意見を聞きたいな」

前のめりに迫られ、「でも」とあたしは口ごもった。

「弟、たぶん、出てこないと思います」

「え、なんで」

「じつは最近、引きこもってて……人に会いたがらないっていうか、外に出たがらないっていうか」

思ったとおり、テルさんの瞳はたちまち暗転した。

「ええっ、どうして。弟さん、どうしちゃったの？　悩みでもあるの？　いや、あるから引きこもってるんだろうけど」

「あたしもあるとは思うんですけど、何なのかわからなくて」

庭の世話をしに来た人が、なぜか家庭の世話まで焼いている。なんだこの展開、と思いながらも、ガードが固いはずのあたしの口はなぜだか徐々にゆるんでいく。

「もともとは、ダンス教室がきっかけだったんです。うちの弟……早久っていうんですけど、体を動かすのが大好きで、小学校に上がった頃からずっとJポップダンスを習ってたんです。でも二年前、伝統文化の優先条例ができてから、オバシーなダンスは肩身が狭くなっちゃって。みんな能とか阿波踊りとかの教室へ流れて、ダンス教室の仲間はどんどん減って……今月のはじめ、ついに先生が教室の閉鎖を宣言したんです。その翌日からです、早久が家から出なくなったのは」

テルさんの唇がへの字につぶれた。

「ダンス教室がなくなったら、学校へも通わなくなっちゃったってこと？」

「はい。変ですよね。でも、それしか思いあたることがなくて」

「早久くん、好きなダンスができなくなって、絶望しちゃったのかな」

「最初はあたしもそう思いました。でも、いくらなんでも、ダンスができなくなったからって三週間も学校休みませんよね」

「学校で友達と何かトラブルがあったとか？」

「それはないと思います。早久はあたしと同じで髪が茶色いけど、あたしと違って、そのへんはうまくやれる子なんです。友達も多いし、学校も大好きで、熱があっても行きたがるくらいで」

「うーん」

顔も知らない弟のことで、いよいよテルさんは悩みに悩んでいる。

「となると、残る可能性としては、担任の先生と……」

「先生もすごくいい人で、ちょくちょくうちに来てくれて、よく二人でゲームしてます」

「勉強教えに来るんじゃないの」

「勉強はニノキンが見てくれるから」

「おっ、売れに売れてるAI家庭教師か。けど、勉強にも困ってないとなると、ますます理由がわからないね」

　ふわふわのくせっ毛を掻いて、テルさんが悩ましげに黙りこむ。

　と、その横から香瑠さんがおもむろに口を開いた。

「なんかあったんだと思うよ」

「はい？」

「ダンス教室の閉鎖が決まった日、早久くん、かなり落ちこんで帰ってきたでしょ。いつもの彼っぽくない足どりで」

「え、なんでわかるんですか」

　たしかに、あの夜の早久はいつもと違った。普段なら、レッスンの帰りはやたらとハイテンションで、門からの石畳を踊りながら渡ってくるのに、あの夜はその音がしなかった。ただいまの声もなく、顔も見せずに自分の部屋へ引っこんでしまった。

「香瑠さん、早久に会ったこともないのに、なんでそんなこと……」

謎の人、香瑠さんへの疑念が声に滲むと、涼やかな瞳がかすかに波立った。

「いや……だって、好きなことを奪われたら、それは誰だって落ちこむでしょう。まだ十一歳の男の子が、そう簡単には割りきれないだろうし」

「なんで十一歳ってわかるんですか」

「え」

「あたし、言ってませんよね。早久の齢」

アイスミントティーのグラスにのびていた手が止まった。今度こそはっきりと顔を強ばらせた香瑠さんの横で、嘘のつけないテルさんもぎくっと息を止め、ますます落ちつきをなくした鈴虫さんの視線は蜂のダンスを描いている。

ああ、やっぱり……と、このとき確信した。この人たちには、何かある。

その何かを探るようにあたしが目を力ませたのと、テルさんと鈴虫さんが席を立ったのと、ほぼ同時だった。

「香瑠、あとはよろしく」

「私たち、お庭で草むしりでもしてますね」

逃げるように二人がいなくなると、急にがらんとなったリビングには香瑠さんとあたしだけが残された。まるで最初からこうなるはずだったみたいに。

こうなるはずだったんだろう。無言のままお茶のグラスを手にとり、時間をかけて飲みほしたとき、香瑠さんの目からはもう動揺が消えていた。代わりに静かな覚悟のようなものが宿っている。

「教えてください」

あたしは右の掌をお守りのふくらみに当て、ざわつく胸を鎮めながら香瑠さんと向き合った。

「目的は何ですか。最初に会ったとき、なんであたしを追ってきたんですか。ただ見積もりをお願いしただけなのに、なんで代表三人もそろって来てくれたんですか」

何を聞いても香瑠さんは答えず、凪いだ瞳をじっと一点にすえている。胸もとに置いたあたしの手。その親指の付け根あたりの――

「え……」

彼女の視線があたしの掌と服を貫き、その下にあるお守りを捉えているのに気づいた瞬間、全身がぞわっと粟立った。

まさか。そんな。どうして。

言葉をなくしたあたしの胸から首へ、香瑠さんの視線がゆっくりと這いあがってくる。

目が合うと、彼女は言った。

「君に頼みがある」

「頼み？」

「その石を、見せてもらえないか」

やっぱり。力をなくした右手が胸からすべりおちた。服の下にずっと隠してきたのに。今日だって、厚めのトレーナーで完全に覆っているのに。早久にさえ石のことは話していないのに。

なのになぜ、あなたは見抜いたの？

もはや憚(はばか)りもなく胸の一点を凝視しつづける香瑠さんに、あたしは心で強く問いかけた。

あなたは、誰？

そして――

この石は、何？

3

石との出会いは三年半前、あたしがまだモーニングピープルだった頃のことだった。

モーニングピープルというのは、朝の早くから起きだして、せっせと動きまわっている人たちのこと。夜の闇が褪(あ)せて青が萌(も)えだす明け方、仄明(ほの)るい空のもとで活動を開始する人たちは、一種独特の気配を放っている。早朝通勤の人も、犬の散歩をする人も、公園で体操する人も、千鳥足で朝帰りをする人も、誰もがまだちゃんとはじまりきっていない一日に溶けこめず、妙に輪郭を浮きあがらせている。世界と自分とのあいだに際やかな一線を引いている。

あたしは走る人だった。

小四の頃から毎朝走りはじめて、少しずつ距離をのばしていった。もともと運動は得意じゃないけど、続けることで「走る自分」に慣れていった感じ。日に日に体が軽くなり、足腰が鍛えられていく実感があたしを新しい道へ押しだした。まだ汚れていない空気をかきわける感触も気に入っていた。

小五の秋に修学旅行で京都を訪ねたときも、だから、あたしは当然のように早起きをしてホテルを抜けだし、朝ぼらけの町を走ったんだ。

京都の道は新鮮だった。景勝特区の外にも豊富な緑があり、その一部は赤や黄色に色を熟して、枝葉のあいだからは急ごしらえじゃない本物の古色が覗(のぞ)いていた。由緒ありげな日本家屋。神社の鳥居。お寺の塔。苔(こけ)むした岩。竹藪。当時はすでに「ジャポい」や「オバシー」が流行語になっていて、あたしたちが暮らす藤寺町(ふじでらちょう)にもメッキ仕立てみたいな和風の建物が増えていたけれど、いざ本場へ来てみると、小学生の目にもその違いはありありとしていた。歴史や情緒はお金じゃ買えない。

まがいものじゃないわびさびに胸をときめかせて、あたしはノンストップで本物の古都を駆けぬけた。帰路のことも忘れて走りに走った。おかげで、風にひりついていた目が一人のおばあさんを捉えた頃には、すっかり道に迷っていた。

あれは何時頃のことだったのか。一日はもうしっかりとはじまってしまい、世界は汚れはじめていたような気もするし、まだぎりぎりの清涼を守っていた気もする。早朝と朝のあわいみたいな地点。そこであたしはおばあさんと出会った。

こんもりとうずたかい山があった。それだけははっきり思いだせる。大通り沿いの歩道を走っていたら、いきなり、住宅街を襲うゴジラみたいな山が現れた。そばには小川もあった。小さな小さな川。ちょろちょろ流れる水は澄んでいた。

茶系の和服を着たおばあさんはそのほとりに佇み、皺(しわ)んだ首を傾けて、水の流れを見下ろしていた。落ちくぼんだその目には思いつめたような陰があった。底が透けるほどの浅瀬でなかったら物騒な想像をしていたかもしれない。

どう見ても訳あり風の彼女に、なぜ、ひとみしりのあたしが自分から声をかけたりしたのか。

そう、不思議はすでにそこからはじまっていた。

「あの、すみません」

あたしの一声に、はたと目を覚ましたように、おばあさんは夢うつつの顔をふりむかせた。齢は八十か、九十か。向き合うと、思っていた以上に彼女は老いていて、痩せた体は歩みよっていくほどにますます縮んでいく気がした。

「おはようございます」

数歩手前で足を止めたあたしの挨拶に、おばあさんの顔から困惑の色が消えた。代わりに覗いたのは穏やかな笑みだ。

「おはようございます。朝からマラソン？　えらいわね」

返ってきたのは上品にしわがれた声だった。

「いえ……その、軽いジョギングです」

「このあたりのお嬢さん？」

「いいえ。あの、東京から修学旅行で来ていて」

「あら」

「何も考えずに走ってたら、帰りの道がわからなくなってしまって」

「それは大変。ホテルはどのあたり？」

あたしがホテルの場所を告げると、おばあさんは「まあ、そんなに遠くから？」と目を見張った。それから、自分もこのあたりの住民ではないと断った上で、おそらくホテルはあの方角だろうと小枝みたいに細い指で示してくれた。

「この道をまっすぐ行けば大通りに出るから、そこで地元の方に聞いてちょうだい。お役に立てなくてごめんなさいね」

「いえ、そんな。助かりました」

「でも、本当に感心だわ。旅行先でも早起きをして、一人でマラソンするなんて。よほど体を動かすのがお好きなのね」

はい、とうなずいて流せばいい。わかっていながらも、あたしはなぜだかそうしなかった。

「あの、運動はあんまり……」

「あら、お好きじゃないの？」

「はい。小さい頃から、何をやってもいまいちで」

「でも、走っているのね」

「毎朝走ってます」

会話のとだえた一瞬のあと、おばあさんは心得顔でこっくりとうなずいた。

「何かわけがあるのね」

わけ。あたしは自分の心にそれを問うた。好きでもないのに走るわけ。

「逃げ足を、鍛えておきたくて」

自分へ向けた答えのはずが、うっかり口に出していた。

逃げ足を鍛える。自分の耳にさえひどく突飛で漠然とした「わけ」に響いたのに、おばあさんは怪訝(けげん)な顔をしなかった。それどころか、

「逃げる。大事なことね。とても大事なこと」

噛みしめるように何度もうなずいてくれた。

「私にも逃げたいものはあるわ。でも、もう無理ね、この齢になると足腰がおぼつかなくて。お嬢さん、あなたは何から逃げたいの？」

あたしは少し考えてから言った。

「強い力」

これまたひどく漠然としていたせいだろうか。ぷつんと糸が切れるみたいに、そこで突然、対話は断たれた。おばあさんの意識があたしからすべりおち、足下の川へ流れていくのが目に見えるようだった。それを追ってあたしも瞳を落とす。水の色がさっきよりも明るい。太陽が昇ってきた。

内なる世界へ戻った彼女を邪魔しないように、あたしは小さく一礼し、さっき示された方向へ走っていこうとした。が、その前に、別人のような声が追ってきた。

「待って。あなたにお願いがあるの」

ふりむき、あたしはびくっとした。深い静けさの中にあったおばあさんの顔が、一転して鬼気迫る激しさでゆがんでいた。

「こ、これを……」

朝の冷気にかじかんでいたのかもしれない。動きの鈍い手を必死で操って、おばあさんが懐（ふところ）から小さな袋をとりだした。見るからに古びた掌サイズの巾着袋。泥水で煮しめたような生地の袋口には幾重にも紐（ひも）が巻きつけられていた。

「これを、もらってくれないかしら」

すがるような一言のあと、堰（せき）を切ったようにおばあさんはしゃべりだした。

その袋には彼女の家に伝わる秘宝が入っていること。それはこの世に二つとない特別な石であること。なぜ特別なのか、肝心の由縁が時代の波に揉（も）まれて剝がれおちてしまってからも、彼女の先祖は代々その石を大切に受け継いできたこと——。

「なのに、私には石を託せる子供がいないの。その上、この体は病んでいて、いつお迎えが来るかわからない。私亡きあと、この石はどうなってしまうのか……」

今も病魔と闘っているのか、苦しげに胸を上下させながら、おばあさんは懸命に何かを伝えようとしていた。

「いっそ、この土地へお返ししようかと迷っていたら、あなたが声をかけてくれたの。これぞ巡り合わせ……いいえ、仏さまのおぼしめしではないかしら」

あたしはおばあさんの手にある袋を見つめた。どんな石なのか。なぜ特別なのか。考える前にすっと手がのびていた。

見えない力にたぐられ、袋があたしの手に渡った。軽い。

「開けてみてもいいですか」

尋ねると、おばあさんは「え」と唇をひくつかせた。巾着袋を手放した彼女の体はまた一段と縮んだようにも見えた。その心細い背中を朝日が照らしつけている。輪郭が淡い。

この地上はもうモーニングピープルのものではなかった。こぞって動きはじめた人々の気配。車のクラクション。飛行機の轟音（ごうおん）。数多（あまた）の音が忙しく交差する中で、あたしは息を殺して返事を待った。

「これまで、誰も開けずにきたようだけど……」

やがて、おばあさんの空虚な声がした。

「今となっては、その理由もわからない。あなたにお任せするわ」

これでもかとばかりに巻きつけられていた紐を苦労して解（ほど）いたのは、東京へ戻ってからのことだ。

ばりばりの硬い生地は糸の特性によるものか、それとも歳月がそうさせたのか。泥のような茶色は本来の色なのか、ただの汚れなのか。謎は尽きないものの、いずれにしても巾着袋はぼろだった。ぼろぼろだった。そこから現れた石だけが、生まれたてのようにつやつやと輝いていた。

海の青とも野の緑ともつかない澄んだ青緑。こんな色の石は見たことがなかった。細かな気泡が入っているせいか、光にかざすと、本物の水泡や野の露のような光彩がちらちらと瞬(またた)く。形はいわゆる勾玉(まがたま)で、おたまじゃくしが丸まったみたいなCの字の、ちょうど目に当たるところに小さな穴が開いていた。その穴に革紐を通したのは、首からかけてずっと一緒にいるためだ。

はじめて胸に垂らした日から、実際、あたしたちはずっと一緒だった。肌にその石が触れているだけで、特別な何かに守られている気がして、安心した。おかげであたしは前ほど「強い力」を恐れなくなって、逃げ足を鍛えなければという焦燥も弱まり、ジョギングの日課もいつしか過去のものとなっていった。

あたしをモーニングピープルから卒業させた石。

その石が、人目を忍びつづけた三年半を経て、今、香瑠さんの手に渡ろうとしている。

――その石を、見せてもらえないか。

ずばり言われたときは耳を疑った。同時に、どこか深いところで納得している自分もいた。

特別な石。おばあさんがそう語ったこれは、きっと、香瑠さんにとっても特別なものなのだろう。だから、路上であたしを見かけたとき、そのスペシャルな何かに反応して、石の存在を嗅ぎつけた。だから、全力で追ってきた。だから、庭を利用してあたしに近づいた。だから、Mメを送ったらすぐに来てくれた。

目的は、石だった。そうとわかると力が抜けた。

「もっと、早く言ってくれればよかったのに……」

これまで誰にも見せていない石。でも、香瑠さんにならば見せてもいい気がする。いや、見せなきゃいけない気がする。

あたしは首の後ろに手をまわして革紐を引いた。トレーナーの首もとから石が覗くと、いつもクールな香瑠さんの頬がくっきり紅く色づいた。

「どうぞ」

あたしがさしだしたそれを、香瑠さんの手がぎこちなく受けとった。その白い掌に、青緑の石はくやしいくらいよく似合った。窓からの陽を浴びた石は、すべらかな表面に青い炎のような光の膜を張って、よりいっそうに美しい。

「あたしがこの石をもってるって、なんでわかったんですか」

「その石のこと、何か知ってるんですか」

何を聞いても無駄だった。あたしのことなんか忘れたみたいに、香瑠さんはただ石だけを見つめている。視覚も、聴覚も、嗅覚も、あらゆる神経を掌の上に集中させて。こんなにも無防備な、透明な、無心な人の顔をはじめて見た。

窓の外ではいよいよ春めいた光が躍っていた。ときおり耳をかすめるテルさんと鈴虫さんの声は、どこかべつの世界から聞こえてくるようだった。微動だにせず石と向きあう香瑠さんの顔は、時間が経つほどにますます透きとおった。ついには無機質な一滴になってしまったかのように、やがて、片方の目からつっと一筋の涙を伝わせた。

はじかれたようにあたしは口走った。

「その石、あげます」

「え」

「香瑠さんにあげます。どうせ人からもらったものだし」

「いや、でも……大事なものなのでしょう」

「はい、お守りみたいな。でも……」

でも、香瑠さんの涙を見たら、わかってしまったのだ。この石は、あたしのもとへ来るべくして来たわけじゃなかった。あたしは石と香瑠さんを結ぶ役を託されただけ。

「でも、もういいです」

「いいの？」

その手はもう石を放せない。傍目(はため)にもそれは一目瞭然なのに、香瑠さんは律儀にためらってみせる。

「はい。きっと、その石も香瑠さんといたいと思います」

「本当に、いいの？」

香瑠さんはなおもためらった。ただし、今度は口だけだった。その言葉とは裏腹に、彼女の長い指は青緑の石を固く握りしめていたからだ。

　庭の施工料に話を戻したのは、香瑠さんから問われるまま、あたしがおばあさんとの出会いについてひとしきり語りおわってからのこと。

　カザアナの基本料金はとても良心的で、おまけに、香瑠さんはそこから三割も値引きをしてくれた。

「ありがとうございます。日本のメディアから干されてる母が泣いて喜びます！」

　交渉成立後、石のない胸もとのさびしさを引きずりながら、香瑠さんと一緒にテルさんと鈴虫さんを呼びに行った。明々（あかあか）とした陽が立ちこめる庭で、二人はへらみたいな道具を片手にせっせと草をむしっていた。

　目を疑ったのは、二人の横にもう一人の影を見たときだ。

　この三週間、一歩も家から出なかった弟が、額に汗してせっせと雑草を引っこぬいていた。

「早久？　何してるの」

　呼びかけると、ばつが悪そうな顔がこちらをふりむいた。

「ハンミョウ、探してんだよ」

「ハンミョウ？」

「ありえねー虫。けど、ほんとにいたんだ。この目で見たんだ」

鼻息荒く早久がしゃべりだしたのは、たしかにありえない話だった。

およそ半時間前、三階の自室でニノキンの授業を受けていた早久は、なにやら背後に気配を感じてふりむいた。と、その目に信じがたいものを見た。赤や青のぎんぎら模様で背中を彩った五匹の虫が、床板の上に横一列のラインを描き、コサックダンスを踊っていた。

コサックダンス——胸の前で腕を組んで膝を折り、ぴょんぴょん跳ねながら右脚と左脚を交互に前へ出す、アレだ。スポンジケーキみたいな帽子を被ったロシア人の踊り。それを虫たちが踊ってた。

「ありえねー」

とつぶやきながらも、早久は見事に息の合った五匹の踊りに心を奪われた。虫ならではの細くしなやかな美脚が生みだす躍動。リズム感。キレ。調和。ダンス好きの彼はそこに学ぶべきものを見出したのだ。

ところが、早久が本腰を入れて目をこらすなり、横一列だった五匹は縦へ隊列を改めて前進をはじめた。これまた見事なコサックダンスのマーチで床を突っ切ると、今度は壁を這いあがり、開け放たれていた窓へ到達。窓枠の向こうへ姿をくらませた。

慌てて駆けよった早久が窓から身を乗りだしたとき、五匹はコサックダンスを続けながら家の外壁を這いおりていくところだった。いかにも翅がありそうなのに、飛ばない。

「あいつら、本物だ」

そこに真性のダンサー魂を見てとり、早久はいよいよ興奮した。

「まだ庭にいるはずだ」

あのダンスをもうひと目見たい。その一心で早久が庭へ急ぐと（家に引きこもっていたことは忘れていたっぽい）、そこでは造園業者の二人が黙々と草をむしっていた。

「あのさ、コサックダンスを踊ってるカラフルな虫、見なかった？」

よほど気が急いていたのだろう。とっさにそう口走ってから、早久はその質問のアホっぽさに気づいて赤面した。ところが、

「え、カラフルって、何色？　模様はあった？」

業者の女性はなぜだか「コサックダンス」よりも「カラフル」のほうに反応し、根掘り葉掘り特徴を聞きだしたあげく、それはきっとハンミョウにちがいないと結論づけた。

「ハンミョウだったら、さっき、私もこの庭で見たよ。まだ雑草の下に隠れてるんじゃないかな。見つけたいなら、君も一緒にむしろう」

「えっ、俺が？」

「だって、君んちの庭でしょ」

というわけで、早久はしぶしぶ草むしりに加わることになった。

「そしたらさ、これが結構、手強(てごわ)いんだわ。根っこごと引っこぬくのって、マジ難しい。途中で切れると超むかつく」

コサックダンスを踊る虫を探すため、ひさびさの外気を浴びている弟。地面すれすれにしゃがみこみ、土にまみれて雑草と格闘しているその姿に、あたしはどんな言葉をかければいいかわからず、ただ一言、心の中で「ミラクル」とつぶやいた。それから、よし、とトレーナーの袖をまくった。

「つきあうよ」

「え。マジ?」

「あたしも見てみたいから、そのコサックダンス」

言いながら首をまわし、意味深な笑みを浮かべている三人をふりかえった。目が合うと、香瑠さんは「よし」とうなずいた。

「こうなったら、みんなで力を合わせて雑草を一掃しよう。今日中にやっとけば、つぎの施工日までに土を育てられる」

そうして総出の草むしりがはじまったのだけど、早久の言うとおり、それは口で言うほど楽ではなかった。根元から抜くのが難しいという以前に、いったいどれが雑草でどれがダディの植えた種なのか、てんで見分けがつかないのだ。

「それはイヌガラシって雑草。抜いていいよ」

「それはハツコイソウ。オーストラリアの種だから、人の手で植えられたものだろうな」

「それは胡瓜草。雑草だけど、ちょっとかわいいから残しとこうか」

いちいち三人に尋ねながらの選別はなかなかの手間仕事で、白いハーフパンツは気がつくと土色に変わっていた。抜いても抜いても雑草は減らないし、吹きぬける風はまだ冬の冷たさだし、鼻水は出るし、ぬぐおうにも手は土だらけだし、足はじんじん痺れてくるし、なんであたし、こんなことしてるんだろ？　頭の中は疑問符でいっぱい。それでも黙って続けるうちに、凍える指先が麻痺してきたあたりから、どんどん心がからっぽになって、土をいじっているのが無性に気持ちよくなってきた。

土は心の浄化剤。ダディがよくそんなことを言っていたのを思いだす。

「ハンミョウ、出てこい！」

「本物のダンサーだったら、草使ってポールダンスでも踊ってみろ！」

早久は早久で、姿の見えない虫に毒づきながらもなんだか楽しげで、初対面の三人ともすっかりなじみ、ふざけあったりギャグを言ったりと本領を発揮しはじめた。

午後一時すぎ、お腹をすかせたみんなのためにテルさんがデリバリーおやきを注文してくれると、燃料をチャージした早久はますます元気づいて、こんもり積まれた雑草の山にダイブをしたり、ガムテープを頭にのせてコサックダンスを踊ったりとヒートアップ。とても今朝まで家に引きこもっていた子とは思えない。

ああ、よかった。もとの早久が戻ってきた。そう単純に喜んでいたあたしは、

「早久くん、やっぱり変だね」

テルさんからこっそり耳打ちをされたとき、最初はぴんと来なかった。

「え、そうですか」

「うん。あの子、空を見ないんだ」

――空？

その後、注意して様子をうかがうと、たしかに、シャベルを片手に雑草と闘っているときも、飽きて遊んでいるときも、早久の視線は水平よりも上にあがらない。鈴虫さんが「おおっ、蝶！」「おおっ、カナブン！」などと指を突きあげるたび、ほかのみんなはつい釣られて空を仰ぐのに、早久だけはかたくなに頭を反らそうとしない。明らかに不自然だ。

「あの、もしかして」

早久がトイレに立った隙に、あたしはふと思いついたことを三人に話した。

「早久、ドロカイを見たくないのかもしれません」

「ドロカイ？」

「はい。早久もあたしも昔からドロカイが苦手で。ドロカイが空を飛んでるのを見ると、べつに条例違反とかしてなくても、なんかつい逃げたくなるんです。いつも誰かに見張

られてるみたいな、息が詰まるような感じがして……っていうか、実際、見張られてるんですけど」

「ああ、その気持ちは僕もわかるけど」

でも、とテルさんは長い首をひねった。

「早久くん、十一歳ってことは、観光革命のあとに生まれたわけだよね。物心がついた頃にはもう空を舞ってたドローンカイトに、今さら急に敏感になったりするものかな」

言われてみれば、それもそうだ。

「そっか。じゃあ、何かほかの理由が……」

「あの日じゃないのかな」

再びふりだしに戻ったところで、香瑠さんが言った。

「ダンス教室の閉鎖を知った夜、帰り道で早久くん、空に何かを見たんじゃないのかな」

あたしは反射的に空を見上げ、太陽に射られた目をすぼめた。

「見た……って、何を？」

「わからないけど、何か、見たくないものを」

見たくないもの。そうなのだろうか。あれ以来、早久が家から出なくなったのは、空に見た何かがトラウマになっているせいなのか。

「何があったのか、早久くんに聞いたことはないの？」

考えこむあたしにテルさんが言った。

「はい。聞いても、どうせ言わないから。あの子、言ったら負けだと思ってるんで」

「負け？」

「早久はとてつもない負けず嫌いで、自分の弱いところとか、絶対、見せたがらないんです。家族に相談することは、早久にとっては恥なんです。一生の汚点なんです。死んだほうがマシなんです。たぶん」

「じゃあなに、いつも、なんでも一人で抱えこんでるの？」

「ニノキンには相談もしてるみたいですけど」

「AI家庭教師に？」

「人間じゃないほうが、気楽に負けられるんじゃないのかな」

「なるほど。一筋縄ではいかなそうだね」

テルさんがほうっと息を吐き、眼前の鈴虫さんを見下ろした。

「となると、こっちも正攻法よりは、やっぱり変化球かな」

そう言いながら香瑠さんも鈴虫さんを見下ろした。

釣られてあたしも目を下ろす。

身長百五十八センチのあたしより十センチは低い鈴虫さんは、六つの瞳の圧をひょいと避けるように、足下の草むらに顔を寄せた。

「じゃ、もうひと働きしてもらいましょうか」

至るところが掘りかえされ、土がぼこぼこと盛りあがっている庭に、西日を背負った木立の影がのびている。

午後三時半。肌を打つ風が強まってきた頃、あたしたちはようやく雑草との対決を終えようとしていた。

残すは、ほんの数本のみ。テルさんはそのシメを早久に託してくれた。

「君の手で終わらせるといいよ」

「うっす」

早久はそれを名誉と受けとめたらしく、皆が見守る中、誇らかな足どりで進みでた。

ひょろ長い葉を絡ませ合うようにのびる数本の雑草。しっかりと腰を入れ、シャベルを根の深みまでさしこんで、一本、二本――もはや手慣れた調子で抜いていく。と、虫のことなど忘れたように見えていたその目の先に、それは忽然(こつぜん)と現れた。

風に震える最後の一本。その細い茎をぐるりと囲んで、メタリックカラーのまばゆい五匹がコサックダンスを踊っていた。

「いたっ」

「出たっ」

早久とあたしの声が被る。

最後の最後にやっと姿を見せた五匹のダンスは、聞きしに勝る見事さだった。スピーディーな脚運び。ぶれのないテンポ。重力を感じさせない跳躍。その完璧な一挙手一投足が、しかも、ぴたっとそろっている。まるで五面鏡のように五匹が同じに見える。

「すっげー、こいつら、スキルあげてきた。どんだけ意識高いんだ」

早久がほれぼれと顔を寄せていく。

と、五匹はにわかに隊列を改めて縦一列となり、門の方へと進みはじめた。

「おっ、待てよ」

早久が追おうとするも、無理だった。軽やかに伸縮しつづける脚が土を離れたつぎの瞬間、五匹の体はすでに宙を舞っていた。

「飛んだ……」

きれいな一列を保ったまま、背中の翅をはばたかせた五匹がゆっくり高度をあげていく。

その飛翔は、でも、もはや早久の目には映っていなかった。若葉を広げたハナミズキの横で、早久は地面に顔をうつむけ、頑として上を向こうとしない。

行ってしまう。ミラクルが、奇跡のコサックダンサーズが、みるみる遠ざかっていく。

一面の青に溶けていく色鮮やかなラインが切なくて、いたたまれずにあたしは早久へ駆けよった。

「早久、ちゃんと見送ってあげよう。あんなに目一杯、踊ってくれたんだから」

喉もとのあたりをひくりとさせて、はじかれたように早久が顔をあげた。空を見た。ついに見た。五匹が昇っていく青い青い空。

ひさびさに向きあったその青に捕まったように、五匹の影を見送ったあとも、早久はいつまでも両目をカッと見開いていた。そこにはない何かを見つめているみたいに、こぶしを握りしめて、まばたきもせずに。

こんな顔を昔も見たことがあった。小さい頃、壁のシミがお化けに見えると怯えながらも、そこから目を離せずにいた弟。

「早久、大丈夫だよ」

シミはただのシミだよ。そう弟をなだめていた頃の声がよみがえる。

「何を見たのか知らないけど、今日の空は、あの日の空とは違うから。毎日、空は違うから」

毎日、空は違う。その言葉を吸いこむように、早久がはーっと息をした。ようやく空から下ろした目に笑いかけると、一瞬、泣きそうな顔になる。負けず嫌いの弟はそれを隠すように「クソッ」と地面を蹴りつけ、ハナミズキの根もとにごろんと体を投げだした。自棄になったときの大の字ポーズも昔から変わらない。

「鳥を見たんだ」

むくれた顔が語りだしたのは意外な話だった。

「あの日……あの夜、ダンス教室がなくなっちゃうって聞いて、俺ら、やけくそでめちゃくちゃ踊りながら歩いてたんだ。帰り道の池袋、ネオンがぎらぎらしてるところで、ほかにもいっぱい人がいた。そこに、鳥が飛んできた。ビラを銜(くわ)えたヌートリアの鴉(からす)たちが、何十羽も。で、空からビラをバラ撒(ま)きはじめたんだ」

「ビラ？」

「国が外貨集めのために自然を破壊してるとか、美観のためにホームレスを虐待してるとか、いつものやつ。そしたら、今度はドロカイの大群が飛んできて、鴉たちを攻撃しはじめた」

「ドロカイが、攻撃を……？」

「うん。あいつら、ただの監視役じゃなくて、凶器にもなるんだな。なんだこりゃって思ってるうちに、鴉たちがばったばった倒されて、地面に落ちてきた。道いっぱいに黒い羽と血が散って……」

早久の声がわななく。

「俺、生きものが殺されるのをはじめて見た」

暗い瞳に涙の膜が張る。こぼすまいと早久がまぶたで蓋(ふた)をする。

真っ黒な鴉。銀色に光るドロカイ。赤い赤い鮮血。その空に早久が見たものを頭に描き、あたしもぎゅっと目を閉じた。

「この世界に安全な空はない。あのとき、そう思った。っていうか、気がついちゃった、俺」

裸の土をさらした庭で、そのとき、あたしも気がついた。あの日の弟を痛めつけたのは、たぶん、鴉の死だけじゃない。惨い流血を目の当たりにして、早久は、きっと今のあたしみたいに、ダディのことを思いだしたんだ。

六年前、出張先でのテロに巻きこまれて命を落としたダディ。

この世界に安全な空はない。そうだ、その通りだ。もう二度と会えないダディを思いながら、あたしは奥歯を嚙みしめた。あたしが石に守られている気でいたあいだにも、「強い力」は刻々と強さを増していた。それに従う大勢の人たちと、抗う少数の人たちとの衝突も激しくなって、そのどちらにも付けない人たちはますます行き場を失って。

生身の足で走るくらいではもう逃げきれない。追いつかれる。きっとじきに捕まる。心の深いところでは、あたしもずっとビクビクしていたんだ。でも――

あたしはゆらりと横の三人をふりむいた。

香瑠さん。テルさん。鈴虫さん。この人たちと出会って、何かが変わる。そんな予感があたしにはあった。虫がコサックダンスを踊るみたいに、また新しい何かがこの凝り固まった世界を揺さぶってくれるような。

「早久」

石の代わりに灯った光を胸に、あたしは早久にささやいた。

「これから、その日の空を思いだしたときには、ついでに今日の空も思いだそう。ハンミョウたちが帰っていった空。あのキレキレのダンスのことも。そしたら、ちょっとは心が……」

「あんなもん、忘れたくても忘れられっか」

突如、早久がバッと両手をついて上半身を起こした。と同時に、極限までその顔をゆがめて、

「うっぎゃー。なんじゃこりゃ！」

天を突くような絶叫に目をこらすと、早久の掌の下で何かがぐねぐねと身をくねらせている。

「ミミズだ！」

ハンミョウばりの跳躍力で早久が立ちあがり、「気持ちわりいっ」と両手をふりまわす。

たしかにミミズだ。それも一匹や二匹じゃない。ハナミズキの根もと一面にうにょうにょと折りかさなっている。いや、そこだけじゃない。視線を這わせれば這わせるほどに、橙の陽を被った庭全体に、まんべんなくうごめくミミズの影がある。まるでミミズ

風呂だ。

「ミミズはお庭の神さま。さっそく土を肥やしに来てくれましたね。グッジョブ、グッジョブ」

親指を突きたてる鈴虫さんをながめながら、「うげっ、ここにも！」「ここにも！」とぴょんぴょん跳ねまわる早久の叫びを聞きながら、けらけら笑っている香瑠さんとテルさんに釣られて笑いながら、このとき、むせかえるような土の匂いの中で、あたしはふっと思ったんだ。

あたしたちに故郷はないし、この世界に安全な空はない。

でも、ダディが残してくれた庭はある。土はある。虫もいる。植物たちもきっと甦らせてみせる。

あるものだけでやっていくことだってできるんじゃないか、と。

第二話　自分のビートで踊る

石読が御殿へ迎えられた日のことは、いまでもいとあざやかにおぼえております。八条院さまも女房どもも、みな一様にそわそわとおちつきを失い、首を長くして待ちわびていらっしゃいました。ええ、ええ、まるでわが子を迎えるかのように。

それも無理からぬこと、石読はまだ七つの女童にすぎなかったのでございます。

ええ、それはそれはいたいけな童にございましたよ。くまなき月のごとく、照りかがやくばかりの顔けしき。貴人という貴人が血眼になって求めただけのことはございます。

求められたのは見目ばかりではございません。その童の出たるや、怪しき力のとりわけすさまじきことで知られた家系。非才と凡才をたがえる七つの年に世継ぎのしるしを見せたとき、その噂はたちどころに京をかけめぐり、貴人どもの欲心をかりたてたのでございます。

あの石読をわがものにと、だれもが……ええ、だれもかれもがそれを乞い願いました。さてもはげしく願いましたとも。なりふりかまわぬ貴人どものなかには、幼き石読を迎えんがため、それまで囲っていた風穴に暇をだす者もおりました。七つの幼子を力ずくでさらわんとする者も、金で心を動かさんとする者も。

さてもさても、おかしな者どもにございました。

それにも増して、おかしな世の中にございました。

世が荒れ、人が荒れ、仁義も道理もあらざる天下。貴人どもを倦ませたあののどけき時代は、すでに幕をとじていたのでございます。

かえすがえすも、あの乱が恨めしい。

聖なる都を地獄へ変えた藤原一族の謀叛。あの乱を力でねじふせた平氏棟梁の六波羅は、その労を買われて出世をとげ、さらなる力をのばしにのばし、いわば力のいただきに立ちました。その高きところから、あろうことか、あの武士めは唾をはいたのでございますよ。長く貴人どもがうけついできたしきたりを、あらゆる範を足蹴にしたのでございますよ。よくもよくも、あのふかすみの高平太めが。

伝統を疎んじながらもそれを守り、またそれに守られてきた貴人どもの、ああ、どんなにかわびしき心持ちにあったことでございましょう。

かの石読がかくもはげしく求められたのも道理。武士どもがその威を増すほどに、貴人どもはますます怪しき力を頼り、血統うるわしき風穴をこぞって追い求めたのでございます。

八条院さまが石読に手をおさしのべになったのは、ひとえに、その見苦しき争いから幼子を救うためにございましょう。

はて、なんと？　あのお方も石読を頼みにしたのではと？

ふっ、ほほほほほ。およそ八条院さまほど怪しき力をあてになさらなかったお方はおりますまい。そのあかしに、石読よりもさきに御殿へ召されたふたりをごらんなさい。よりによって、空読と虫読にございますよ。

野心深き者は方角の吉凶に通ずる風読を、用心深き者は時運に通ずる時読を――益ある風穴ばかりがもてはやされていたなかで、天気に通ずる空読の、なんたる力のむなしきことにございましょう。虫を使う虫読にしても、その力は鳥読や獣読に遠くおよばぬものでした。

加うるに、その齢。七つで石読が召されたとき、虫読はすでに十七、空読は二十六を迎えておりました。力のいただきを二十とし、三十にしてただびととなる風穴にして、空読はもはや終わったもひとしきでくのぼう。他家ならばとうに里へ帰されていたにちがいありません。

かくもふがいなき風穴どもを、しかしながら、八条院さまはけっしてお見捨てになりませんでした。

「虫と通いあうなど、気味がわるい。八条院さま、なぜ獣読を召さぬのです」

「なにゆえ薹のたった空読なんぞ。ひねもす空を見上げているだけではござりませぬか」

女房どもがなにをいおうとも、あのお方はどこ吹く風、さもおかしげにころころとお笑いになるばかりでした。ふっ、ほほほほほ。

つまるところ、幼き石読を迎えるにあたり、ようやく八条院さまの御殿はだれもがうらやむ風穴を得たのでございます。女房どもがはしゃいだわけもおわかりいただけましょう。

ただでさえ、童なるものはそこにいるだけでまわりを照らす灯りにございますから、いやが上にもお屋敷はかつてない華やぎをみせました。ええ、少なくとも頭のいくにちかは。

さてもふしぎなるかな人の心。力の強きを求むるかたわらで、力の強きを忌みおそれる。女房どもの移り気は、その最たるものと申せましょう。

「二年前にここで女が死んだ」

石の記憶を読む石読は、望むと望まざるとにかかわらず、御殿の石像や庭の石などから人びとの往日をかぎとってしまうのでございます。

「たしかに、急な病で逝った女房が……」

おそろしげなまなこで女房が返すと、つぎはこう来るのでございます。

「病ではない。その女を恨む女が呪師(じゅし)に頼んでのろわせた」

なんとなんと、心安からぬ話にござりませんか。

「男と女がものかげで抱きあうを、なんという？」

そう問われた女房が、なんとませた童だと眉をひそめつつ「逢瀬(おうせ)」と教えてやると、石読はため息まじりに申したそうにございます。

「この庭で逢瀬をとげた女房のなんと多きことよ」

こぞって女童をかまいたがっていた者どもが、てのひらを返すがごとく、いちどきに離れていったのはいうまでもございません。石に耳あり。そんな言葉がはやるほど、みながら石をおそれ、石読をけむたがりました。とりわけ胸にやましきところがある者は、庭の石をせっせと拾っては、屋敷の外へ捨てにいく始末。

ただひとり、動ずることなく泰然となさっていたのが八条院さまでした。

「石読。石からきいたすべてを口にだしてしまえば、おまえは人と生きられぬ。いうべきと秘めたるべきを学びなさい」

石読をおそれるでも叱るでもなく、かくもおおらかに見守られたあのお方は、おいそがしい仏事のあいまをぬって、風穴どもと蹴鞠(けまり)や貝合わせ、石投げなどをして遊んでやることもありました。うつくしき月のある夜にはともに月見を、葉が色づく季節には紅葉狩りを、大地が白くぬりこめられた朝には雪遊びを――そのときどきの風情にならい、いかに三人をたのしませようかと、絶えずお心をこらしていたのでございます。

かくもありがたき主さまに加え、石読にはふたりの先達もおりました。空が晴れているかぎり、いともほがらかなのんびりやの空読。ひねもす庭で虫と睦んでいる虫読。風穴どうしの通ずるところか、年の差を感じさせぬ三人はいたって仲がよく、来る日も来る日もともに戯れていたものでございます。日の出に空があからむとともに起きいだし、日の入りに空がくらむとともに床につく。今日はお屋敷の裏山をかけめぐり、あすは小川で水遊びに興じ――ええ、ええ、いつだってたのしげに戯れておりましたよ。

あのお方のおすまいがひなびた田舎にあったのも、かくものびやかに日々を送れた由のひとつにございましょう。

都のへそを離れた常磐殿。仁和寺に近いその地へ足しげく参じていた近臣どものなかには、八条院さまから風穴どもに和歌や漢詩を教えてほしいと頼まれ、頭をかかえていた者も少なくありませんでした。おとなしく机にむかっておられぬ風穴どもは、虫の力をかりて近臣どもをおどしたり、石の力をかりて眠らせたりと、あの手この手でじゃまをするのでございます。

かようなこともございました。ある日のこと、色好みで知られた侍長が風穴どもに読み書きを教えているさなかに眠らされ、横になっていびきをかいていたところ、虫読がさしむけた一匹の虫が、その頭の烏帽子をひょいとつかみあげ、さらってしまったのでございます。

ええ、いかにも、烏帽子にございますよ。貴人が人前で烏帽子をぬぐは、ふんどしをぬぐもおなじこと。ふだんの気取りもどこへやら、侍長は真っ赤になって虫を追いまわし、語りぐさになるほど女房どもに笑われたのでございます。

はて、八条院さま？　ええ、その話をおききになったあのお方は、やはりころころとお笑いになりましたよ。「侍長どのが女房ではなく虫のおしりを追ったとは。ふっ、ほほほほほ」と。

ああ、あの笑い声。空の晴れたるに冴えわたる陽のような音が、いまも恋しゅうございます。

長きにわたったあのお方との思い出は、そののち、かなしきさだめに泣いた風穴どもにとっても、なににもまさる宝となったにちがいありません。

長き、永き春秋――八条院さまが常磐殿にこもっておられたあいだにも、京中ではあまたの変がございました。入道と名をあらためた六波羅どのの飛ぶ鳥もおとす栄達。その入道の怒りを買った後白河院さまの失脚。都を襲った大干魃。

さてもさても、それは、朝廷のいただきにあられた後白河院さまの威が、入道のごとき成りあがり者にかすめとられていく歳月にございました。貴人どもの伝統が、けがらわしき武士どもにいやしめられていく歳月にございました。そしてついに、入道めは風穴どもにまで血にうえたその刀をさしむけたのでございます。

語るもおぞましき風穴狩りの幕開けにございました。

1

「えー、藤寺町にはその昔、それはそれは美しい貴族の娘がおりまして、藤の花をこよなく愛することから藤姫と呼ばれていたのですが、不運にも彼女は身分違いの男と恋に落ち、世をはかなんで井戸へ身を投げました。すると後年、その井戸の跡地から藤の芽がのび、見る間に育って可憐な花を咲かせたのです。これぞ我が町の有形文化財『しぐれ藤』の起源であります」

校長が藤姫伝説を語りだすと、六年二組の教室には緊張が走る。これは何かの前ぶれだ。俺らに特A校生の自覚を促す何か。また新しいルールやボランティアの押しつけにつながる何か。

「その由緒ある藤の開花期にともない、今年も当校では恒例の相撲大会をとりおこないます」

教壇の3D校長がその何かを発表するなり、教室にはほーっと吐息の波がうねった。相撲大会は藤ノ花小学校の定例行事で、今にはじまった話じゃない。その程度でよかった、という安堵のウエーブだ。

「今年は外国人ツーリストのみならず、特別来賓として景勝特区審議会長ならびに委員の皆さんも観覧に見える予定ですので、児童諸君もぜひとも例年以上の熱意と誠意をもって臨んでください。くれぐれも特A校生たる自覚、および愛校精神と愛国精神を……」

ふさふさの前髪で額を覆った校長の弁が熱くなってきたところで、話が長くなると踏んだのか、担任の久保っちが3D投射機をオフにした。

瞬時に教壇から校長が消える。

「要するに、今後一ヶ月は体育が相撲一色になるって話だな」

教師二年目、まだ特A校の校風に染まっていない久保っちのこういうところが、俺は好きだ。

「ま、相撲大会は毎年のことだし、とくに説明はいらないな。ケガには気をつけて、がんばろう」

それほどがんばる気がなさそうな声に、みんなも「はーい」とゆるい声を返した。相撲大会は外ツー向けのサービス興行みたいなもんで、俺ら自身は断然、バレーやサッカーのほうが燃える。

「先生、主将は誰にすんの」

久保っちに聞いたのは佐助(さすけ)だ。

「あ。えーっと……去年は誰だっけ」

「早久(さく)」

教室中の顔が一斉に俺をふりむく。

そういえば、そうだった。六年二組で一番相撲が強いのは次郎だけど、次郎はぽけっとしていてみんなを引っぱるタイプじゃないから、二番目に強い俺が去年の主将を務めたのだった。

「じゃ、今年も早久でいっか。早久、いいか？」

なんだこの適当な指名は、と心でつっこみつつも、俺は「うっす」とうなずいた。ちょっと前まで不登校をしていた俺は、久保っちにけっこう面倒をかけた。借りは返せとニノキンにも言われている。

「精進します。ごっつぁんです」

とりあえず、力士を真似（まね）たくぐもり声で笑いをとっておいた。

もちろん、本気で精進する気はさらさらない。そこそこ稽古して、ライバルの一組に勝ちさえすれば、久保っちの顔は立つだろう。この時点での俺のモチベーションはそんなもんだった。

自分にとって意味がないことには手を抜いて、形だけをなぞる。景勝特区みたいな特殊な場所に育つと、自然とそんな癖がつく。自分のノリで踊るときは本気で、踊らされるときは加減してステップを踏む。

相撲大会は俺にとってヒップシェイク程度の軽い舞だった——はずだった。

そう、この日の午後、ボランティア実習中に次郎が姿をくらませるまでは。

今月の受けもちである辛夷(こぶし)公園でのゴミ拾い中、まず最初に気づいたのは甚(じん)ちゃんだった。

「一人、足りない」

「あ、ほんとだ」

「次郎だ。あいつ、どこ行った?」

俺と佐助も慌ててあたりを見まわしたけど、目に入るのは金髪や赤毛ばっかりで、黒髪の刈りあげはどこにもない。

「迷子か。次郎のやつ、ぽけっとしてるから」

ボラ実習は班行動が原則で、四人で来た日は帰りも一緒にMW認証(エムダ)をしなきゃならない。誰か一人でも単独行動をとるとMW追跡(チェイス)でバレてしまう。しょうがなく、俺らはゴミ拾いを中断して次郎を捜しにかかったのだが、それはそんなに簡単じゃなかった。

毎年、藤の開花と同時に町には外ツーの大群が押しよせ、道も店も宿も観光スポットも、至るところがあっぷあっぷの芋洗い状態になる。二年前に外ツーの休憩場所として新設された辛夷公園も然(しか)りで、辛夷のでかい花びらと、ひしめく外ツーのダブルで視界をふさがれて、人捜しどころか自由に歩くのもままならない。

「やべー。早くしないと、MWチェイスが始動する」

「くそ。次郎のやつ、どこで何やってんだ」

「あいつ、このごろ多いよな、こういうの。先週も川さらい中にぼけっとしてて川に落っこってたし」

いろんな国の言語が飛び交う人波をかきわけて、行けども行けども、藤色のジャージは見つからない。そうこうしているうちに、俺は次郎より先に、ある人たちを発見してしまった。

木陰の茣蓙（ござ）でくつろぐ外ツー団体のそばで、背中を丸めてしゃがみこみ、せっせと手を動かしている人影がふたつ。見覚えのある後ろ姿に「もしや」と近づき、顔を覗（のぞ）いて確信した。

「テルさん、香瑠（かおる）さん！」

呼びかけると、草むしりに熱中していた二人がふりむいた。

「あ、早久くん」

「わ、ひさしぶり」

造園会社カザアナのテルさんと香瑠さん。一風変わったこの人たちと一緒に草むしりをしたのは、かれこれひと月くらい前のこと。荒れ放題だった庭がまともになってからは顔を合わす機会もなかったけど、なんとなく、またいつか会える気はしていた。

「すっげー偶然。なんでここにいるの？」

不意打ちの再会に喜ぶ俺に、返ってきたのはいやにジメッとしたテルさんの声だった。

「いや……この町の公共施設、四月から、うちが請け負ってるんで」

「マジ？　じゃ、これからずっとこの町にいんの？」

「当面は。この公園、秋冬は地味だから、花も植えることに……今日は、下見がてら、雑草を……」

なんか、おかしい。生気のない目をしょぼつかせているテルさんの声はか細く、息継ぎも多いし、見るからに元気がない。

「ええっと……鈴虫さんは？」

「忙しいんだよ……あいつは、引っぱりだこ。使えるから……僕と違って……は……はは」

完全にやばい。

「ね、どうしちゃったの、テルさん」

キャラの激変にビビる俺に、香瑠さんが「空」と人さし指を立てて言った。

「曇ってるでしょ、今日」

「ん」

「君んちに出入りしてた頃は、ずっと晴れてたでしょ」

「はあ」

「テルの心は空を映す」

俺はとっさに泥色の空を仰ぎ、それから、テルさんの目玉を覗いた。たしかに同じ色だ。

「マジすか」

「今日はこれでもいいほうだよ。雨や嵐の日ときたら、もう」

香瑠さんがすぼめた肩の上には、よく見ると、一匹の虫がいる。メタボなコオロギみたいな。

「なに、その虫」

「ああ、これは鈴虫。代理の」

「……って、鈴虫さんの代理ってこと？」

「にしては、意外と、こいつも使える」

意味不明だ。が、俺よりもっとわけがわからないのは後ろで聞いている佐助と甚ちゃんのはずで、二人がもそもそしだしたのが伝わってきたから、俺は深追いするのをやめた。

「あのさ、俺たち、友達捜してるんだよね。ボラ中にいつの間にか消えちゃって」

「消えた……行方不明？」

突如、テルさんの声に力が宿った。

「大変じゃないか。早く見つけださなきゃ。特徴は？　どんな子？」

「見た目は雪だるま。でかくて、首がない」

「誘拐の線は……薄いかもしれないけど、でも、早くなんとか……鈴虫……代理」

つかの間の元気はすぐ底を突き、最後の一滴をふりしぼるような呼びかけに、代理の鈴虫がふわりと宙へ舞いあがった。

「ついてくといいよ」

香瑠さんに促され、俺らは眉唾ながらもその飛翔を追いかけた。二センチ程度の小さな鈴虫は、俺らの目線に合わせた低空飛行で、立木や外ツーのあいだを器用にかいくぐっていく。

「ちっこいのにやるな、あの虫ロボ」

「え、あれってAIなの？」

「うん。だって、鈴虫は飛ばないもん」

後ろの二人が勘違いをしてくれたおかげで、俺は自分でも意味のわからないことを説明しないですんだ。

公園の裏手にいた次郎を鈴虫が発見したのは、捜索開始からわずか三分後だ。

「雪だるまってヒントだけで……虫ロボすげー」

俺らは鈴虫に感心し、そして、次郎にあきれた。四月の風はまだ冷たい。なのに、畳ベンチに寝そべった次郎はジャージの前をはだけ、ぱんぱんの腹を丸出しにしていびきをかいていた。

「おい、起きろ、次郎。風邪ひくぞ」

「ドロカイ飛んでくんぞ」

三人で腹をもみもみすること数十秒、ようやく次郎が腫れぼったいまぶたを開いた。

「やめてよ。ひどいよ。なんで起こすんだよ」

ありえない逆ギレにキレ返したのは佐助だ。

「なんで起こす？　その前におまえ、自分がなんで寝てんのか考えてみろ。ボラ実習中だぞ。MW（エムダ）チェイスされたら出席点ゼロだぞ。ドロカイやセンサーに盗（と）られたら参考ナンバーも引かれんぞ」

無駄に体がでかいわりに小心者の次郎は、小柄ながらも強気な佐助に頭が上がらないはずが、この日はふんと鼻を鳴らして吐き捨てた。

「ドロカイなんか、くそくらえだ！」

次郎をのぞく全員がその場に凍りついた。

盗られたか？　腰が引けたまま、目玉だけをきょろきょろ回転させる。辛夷の梢（こずえ）。街灯。掲示板。ゴミ捨て場。センサーはどこだ？

甚ちゃんが「次郎」とささやいて手首のMWを指さすと、次郎もようやく事の重大さに気づいてのそっと体を起こし、大根みたいな手首のそれをこわごわと覗いた。

減点通知は来ていない。セーフか。一分以上すぎたところで、やっと肩の力を抜いた。

俺らはその後、何事もなかったようにゴミ拾いを再開し、言いたいことは山ほどあるにもかかわらず、辛夷公園でも、帰りの道でも、誰もそれを口にはしなかった。

胸のもやもやを吐きだしたのは家へ帰ってからだ。

自分から話すまでもなく、机上のタブレをオンにするなり、ニノキンは即座に読みとった。

「早久、何かあったね」

えらの張った四角い顔。太い眉。でかい鼻に厚い唇。A5判の画面いっぱいに映っているのは、〈ワイルドでおもろい兄貴風〉という俺のリクエスト通りに造形された『AI家庭教師・二宮金太郎』だ。

「うん。じつは、次郎のことなんだけどさ……」

俺は次郎の一件をひと息にしゃべった。

「な、やばいだろ。ボラ実習中に昼寝だぜ。しかも、ドロカイなんかくそくらえ、だぜ。普通言わないだろ、あんなセンサーだらけの特Aエリアで」

なるほど、とニノキンは神妙につぶやき、割れたあごを二本の指でつまんだ。

「なにはともあれ、盗られなくてよかったな」

「盗られてたら大事（おおごと）だよ。次郎のやつ、ここんとこ、ほんとにどうかしてんだ。俺、マジでやばいと思ってて、けど、そのこと、佐助と甚ちゃんに言ってもいいのかわかんなくて」

「どうして」

俺は言葉に詰まった。一、二秒の間。それだけで十分だった。

「家庭の問題なんだな」

俺の過去の発言と表情を完全にデータ化しているニノキンは、ちょっとした顔の動きひとつで鋭く心を読む。

「ん、それもけっこうシビアなやつ。次郎の態度がおかしくなったのって、二週間くらい前……あいつが別区へ引っ越してからなんだ」

「次郎くんが、特別支援居留区へ？」

ニノキンが必要な数だけ額に皺（しわ）を刻んだのを見て、俺はほうっと息をついた。

そうなんだ。うちと同じく親イチの次郎は、ついこの前まで特Aエリアに住んでいたんだけど、あいつの父親は年々厳しくなる特区条例についていけなかった。で、ついに四月の頭、三度目の勧告後に家から追いだされ、次郎ともども特別支援居留区（通称「別区」）へ強制移住させられたのだった。

次郎父子と同じ境遇の人たちが身を寄せるその別区は、「離れ孤島」とか「観光革命のブラックホール」とか「ヌートリアの温床」とかいろいろ言われていて、本当のところはわからないけど、なんとなく怖いイメージがある。

「それからだよ。急に遅刻が増えたり、授業サボったり、次郎の態度が悪くなったのって。やっぱ環境のせいかな。次郎のやつ、気が弱いからまわりに流されそうだし、現にどんどん荒れてきてるし、なんか見てらんないっていうか……。な、俺、どうすりゃいいと思う？」

俺の問いかけに、ニノキンは「首ひねり」もプラスして本格的に考えこんだ。

いや、本当に考えているわけじゃない。いくらテクノロジーが進歩したって、意思や感情をＡＩに植えつけることに成功した科学者はまだいない。ニノキンはその電子脳に絶えず更新されていくデータを猛烈な速度で分析し、最適な答えを導きだそうとしてるだけ。

「まず確認したいのは、君が言うとおり、これは極めてデリケートな家庭の問題ってこと。そこに立ち入らなかった君の判断は正しいよ」

他人の家庭の問題に口を出してはいけない。これはニノキンから年じゅう言われてきたことで、仲間内での暗黙のルールでもある。

「つまり、俺には何もできないってこと？」

「君は君の領分でできることをすればいい」

いつもながらニノキンの舌はなめらかで微塵のよどみもない。

「そもそも、次郎くんの素行の乱れが引っ越しのせいとばかりはかぎらない。たしかにそれも一因かもしれないが、もともとの大前提として、君たちは今、思春期という難しい年頃にさしかかっている。思春期には誰しも多かれ少なかれ、それまでなかった自我の芽生えに心の均衡を崩すものだ。早久、君も少し前まで家に引きこもっていたからわかるよな」

「あれは思春期、関係ないよ」

「わかってる。君は見たくないものを空に見てしまった。それゆえ世界に絶望した君の中に、しかし、もともとの大前提として思春期はすでに内包されていたんだ」

「ややこしー」

「打開策はシンプルだ。もし君が次郎くんの力になりたいのなら、あのとき、君がためこんでいた鬱屈を草むしりによって発散させたように、彼にもなんらかの捌け口を与えてやればいい」

「いや、だから、俺は草むしりじゃなくて、ハンミョウたちの天才的なダンスにぐっと来て……」

「早久。コサックダンスを踊る虫の話は二度としないでくれと、私は十九日前にも君に頼んだはずだ。私は同じネタで何度もからかわれたくはない」

目から怒りの火花を散らされ、俺は口をつぐんだ。コサックダンスを踊る虫はニノキンの電子脳に存在しない。俺のことをなんでもわかってくれると思っていたＡＩ家庭教師の、それは意外な死角だった。

「私は真剣に話をしている。次郎くんには彼がもてあましている負のエネルギーを解放させる手段が必要だ」

「たとえば？」

「最も普遍的なのはスポーツだな」

スポーツ。じつに普通だ。が、同時にそれがひどくタイムリーな提案であることに、俺ははたと気がついた。

「そういえば、近々、相撲大会があるんだった」

それだ、とニノキンは瞳に黄色い星をきらめかせて、

「相撲は彼の十八番だろう。去年は決勝戦で一組の真之介くんに負けて、次郎くんにしてはめずらしく悔しがっていたはずだ。今年こそ一位を目標に次郎くんを盛りたてて、負のエネルギーを浄化させるんだ」

「そんなにうまくいくのかな」

「百パーセント確実なのは、何もしなければ、うまくいく確率はゼロパーセントってことだ」

――と、こうして俺は相撲大会へのモチベーションをあげることになったわけだけど、今回にかぎらず、ニノキンの助言はおおむね月並みというか、オーソドックスというか、百年も千年も昔から大人が子供に説いてきたようなやつが多い。正直、そのぜんぶに俺は納得してるわけじゃないし、話が嚙みあわないこともある。それでも、なんだかんだ言いながらもニノキンの指示に従ってしまうのは、そうしたほうが結局は物事がうまく運ぶからだ。

それもそのはず、奴の電子脳には百年も千年も前から人類が積みあげてきた失敗と成功のあらゆるパターンが蓄積されている。つまり、その助言には統計の裏づけというか、俺ら人間にはない確かさがあるってこと。

三年前に官民協同開発のＡＩ家庭教師が鳴り物入りで発売された頃、もう生意気な小娘になっていた里宇は「ＡＩにものを教わるなんて」と見向きもしなかったけど、俺は単純に頼れる兄貴ができたみたいでうれしかったし、ただ勉強を教えるだけじゃなく、生活全般の相談に乗ってくれるニノキンにいろいろ助けられてきた。生まれつき茶髪で、「次郎」や「佐助」みたいなジャポネームももっていない俺が、みんなとうまくやってこられたのも奴のおかげだと思う。

「早久、どうしても黒髪に染めたくないのなら、髪の色だけで目立つんじゃなく、全身で目立てる男になれ。出る杭は打たれるが、出すぎた杭は打たれない」

「名前はつねに漢字で書け。カタカナだとオバシー感が割り増しになる」

「いつも楽しそうに笑ってろ。人は悲しそうな人間に同情はしても、友にはしようとしない」

「文句は本人の前で言え。陰口は必ずねじまがって自分に返ってくる」

「掃除の時間は進んでゴミを出しに行け」

こうした助言を素直に聞けるのは、人間とは違うAIならではの一貫性のせいかもしれない。データ主義のニノキンは絶対にブレないし、感情がないから感情的にならない。好き嫌いでものを言うとか、日によって言うことが変わるとか、あることで小言を言っているけど本当はべつのことにむかついてるとか、人間の大人にありがちなボロで俺をがっかりさせない。

中でも一番信頼できるのは、簡単に血を流す人間にはない頑丈さだ。

ニノキンは死なない。

外国でテロに遭った父親みたいに、突然、俺の前から消えていなくなったりしない。

2

タブレの画面中央で、ガーゼみたいな白い服を着た香瑠さんが水晶玉を胸に抱いている。その左には雲に乗ったテルさん、右には蝶に囲まれた鈴虫さん。

どこか妖精っぽい三人のふんわりした映像にナレーションの声が重なる。

――私たちは自然の声を読み、空とともに、虫とともに、石とともに庭を造ります。

とたん、白一色だった背景が樹木の緑に変わり、蝶たちが一斉に舞いあがる。

青や黄色の羽が象ったのは「カザアナ」の四文字だ。

――私たちは鳥のさえずりを待っています。

そこで里宇がタブレをオフにし、俺にへの字の口を向けた。

「ね。変わってるでしょ、このネット広告」

アンフリーザーで解かしたパンとスープを交互にかっこみながら、俺は「ん」と声にならない音を出し、壁の時計へ目をやった。あと八分で家を出なきゃ遅刻する。

「ま、変わってるといえば、変わってるな。なんか商売っ気ないし」

「そうそう、商売っ気がない！　これじゃ宣伝にならないよね」

「もう宣伝しなくてもいいんじゃないの、儲かってるから」

「じゃ、なんのためのアド？」

「税金対策とか」

「カザアナってそんなに儲かってんの？」

「そりゃ藤寺町の公共施設をぜんぶ請け負ったら、そんだけでもけっこうなもんじゃん」

言ってすぐ、里宇の目がぴかっと光ったのを見て、しまったと思った。

「えっ、カザアナが藤寺町の請け負い業者に……？　なんで早久が知ってんの？」

「昨日、二人とばったり会ったから」

「なんで早く言わないのっ」

どこで会ったのか、何を話したのかとえらい剣幕で食いついてきた里宇は、テルさんの不調を案じながらも次第に口もとをにやつかせていき、しまいには不気味な忍び笑いを響かせた。

「そっか。ってことは、香瑠さんたち、これからちょくちょくこの町に来るってことだよね。会おうと思えば、簡単に会えるってことだよね。ぐふ。ぐふふふふ」

俺は残りのパンを口に突っこみ、「ごっつぁんです」と席を立った。里宇があの三人にやたらと入れこんでいる理由は謎だけど、目下の俺はそれどころではなく、今日からはじまる相撲の稽古のことで頭がいっぱいなのだった。

はたして次郎は相撲で立ちなおれるのか。

　正直、自信はなかった。何をやるにも無気力でくたっとしている今の次郎が、相撲にだけ本気を出すとは思えない。いくら俺が張りきったって、本人にその気がなかったらどうしようもない。せめて佐助と甚ちゃんが協力してくれれば……。

　そんなことを考えながら学校へ行くと、下駄箱で鉢合わせした佐助が開口一番に言った。

「俺、思ったんだけど、やっぱ相撲、がんばろうぜ。今年こそ次郎に優勝させてやりたいじゃん」

　続いて合流した甚ちゃんも言った。

「僕、考えたんだけど、相撲大会も今年で最後だし、次郎にはなんとしても有終の美を飾ってほしいよね」

　俺は二人の顔を交互にながめて納得した。佐助も甚ちゃんも、口には出さなくてもやっぱり次郎が心配で、どうにかしなきゃと思ってて、そして、やっぱり、自分たちのニノキンにそれを相談したんだ、と。

　そんなこんなで、少なくとも俺ら三人はノリノリの相撲稽古がはじまった。

　まずは基礎中の基礎、四股（しこ）とすり足のおさらいだ。小四から毎年練習してきただけあって、みんなそこそこマスターしているものの、足を開く角度だとかひじの締め方だとか、細かいところはまだ甘い。最初のうちは照れてまともにやろうとしない男子たちを尻目に、女子のほうが潔くどしどし四股を踏んでいるのも毎度の光景だ。

女子たちの揺れる胸もとに目を奪われつつも、主将の俺は三十人のクラスメイト全員に注意を払い、とりわけ次郎には大声で檄を飛ばしつづけた。

「次郎、もっと腰落として！」

「次郎、もっと胸張って！」

「次郎、もっと声出して！」

が、何を言っても次郎の反応はさっぱりだ。負のエネルギーを放出するどころか、春まで融けずに居残った雪だるまみたいなまぬけづらでぽけっとしてるだけ。

「次郎、ガッツ出そうぜ。おまえなら優勝狙えるんだから」

「そうだよ。学年で一番体がでかいんだから、一位になれないわけないよ」

佐助と甚ちゃんがおだててやっても、「学年優勝ったって、六年生、ふたクラスだけだし」なんていじけた声しか返さない。

翌週からぶつかり稽古がはじまると、またも問題が浮上した。ぶつかり稽古ではペアを組み、押しだしや受け身の練習をする。が、六年二組には次郎の巨体を相手にできる男子がいない。しからば俺が、と名乗りをあげた久保っちのスリムな体も、次郎の一突きにあっけなくはねとばされて終わった。

次郎更生作戦、ここまでか——早くもあきらめムードが漂いはじめたところで、なんと、そこに思いがけない救世主が降臨したのだった。

稽古三回目の体育の時間、いの一番にジャージに着替えた俺が外へ飛びだすと、グラウンドと校舎を分ける楓並木の下で、誰かがせっせと草をむしっていた。もはや顔を見ずとも俺にはわかった。

「テルさん！」

ダッシュで駆けよると、テルさんは颯爽と立ちあがり、まばゆいばかりの笑顔で「イヤッホー！」とジャンプした。

「また会えたね、早久くん」

俺はとっさに空を見た。太陽の光をまんべんなく散らした一面の青が目に沁みた。

「テルさんとこ、うちの学校も請け負ってるの？」

「ああ。相撲大会に備えて、校門の前に藤棚のアーチを造ることになったんだ。けど、藤は扱いが難しいから、僕には校庭のメンテナンスを担当してほしいって、鈴虫がね」

いつ見ても雑草を抜いているこの人が、なんで会社の代表なのか。喉もとでうずうずしている疑問を俺はぐっと呑みこんだ。

「香瑠さんと鈴虫さんは？」

「今日は藤寺のリニューアルにまわってる。二人ともご指名が多くてね。役に立つから重宝されるんだ。いいことだよ。あはは」

言っている内容は前回と同じでも、口調が変わると全然違って響く。

「早久くんは、体育？」

「そ。先週から相撲の稽古がはじまってさ」

「相撲か。いいね。僕も昔、わんぱく相撲に出たことあったっけ。これでもけっこう強かったんだ」

懐かしそうにテルさんが笑い、どすんどすんと四股を踏んでみせた。

瞬間、俺はぴーんとひらめいた。

「テルさん、頼みがあるんだけど！」

こうして次郎はぶつかり稽古の相手を確保したのだった。

幸いにして、身長百八十八センチのテルさんは、横にでかい次郎の体格にも引けをとらなかった。草むしりで鍛えられた脚は見た目以上の筋肉を備え、次郎がどんなにぶつかっていこうと、下半身の安定が崩れない。なにより、「もう一丁！」「もう一丁！」と声を張りあげつづけるテルさんは、俺ら二組の誰よりも生き生きと相撲を楽しんでいた。

「勝ち負けだけが相撲じゃない。大事なことを教わりました」

久保っちからもいたく感謝されたテルさんは、藤棚アーチが完成するまで次郎につきあうと約束してくれて、実際、つぎの稽古でも嬉々として相手を務めてくれた。ただし、つぎのつぎの稽古ではわずか数分でリタイア。急に空が曇ったんだ。太陽がない。それだけのことで見るも哀れにしおれてしまったテルさんは、惨敗した力士みたいによろよろグラウンドを去ると、青葉が瞬く楓の木陰にひっそりと体をうずめた。それっきり、誰が呼んでも動かない。しょうがないので放っておくと、数分後、しょんぼり雑草をむしる影のとなりには、横長の影がもう一個増えていた。テルさんと背中合わせに寄りそい、ぶっとい手で雑草と格闘する雪だるまのシルエット。

来週は、できればずっと晴れてほしい。でも、曇ったら曇ったで、ま、いっか。俺はそんなことを思いながら、遠目には父子のようにも見える二人をながめていたんだ。

嵐の到来なんてちっとも予感できずに。

『藤の香る五月、ご来賓の皆様にお披露目する相撲大会は、我が藤ノ花小学校の誇る神聖な伝統行事です。相撲は日本の国技であり、心身の鍛錬につながる神事でもあります。児童諸君、どうか各々の限界に挑むことで己を高め、日本男子、大和撫子(やまとなでしこ)たる矜持(きょうじ)を示してください』

相撲大会に先駆け、うちの学校の公式サイトにはそんなメッセージが掲載されていた。二十は若く見える校長の詐欺写真で有名な「校長の日々つれづれ」コーナーだ。

その文面が荒らされた。

『金の匂う五月、外貨を落としてくれる外ツーを楽しませる相撲大会は、我が藤ノ花小学校が七年前に始めた接待行事です。今年もまた豪勢な藤棚アーチを新設したりと、カジノマネーを財源とする助成金を使い放題です。

児童諸君、どうか無垢なる子供の汗と涙で町のアピールに貢献してください』

社安局のネット巡視が削除したときには、すでにネット野次の手でこのエグい改竄版が拡散されていたのだった。

うちの学校がサイバー攻撃されるなんて、すげー！　最初は俺らも面白がって、犯人は誰だと盛りあがった。生徒のいたずら説。学校職員の謀叛説。ヌートリアの犯行説。藤姫の呪い説。校長の自作自演説。教室を沸かした推理合戦は、しかし、次第にボリュームを下げていき、やがては内輪の忍び声になった。俺らが騒ぐと教師たちがピリピリするからだ。

学校側は今回の一件をなかったことにしようと決めたらしく、俺らになんの説明もないまま、表面的には平然とやりすごそうとしていた。けど、その実、さぞやはらわたが煮えくりかえっていたはずで、その証拠に、改竄事件を境に教師たちは変わった。

ひと言で言えば、厳しくなった。傷つけられた名誉を挽回したいのか、前にも増して生徒に「理想のジャポい児童像」みたいなのを押しつけてくるようになって、美しい大和言葉を使えだの、楚々と歩けだの、身なりの乱れは心の乱れだの、うるさいったらない。あいかわらずゆるい久保っちみたいな例外もいるにはいるけど、俺にしてみれば、これは由々しき事態だった。

俺の髪はオレンジがかった茶色だ。これが遺伝なのはみんな知ってる。なのに、理想の押しつけが強まるほど、俺を見る教師たちの目つきがこれまで以上にきつくなってい く。うちの学校には外国籍やミックスの子も少なくないのに、俺以外の全員が理想のジャポい黒髪なのは、けっこうしんどいこの視線攻撃のせいにちがいない。

染めろ、染めろ、染めろ。教室でも、廊下でも、目が合うごとにビシビシ感じる教師たちの呪文。

じわじわと土俵際へ追いこまれつつあった俺が、ついに強烈な張り手を喰らったのは、相撲大会を翌週に控えたある日のことだった。

からっとした五月晴れのその午後、六年二組は四時間目に相撲の練習試合をした。

男女別の勝ち抜き戦。行司をしてくれたテルさんの応援もあってか、次郎はこの日、めずらしくダレずにとりくんで、初戦から順調に勝ち進んでいた。俺との対戦がまわってきたときも、ゼエゼエ言いながらも腰はしっかり落としたままで、凍結した雪だるまみたいに押しても引いてもびくともしない。その手応えに俺ははじめて希望をもった。

この分なら本番もイケるかもしれない。学年優勝。そして、更生。汗だくで歯を食いしばりつつ、俺は「ニノキン、やったぜ！」と心で叫んだ——そのときだった。

「おい、そこの君！」

　俺の心の叫びに、厳(いか)めしい男の怒声が被った。

「君だよ、君。なんだ、その頭は」

　聞きおぼえのある声。組み手を解いてふりむくと、映像以外ではめったに見かけない校長が俺の前まで迫っていた。

「そんな恥さらしな頭で土俵を穢(けが)してもらっちゃ困る。君、どういうつもりだ」

　わなわな震えている唇に引きながらも、俺はいつもどおり「地毛です」と返そうとした。が、それよりも早く、女子の行司をしていた久保っちが駆けつけ、俺と校長のあいだに体をすべらせた。

「すみません。この子の髪、遺伝です。正真正銘の天然色です」

　柄にもなくまじめな声を出した直後、久保っちの頭から行事の烏帽子がすべり落ち、運悪く校長の足の甲に当たった。校長はますますカッとなった。

「遺伝だろうがなんだろうが、神聖な土俵にそんな頭の色はふさわしくないと言ってるんだ。相撲は大和男子の精神を尊ぶ国技だろう。しかも、彼は下級生に模範を示すべき最上級生じゃないか」

「しかし、彼は去年もこの髪で相撲大会に……」

「今年は景特審の会長がお見えになる。一人でも毛並みの違うのがいるとみっともないし、我々の管理能力を問われることになる」

「お言葉ですが、当校には黒髪でなければならないと明文化された校則はありません」

校長vs久保っちの土俵外バトルは、俺そっちのけで過熱していく。

「相撲大会は学校の枠を超えた国を挙げての行事だ。彼一人のために特A校としての名誉に傷をつけるわけにはいかん。百歩譲って、ずっと黒にしろとは言わんから、せめて大会当日だけでもその子に頭を染めさせなさい」

「当日だけ？」

「簡単に黒くするスプレーがあるだろう。あれでいい。それすらできんと言うのなら、その子を大会に出すわけにはいかん」

「それは困ります。彼は六年二組の主将ですから」

一歩も引かない久保っちに、ついに校長はブチ切れた。

「主将だと？　君らは、よりによってこんな悪目立ちする子を主将に選んだのか。どういうつもりだ」

ふさふさの髪を掻(か)きむしる勢いでがなりたて、ドン引きしているクラスメイトたちを睨(ね)めつける。感情的な大人の見本みたいだ。

「こうなったら連帯責任だ。もし君らの主将が本番当日に髪を黒くしてこなければ、六年二組は全員、相撲大会には出場させん。いいのか、それでも。君はいいのか。それでいいのか。君はどうなんだ」

どうだ、どうだと端から脅しをかけていく校長は、ひときわ声を大きくして次郎にも迫った。

「おっ、君は去年、決勝まで進んだ子だね。君はどうなんだ、彼のせいで君まで相撲をとれなくなってもいいのか。参考ナンバー獲得のチャンスをみすみす棒にふるのか。おい、どうなんだ。答えなさい」

次郎の顔からは汗も血の気も引いている。気が弱いんだ。もう勘弁してやれ。たまらず俺が止めに入ろうとした直前、ぬっと高い影が近づき、次郎の前に立ちはだかった。

「いいぞ、次郎。力士は黙して語らず、だ。その意気、その意気!」

場違いに明るい声を張りあげたテルさんは、次郎の肩に手を置き、満面の笑顔でにこにこ空を見上げている。空さえ晴れていれば、どんな状況下でもこの人はこんなふうに笑っていられるのか。

ある意味、圧倒される俺の横で、凍りついていた次郎がふいに融けた。がちがちだった体をよじってテルさんに抱きつき、ひっくひっくと泣きだしたのだ。

「君、泣くことはないだろう。私は個々の意見に耳を傾けようとしただけだ。わかった、

わかった、今日のところはもういい。相撲大会までに全員でじっくり考えなさい」

校長が急に態度を軟化させたのは、次郎に同情したからでも、クラス全員の非難のまなざしに怯(ひる)んだからでもなく、校内に張りめぐらされたセンサーを意識してのことだろう。

センサーは子供の泣き声をけっして盗り逃さない。そして、声の主は放課後、カウンセリング室で念入りに事情を聞かれることになる。が、校長が気を揉(も)むまでもなく、その日、次郎がカウンセリングを受けにいくことはなかった。

四時間目のあと、生き甲斐(がい)の給食も食わずして、次郎は忽然(こつぜん)と姿をくらましてしまったのだった。

3

学校の正門から玄関までを結ぶ長大な藤棚アーチが完成したのは、相撲大会の五日前。藤色のトンネルをどたばた駆けぬける生徒たちの中に、しかし、次郎の姿はなかった。

ジャージの上から締める大会用のまわしが配られたのは、相撲大会の三日前。俺らはさっそくターバンっぽく頭に巻いたり、駅伝っぽく襷(たすき)がけにしたりしてひと騒ぎしたけど、その中にも次郎の姿はなかった。

そして、とうとう大会前日。一日がかりの大掃除に駆りだされた全校生の中に、やっぱり、次郎はいなかった。

校長に絡まれて泣いたあの日以来、誰も次郎を見てないってこと。

もちろん、俺らは何度も次郎に電話をしたし、Mメも送った。が、返事はない。学校には父親から風邪で休むと連絡があったらしいから、こうなると父親もグルか、子供の仮病も見抜けないボケか、どっちかってことになる。

「先生。直接、次郎と話はしてないの？」

大掃除のあと、ついに俺は痺れを切らして久保っちに迫った。

「ああ。それが、なかなか手強い親父さんでさ。息子は寝込んでるの一点張りで」

「家に行ってみないの？」

「無断で三日以上休まないと家庭訪問はできないんだよ」

「じゃ、どうすんの。明日だよ、相撲大会」

やきもきする俺に、久保っちは「それより」と声をひそめて言った。

「人のことより、自分こそどうすんだよ」

「俺？　あ、これのこと？」

俺は依然として茶色いままの毛を指先でつまんだ。

「大丈夫、俺も俺なりに考えてっから。明日は絶対、六年二組を出場させるよ」

「無理して染めることないぞ。六十三人しかいない六年生の半分が欠場なんてことになったら、結局、困るのは校長だしな」

「うん、染めない。けど、俺、次郎には絶対に相撲とらせるよ。相撲大会まで投げだしたら、もうあいつ、ほんとにダメになっちゃう気がして……」

融けてひしゃげた雪だるまが地面の泥にまみれていく。そんな姿を想像したら、なんだか背中がぞわっとして、じっとしていられなくなった。

「なんとかしなきゃ」

そうだ。やっぱり、このままじゃいけない。

けど、なんとかって、なんだ？

久保っちと別れて教室を飛びだしてからも、俺は自分がどこへ行けばいいのかてんでわからなかった。せめてテルさんがいてくれればと思う。藤棚アーチの完成以来、とんと顔を見ていないけど、テルさんだったら次郎のことを何か知ってるかもしれない。辛夷公園で鈴虫さんの代理が助けてくれたみたいに、今度もまた不思議な力で俺を次郎に近づけてくれるかもしれない。

テルさん、テルさんと心で唱えていた俺は、九分咲きの藤棚アーチを抜けてすぐ、そのテルさんが目の前に立ってるのを見て、魔法か、と思った。

「テルさん、すげー。俺のＳＯＳが聞こえたの？」

「まさか。三十分くらい前からここで待ってたんだよ、君のこと」

苦笑いというか、薄笑いというか、中途半端な笑顔でテルさんは言った。

空を仰ぐと、なるほど、切れぎれの雲が薄くのびている。

「そっか。ま、でもよかったよ、俺もテルさんに会いたかったんだ。次郎、あの日から学校に来てないんだよ。テルさん、なんか知らない？　知ってたら教えてよ。俺、どうすりゃいいのかな」

「うん、どうすればいいんだろうね。僕もそれを考えてたところ」

「え、テルさんならわかるんじゃないの」

「僕が？」

「なんか普通じゃない力があるんでしょ」

「うーん。ま、あるっちゃあるけど……」

恥じらうような、はにかむような、やっぱり半端な笑顔でテルさんは言った。

「あのね、早久。僕は十日くらい先までの天気を読むことができるんだ」

「うん」

「……」

「で？」

「そういうこと」

「そんだけ!?」

拍子抜けしすぎて虚脱した。十日先の天気が何の役に立つって言うんだろう。実用性がなさすぎる。一般人だって努力して気象を学べばそれくらいはできそうじゃないか。

「でも、特別な力がなくても、次郎の住所はわかったよ」

声をなくした俺に、テルさんはしれっと言いそえた。

「久保っちがこっそり教えてくれた。君が行くなら案内するよ」

「行くって……俺が？　いや、それはないでしょ」

「なんで」

「だって、そんなことしたら、アレじゃん、次郎の家庭の問題に踏みこむことになるし」

「なんで踏みこんじゃいけないの」

テルさんと一緒に通学路をたどりだしていた足が止まった。

「なんでって……」

あれ。なんで俺、友達の家庭の問題に踏みこんじゃいけないんだっけ。

「いや、だって、ニノキンからずっとそう教わって、友達もみんなそう教わって……そうだ、統計だよ。家庭の問題は家庭内でなんとかしたほうが丸く収まるし、友達の私生活に首を突っこむと、新たな問題が派生する確立が高いって、過去のデータが……」

たどたどしく説明する俺に、テルさんが遠い目を向ける。まるで数億光年も先の星でもながめるみたいに。

「だからその、あの、何千年って人類のデータが、その膨大な蓄積が……」

ふいに襲われた虚しさに舌が止まった。言葉を重ねれば重ねるほど、何かが欠けていくような。

その何かが何なのか探しあぐねる俺に、テルさんはいつものおっとりした口調で言った。

「でもさ、その膨大な過去のデータには、まだ早久も次郎も入ってないよね。今、ここにいる早久は、ここにしかいないたった一人の早久なんじゃないの。次郎だって、たった一人の次郎なんじゃないの」

車窓ごしの景色がみるみるくすんでいくのは、西日が傾いていくせいだけじゃない。俺とテルさんを乗せたシャトルバスは景勝特区を越え、いくつもの住宅地を越え、川を越え、高齢者向けマンションが林立するシルバータウンを越え、もはや越えるものすらないような荒れ地へ分けいっていく。シルバータウンで一気にがらんとなった車内には、見たところもう俺ら以外の影はない。

こうして次郎へ近づくほどに、ひとつだけ実感したことがある。辺鄙（へんぴ）な場所にあるとは聞いていたものの、特Aエリアを追われた次郎父子が移り住んだ別区は、俺の予想を遥かに超えて遠かった。同じ久留瀬市内とはいっても、藤寺町からは西へ約二十キロ。シャトルの本数も少ないし、こんだけ通学に時間がかかったら、そりゃ遅刻も居眠りも増えるだろう。

タブレの地図をいくら拡大したってわからないことはある。そうだ、やっぱり来てよかったんだと自分に言いきかせても、市境ぎりぎりの終点でシャトルが停まったとき、俺の足はやっぱりすくんでいた。

なんとなくみんなから恐れられている別区。けど、それだけじゃない。ニノキンの教えに逆らう。理屈ぬきでそれが怖い。でも――。

となりのテルさんを見あげて、俺は思いだす。ここにしかいないたった一人の俺と、たった一人の次郎。さっき言われて描いたイメージは、今も俺の深いところでどすどす四股を踏んでいた。たとえニノキンが全人類の全歴史を丸暗記してたとしても、そこに俺や次郎の今日はまだ組みこまれていない。俺らは時代の一番先頭をかっ飛ばしてるわけで、俺らにしか見えない景色の中で必死に踊ったり踊らされたりしてるわけで――。

俺は根性を奮いおこして降車口へ進んだ。

シャトルを降りた先に広がっていたのは、市の最果てというよりも、世の果てみたいな風景だった。仄明るい茜色の空の下、集合住宅の白々とした棟が四角四面に延々と連なっている。

とはいっても、無味無臭ってわけじゃない。雑然と路駐してある車や自転車。ゴミ置き場。壁の落書き。ベランダの洗濯物。犬の遠吠え。煮物や炒め物や味噌汁の匂い。鼻をひくつかせるほどに、そこにはちゃんと生活の影がある。嘘くさく飾りたてられた景勝特区に慣れている俺の目に、なんだかそれは妙に本物っぽく映る。

「こっちだよ」

怖じ気よりも興味が勝ってきた俺を尻目に、テルさんは右へ舵を切り、迷いのない足どりで棟と棟のあいだを抜けていく。外ツーばりにひょろ長い足はやがて4Bと記された棟の表玄関をくぐり、階段で上った三階の一角で止まった。鉄製のドアに312と彫りこまれた一室。ほかの部屋と同様、表札はない。

テルさんはそこで任務完了とばかりに動きを停止し、しかたなく俺がインターホンを鳴らすと、ドアの向こうからダミ声が響いた。

「開いてるよ。勝手に入んな」

俺は自棄くそで「お邪魔しまーす」と大声をあげ、ドアノブを引いた。たちまち、めずらしい匂いが鼻を刺激した。

煙草だ。前に嗅いだのは何年前だっけ。さすが別区だと感心をしながら靴を脱ぎ、形ばかりの廊下を挟んだドアを開く。と、そこには家具がぎゅうぎゅうに詰めこまれた八畳ほどの部屋があり、その隅っこに立てかけられた全身鏡を前にして、ちょんまげ頭のおっさんがポーズを決めていた。

「わっ」

侍風の衣装。腰の刀。銜え煙草。その奇天烈な姿にぶったまげた俺はとっさに体を引っこめ、後ろにいたテルさんとぶつかった。

「その髪の色から察するに……」

ふりむきざまにおっさんがにやりと唇を吊りあげ、煙草を指でつまんだ。

「さては、おまえさん、早久だな」

「あ……あたり」

「よく来たな。次郎だったら、漫画部屋だ」

「漫画部屋？」

「５Ａ棟の８０５号室。出入り自由だ、勝手に入んな」

ちょんまげ親父はそれだけ言うと再び鏡に向きなおり、歌舞伎役者が見得を切るようにぐるりと首をまわした。その目はもう俺たちを映していない。

俺らは意味がわからないまま退却し、５Ａ棟の８０５号室をめざすしかなかった。

「おっさん、なんでちょんまげだったんだろ」

「さあ」

「漫画部屋ってなんだろ」

「さあ」

「さあ」しか言わないテルさんを見切り、先に立ってその部屋の扉を開ける。

読んで字のごとし、目に飛びこんできたのは廊下いっぱいに積みあげられた漫画本だった。下駄箱の上にも、三和土(たたき)にも、至るところに黄ばんだ紙の束がある。行く手を阻むそれを崩さないように分け入っていくと、奥の間もまた壁全面を本棚にふさがれて、床にも高々とした本の山。その山と山の谷間に隠れるように、五歳くらいから学生服を着たのまで、いろんな齢(とし)の子供たちが漫画を貪り読んでいた。その中に次郎の姿もあった。

「おい、次郎」

俺の呼びかけに、床に寝転がっていた次郎がはたと頭をもちあげる。

たちまち、ふにゃけた顔に衝撃が走った。

「え。なんで早久がここにいるの」

「その前に」と、俺はどすんと床を踏みつけ、一喝した。「おまえから説明しろ。なんでおまえの親父はちょんまげで、おまえは学校サボってのんきに漫画なんか読んでんだ」

ひっと喉を鳴らした次郎の背後で、漫画の山がどさっと音を立てて崩れた。

——最初は、遠い異国へ放りだされた気分だった。親父と二人、住みなれた一軒家を追われて、別区の一室をあてがわれた。結果、参考ナンバーの激減を理由に親父は勤め先からも追いだされた。よくある転落のスパイラルだ。特Aエリアの元自宅は資産価値が高く、国からは相当額の補償金が出るとはいえ、精神的なダメージはかなりのものだった。

もともと好きこのんで特Aエリアに住んでいたわけではない。祖父母の代から受け継いできた土地が観光革命後に特A指定を受け、外壁の色から庭の造形、センサーの位置に至るまで、事細かな指定を受けるはめになった。抜かりがあると景勝部員が警告に訪れ、となり近所からも白い目を向けられる。自分の家なのに安らげない。ストレスもあってか次郎の親父は体調を崩し、ますます家のことがおろそかになって、ついに立ち退きを命じられた。終わった……と、そのときは思った。

ところがどっこい、別区住まいの初日、がちがちに緊張していた父子が見たのは巷（ちまた）の噂とは似て非なる世界だった。

笑顔の住人が多い。第一印象はそれだった。そこではとなり近所が監視し合うのではなく、「困ったときはお互いさま」と互いに助け合って暮らしていたのだ。新入りの次郎父子にもみな優しく、なにかと世話を焼いてくれた。数年ぶりにベランダで干した洗濯物に鼻を当て、次郎の親父は「太陽の匂いがする」と泣いた。

住人同士のお茶会や飲み会にも父子は快く迎えられた。変わった経歴の持ち主が多い別区には、漫画部屋のほかにもゲーセン部屋、ダーツ部屋、ヅラ部屋、カラオケ部屋、ラジコン部屋など謎のレトロ空間が存在し、住人たちが自由に利用していた。息のつまるような特Aエリアとは真逆の新天地で、次郎の親父もむくむくと心と体の健康をとりもどしていった。

「で、お父さん、ヅラ部屋の床山さんって人と仲良くなって、一緒に商売はじめることにしたんだ」

南風が吹きぬける5A棟の屋上で、これまでの経緯をとつとつと語ったあと、次郎は生ぬるい笑顔で話をしめくくった。

「外ツー向けの写真館。侍とか、くノ一とかのコスプレさせて、アナログカメラで撮るんだって」

「あ。それでちょんまげ?」

「うん。昨日は忍者で、おとといは舞子さんだった。毎日ぎょっとするけど、本人はまじめに研究してるみたいだから、ま、いっかなって」

心配したほどやばいことにはなってなかった現状に、俺はひとまずホッとした。反面、違和感もあった。そりゃ、おじさんはよかったけど、おまえはどうよ?って話だ。

「けどおまえ、引っ越してからずっとへんだったよな。なんか荒れてるっていうか、投げやりっていうか。顔色も悪かったし」

「それは……僕、ずっと寝不足だったから。学校が遠いぶん、早起きしなきゃなんないし」

「それだけか？」

屋上のフェンスと向き合う横顔を探るように睨んだ。もともと気弱でおっとり屋の次郎が、寝不足だけであんなことになるとは思えない。

「まだ隠してること、あるんじゃないか」

それは家庭の問題かもしれない。そう思いながらも踏みこんだ。

困り顔の次郎が黙りこむ。金網を隔てたその視線の先には真っ赤な夕日がある。今でもときどき発作的に空が怖くなる俺は、焼けただれたような橙の下を蛇行する影に、ハッと顔をうつむけた。

胸の鼓動が治まってから視線を戻すと、次郎の細っこい目が涙でふくれていた。

「うちのお母さん、僕が三つのときに国出したんだ」

俺は一瞬、言葉につまってから「そっか」とうなずいた。

「だから、親父と二人なんだ」

「うん。今の日本はいやだって、お母さん、妹つれてカナダへ行っちゃった。それきり会ってないから、僕、あんまり憶えてないんだ。お母さんの顔」

「そっか」

「でも、なんでだか、僕、ずっと思ってたんだよね。今はそばにいなくても、いざってときには、きっとお母さんは僕を迎えにきてくれる。絶対、助けてくれるって」

夕焼けを頭にぶっかけた次郎が鼻をすすった。

「今って、いざってときじゃん」

「次郎……」

「ここに来たときからずっと思ってた。お母さんが迎えにくるなら今のはずなのに、おかしいな、どうして来ないのかな、お母さんどうしちゃったのかなって……毎日、不思議がってたら、昼間もだるくてうとうとしたり、なんか眠れなくなっちゃって。気がついたら朝とか、いつもそんな感じで、昼間もだるくてうとうとしたり、イライラしたりしてて。これ、不眠症っていうのかな。へへ、僕っぽくないよね」

泣き笑いの次郎にかけるうまい言葉が見つからず、俺はがしっと金網をにぎった。

国出で家族がバラバラになる。そんなことは今の日本じゃさほどめずらしくない。どの家庭にも複雑な事情がある。だから、互いの家庭に首を突っこむなとニノキンは言う。

でも、本当にそうなのか？

「次郎」

なんか俺にできることはないか。まともな言葉がやっと喉から出かかったそのとき、

「けど、平気」

と、先手を打つように次郎が言った。

「もう大丈夫だよ、僕。石のおかげで眠れるようになったから」

「石？」

「眠りの石」

次郎の手がジャージのポケットをまさぐり、「これだよ」と鶉の卵みたいな楕円の小石をとりだした。

「テルさんの友達がくれたんだ。ショートカットのきれいな女の人」

香瑠さんだ――。とっさに後ろをふりむくと、俺らから十歩くらい離れた屋上のど真ん中で、テルさんは自分だけの世界に浸っていた。いつの間にか薄雲が消えていた空では、黄昏の闇に夕焼けが溶けこんで、ピンクがかった紫色に潤みはじめている。身じろぎもせずその天体ショーに見入っているテルさんは、今にも空に吸いこまれそうだ。

邪魔をするのは野暮に思われ、俺は次郎へ向きなおった。

「その石もらって、眠れるようになったのか」

「うん。これを身につけてれば熟睡できるって言われて、やってみたんだ。そしたら、三日続けてほんとにぐっすり眠れて、びっくりしちゃった」

「へえ。そりゃよかったな」

香瑠さんはテルさんから次郎のことを聞いたのか。眠りの石ってなんなのか。いろいろ気になるところだけど、俺にはそれ以上に引っかかることがあった。

「けどさ、三日続けて眠れたってことは、おまえ、昨日今日はもう寝不足じゃなかったんだよな。明日は相撲大会なのに、なんで学校サボって漫画なんか読んでんだよ」

魔法じみた話はさておき、俺らの前には避けて通れない現実がある。

「それは……」

と、次郎は一瞬、言いよどんだ。

「だって、僕が学校に行くと、早久が困るでしょ。校長先生、僕をダシにして、早久に髪を染めさせようとしてたじゃん。早久が黒髪にしなかったら、僕が相撲で優勝できない、みたいな」

「へ。おまえ、そんなの気にしてたの？」

次郎のくせに？

柄にもない気遣いにたまげる俺に、次郎はいよいよらしからぬ調子で声を湿らせて、

「そりゃ気にするよ。だって、早久、これまでめちゃくちゃがんばって茶髪を通してきたのに、僕のために染めるなんて、絶対イヤだもん。で、そのこと話したら、お父さん、そんな校長はくそくらえだって……相撲大会が終わるまで学校行かなくていいって言うから、そうすることにしたの」

なんと、次郎が姿を見せない原因は俺だったのか。

体からひゅるひゅる力が抜けていく。

「なんだよ。たかが俺の髪くらいで、なんでおまえまでこんなことになってんだよ」

俺らはあの校長に踊らされすぎている。クソいまいましい気分でぼやくも、返ってきたのは意外な声だった。

「たかが、じゃないよ。早久のその髪、亡くなったお父さんと同じ色なんでしょ」

「え」

「だから染めたくないんでしょ。家庭の問題だから言わなかったけど、いつも心の中で応援してたよ、僕」

ふりむくと、顔の肉に潰れた目がまっすぐ俺を見つめている。

こいつはやっぱり変わった。刻々と垂れこめていく薄闇ごしに、俺は過去のデータにない最新版の次郎をまじまじとながめた。タフな試練をくぐって、次郎はいったいどんなアップデートを遂げたのか。三日間ぐっすり寝ているせいか、前より肌つやもよさそうだ。パワーアップした雪だるまか。

ながめればながめるほど、なんだか無性にくやしいような、負けたくないような気分になってきた。

「イテッ」

「いいか、次郎」

と、俺は次郎の赤いほっぺを指でつまみ、ぶるぶると揺さぶった。

「俺は絶対、髪を染めない。約束する。けど絶対、明日はおまえに相撲とらせっから、おまえは絶対優勝するって約束しろ」

「え。で、でも、校長先生は、染めなきゃ相撲大会には……」

皆まで言わせず、俺は言った。

「任せろ。俺には秘策がある」

結局、最後まで影の薄かったテルさんとようやくまともに話をしたのは、帰りのシャトルの中だった。

話題は当然、石のこと。

「香瑠が言うにはね、石の中にはごく稀に、子守歌を歌う個体があるらしい。それが眠りの石。耳では聞こえなくても、その石のそばにいると、自然と眠くなるんだって」

「ふうん。香瑠さんにはそういう石がわかるの？」

「うん。ほかにも、人の悲しみを吸いとってくれる癒しの石とか、悪縁を断ち切ってくれる縁切りの石とか、いろいろあるみたいだよ」

「へー。なんか実用的」

「香瑠は役に立つからね」

僕とは違って——いつもの文句が続くと思ったら、そうは言わずに、テルさんは「でもさ」と眉を下げた。

「人にはない力が強ければ強いほど、人にはない苦労もついてまわるもんだし、それはそれで本人は大変だよね。十日先の天気がわかるくらいがちょうどいいかもしれない」

人と違うもの。異質なパーツ。それが面倒を喚(よ)ぶのは俺自身も経験中だから、香瑠さんの苦労もある程度は想像がつく。ひょっとして、里宇がこの人たちにやたらと入れこんでいるのも、その異質さにシンパシーをおぼえたせいなのか。

「ね、テルさん」と、俺はふと思いたって言った。「今晩、暇だったらうちでメシ食ってかない?」

「え、君んちで?」

「うん。なんか最近、母親が張りきってメシ作ってるんだよね、仕事が一段落したみたいで。テルさんが来てくれたら里宇も喜ぶし」

「じゃ、ごちそうになろうかな」

いともあっさりうなずいたテルさんは、その夜、遠慮のかけらもない旺盛な食欲を我が家の食卓で披露し、大食い好きの母親を喜ばせた。

餃子(ギョーザ)。バーニャカウダ。ジャーマンポテト。いなりずし。国籍めちゃくちゃだし盛りつけも雑だけど、余りもんはぜんぶフリーザーへぶちこめばいいと考えている母親の由(ゆ)阿(あ)は、とにかく量だけはたんまりと作る。それをテルさんと俺ががつがつ平らげていくあいだ、里宇は柄にもなく皿を片付けたりといそいそ立ち働き、由阿は由阿で上機嫌にビールをあおりながら独壇場をくりひろげていた。

「あなたが噂のカザアナの人？　うちの庭を救ってくれてありがとね。しかも超割安で感激しちゃった。今日はたんまり食べてってね」

「あなたたち、特区内の施設を一手に請け負ってるんでしょ？　どんな手口で景特審にとりいったのか、今度こっそり教えてね。アッハッハ！」

「ねえねえ、藤寺の藤姫伝説って知ってる？　あれね、私の知りあいが作ったの。広告代理店の社員なんだけど、集客戦略として伝説作ってみたら、コンペで勝っちゃったんだって」

我が親ながら少々ねじが外れている由阿は、外ツーとまちがわれるほど彫りの深い顔立ちながらも生粋（きっすい）の日本人で、なのに、我が家でオンリーワンの黒髪をわざわざ金色に染めている。まだ里宇がかわいげのある小学生だった頃、茶髪のせいでいじめられ、「ママは黒髪でいいよね」とめそめそ泣いた結果、一夜明けた朝には金髪のママが誕生していたらしい。

「私はね、国はもっとあなた方みたいな専門家にお金を使うべきだと思うのよ。なんでもかんでもボランティア、ボランティアで、足りない労働力をタダで賄うことばっか考えて、それじゃプロフェッショナルが育たないいっつーの。ケチくさいったらありゃしない」

濃すぎるキャラをもてあましていたテルさんを救うべく、ここで俺は急遽、校長ネタで由阿の関心を引くことにしたのだった。

「ねーねー聞いて。俺らのクラス、今、相撲大会で出場禁止のピンチにあってさ……」

校長との悶着から今に至るまでをざっくり語ると、思ったとおり、由阿はあっさり食いついた。

「え、なんなの、その妙ちくりんな話は。っていうか、相撲大会って、明日じゃない。あんた、どうするつもりよ」

「秘策を決行する」

「秘策って？」

ついに発表のときが来た。俺は厳かに宣言した。

「頭を丸刈りにする」

「丸……刈り？」

「そうだ。もう髪の色なんかわかんないくらいの、つるっつるのぴっかぴかにな」

俺は本気だった。ニノキンからの助言は「ここはひとつ譲って、一日だけ髪を黒くするのが得策だ。校長に貸しを作っとけ」だったけど、それじゃあの校長に最後まで踊らされっぱなしで終わることになる。俺の頭の主導権をはっきりさせるためにも、ここはひとつ思いきった策が必要なのだ。

「つ、つ、つるっつるのぴっかぴか……」

かきんと凍りついていた三人のうち、最初にゆるんだのは由阿だった。

「やっだー、ウケる。うちの息子がつるっつるのぴっかぴか？　もうもう、早久ってば面白すぎ。はい、はい！　マムに剃らせてくださーい」

これだけ面白がってもらえれば本望だ。が、問題は里宇だった。

「早久、やめときな」

いつになく愛想のよかった態度を一転させて、里宇はぎろりと俺を睨んだ。その口から出たのは聞き捨てならないひと言だった。

「そんなことしたら、校長に敗北宣言することになるよ」

「え。なんでだよ」

「だって、昔の日本じゃ、頭を丸刈りにするっていうのは、反省を示すってことだったんだよ」

「ええっ」

これにはぶったまげた。頭を丸める＝反省？

「なんだそりゃ。そんなこと言ったら、寺の坊さんは全員反省中ってことになるじゃんか」

「それとこれはまたべつ」

「マムも知ってる、知ってる。私の若い頃はまだ残ってたもん、その風潮」

由阿の証言に俺は唸った。母親の世代が憶えてるってことは、それより上の校長も当然知ってるはずだ。

「げ。じゃ、俺が丸刈りにしたら、校長は俺が反省したって思うわけ？　冗談じゃねえ」

「でしょ。だからやめときなって」

「けど、そしたらどうすりゃいいんだよ。俺、それしか考えてなかったし」

「どうもこうも、あんたんとこの校長を見習えばいいじゃない」

こともなげに言い放ったのは由阿だ。

「校長？　あいつの何を見習うんだよ」

「ヅラよ、ヅラ。薄毛をヅラで隠していいなら、茶髪だって隠しちゃいけないって法はないでしょ」

よもやの奥の手に啞然とした。言われてみると、校長のあの不自然なふさふさ頭はたしかにヅラっぽい。黒髪のヅラなんて考えもしなかったけど、これまた言われてみれば、わざわざ丸刈りにするよりもそっちのほうが遥かに簡単だ。が……。

「けどさ、ヅラかぶったら、見た感じは髪を黒くしたみたいになるわけじゃん。ついに染めたか、みたいな。みんな、俺が校長に負けたって思うよな」

「まあね」

「そんなのヤだ。世の中、見た感じで負けたら負けだもん」

「一日だけのことじゃない。翌日、もとに戻せばヅラだったってわかるでしょ」

「一日だけでも負けるなんてヤだ」

「ああ、めんどくさ。マム、もうさっさと丸刈りにしてやんなよ」

俺ら家族がごちゃごちゃ揉めだしたところで、「あの」とテルさんがおもむろに口を開いた。

「こういうのはどうでしょう。早久はまず黒髪のカツラをかぶって相撲大会に参加する。で、無事にとりくみが終わったところで、じつはカツラだったと種明かしをする」

「あ、そっか。みんなの前でヅラを脱いじゃえばいいんだ」

「ただし、早久が自分で脱ぎすてるとなると、ちょっと挑発的だよね。校長先生を刺激しすぎるのもよくないし、ここは、ちょっとしたサプライズで外れちゃうのはどうかな」

「サプライズ?」

「たとえば、超特大のクワガタが飛んできて、早久のカツラをもってっちゃうとか」

「やっだー。そんなに都合よく飛んでこないっしょ、超特大のクワガタなんか」

ぷっと噴きだしたのは由阿だけだった。

俺と里宇は瞬時に視線を交わらせ、それから、その目をテルさんへ向けた。

以心伝心。三人でにんまりうなずきあう。

「え……飛んでくるの？」

由阿の笑いがすぼんでいくのを聞きながら、このとき、俺の脳裏には早くもヅラの調達方法がひらめいていた。

4

明日は最高の空になる。テルさんの予言が当たったつぎの朝、俺はいつもより三十分早く家を出て、辛夷公園で次郎と落ち合った。電話での打ち合わせどおり、次郎はちょんまげ親父に頼んでヅラ部屋をあさり、俺に合いそうな黒髪のヅラをいくつかもってきてくれていた。それも、ありがたいことに、なんと床山さん付きで。

「ダチの息子のダチはわしのダチや。このおっちゃんに任しとき」

さすがプロ、床山さんは俺の頭をちらっと見ただけで即座に最適なヅラを選び、てきぱき装着してくれた。まずはネットで茶髪をまとめて、その上からヘアピンでヅラを留めていく。相撲に備えて念入りにしてもらった。

「完成。見てみい、色男になったで」

床山さんはおだててくれたけど、手鏡に映った俺は俺じゃないみたいで気色悪い。あごまでのボブとくらべると、黒髪のヅラはだいぶショートで、ちょいガキっぽくなった感じ？

ともあれ、ヅラにありがちな不自然さはなく、いかにも本物の髪っぽくは見えた。

「なんか微妙だけど、ありがとうございます」

「おう、がんばれや、兄ちゃん。権力者に負けたらあかんで」

試練の一日がはじまったのは、にやけ笑いの止まらない次郎と学校へ行ってからだ。

まずは教室にいたクラスの全員から「！」「！」「！」「！」「！」とびっくりマークの連射を喰らった。どいつもこいつも、ひさびさに登校した次郎そっちのけで俺の頭に釘付けだ。

たまらないのは、笑われるならまだしも、みんなの顔に哀れみが透けて見えること。相撲大会のためにとうとう染めたのか、早久もここまでか、みたいな。久保っちに至っては、「早久、すまん」と涙目で俺の肩を抱く始末。

めちゃくちゃ居心地が悪いけど、敵をあざむくにはまず味方からって言うし、相撲大会が終わるまでの我慢だと自分に言いきかせ、俺は必死で同情のまなざしに耐えた。ジャージの上から藤色のまわしを締めて向かった校庭で、俺をチラ見する生徒たちのヒソヒソ声にも耐えた。「それでいいんだ」と言いたげな教師たちの心得顔にも耐えた。一番耐えがたかったのは校長の勝ちほこった笑顔だったけど、それすらもぐっと耐えた。

ヅラと関係ないところでは、相撲大会の開会式で長々とスピーチをする来賓たちの退屈なものの考え方や、聞かされる側の身に立とうとしない鈍感さにも耐えた。

唯一、心が晴れたのは、グラウンドに設えられた六つの土俵をとりまく茣蓙席で、物見遊山の外ツーたちの中にテルさんと香瑠さん、鈴虫さんの顔を見たときだ。その横でうちの母親と姉が俺の頭を指さしてバカウケしてるのは見ないふりをした。

校歌とか、宣誓とか、いろいろ面倒な段取りを経て競技がはじまったのは午前十時半。例年通り、まずは低学年が余興の「四股踏み体操」や「どすこい音頭」でグラウンドをあたため、その後、四年生から順に対戦を開始する。トリを飾る俺ら六年生は軽い稽古で体を慣らしたり、できるだけ時間をかけて弁当を食ったり、外ツーの国籍当てクイズをしたりして暇をつぶし、やっとこ出番となった頃には午後二時をすぎていた。

試合は男女別の勝ち抜き戦。くじびきで決まった相手と組んで、勝者が次戦へ進む。四回勝てば決勝進出。

気迫みなぎる次郎が力の相撲で勝ち進んでいくのを横目に、目方のない俺は足を使って相手を攪乱し、疲れさせてチャンスを待つ戦法に出た。地味なとりくみが多い中、ちょこまか動く俺は目立つのか、勝って「ごっつぁんです！」と快哉を叫ぶたびに外ツーからの声援が増えていく。敵の背後にジャンプでまわりこむ八艘跳びを成功させた三回戦では万雷の拍手が沸きおこった。

調子に乗った俺は四回戦でも同じ技に挑んで失敗し、決勝を目前に敗退。決勝戦まで進んだのは次郎と一組の真之介だった。去年と同じ顔合わせだ。

「今年こそ勝て、次郎!」

去年と同様、次郎の力と真之介の技のせめぎあいとなった決勝戦は大いに盛りあがった。はたきこみ。突きおとし。上手投げ。真之介がつぎつぎ仕掛ける技をしのぎにしのぎ、相手に疲れが見えてきたところで、次郎は一気に勝負に出た。粘りに粘る真之介を押して押して押しまくり、ついに土俵から押しだしたのだった。

「よっ、次郎山!」

観覧席からテルさんの歓声が上がり、同時に座布団が高々と宙を舞った。投げたバカは俺の母親だった。

そして、ついに運命の瞬間——茶髪の俺がよみがえるときが来た。

ヅラを外すのにまたとない舞台をゲットしたのは、外ツーの投票で決まる最優秀パフォーマンス賞に俺が輝いたおかげだ。全校生の見守る中、優勝の次郎、準優勝の真之介に次いで校長から表彰される。これ以上の好機がどこにあろう。

ヅラを留めていたピンを事前に外し、俺は満を持してグラウンドの表彰台へのぼった。今か、今かと待ちわびた一瞬がようやく訪れたのは、賞状の授与のあと、校長が中身のない演説をしていたときだった。

「今日一日、児童諸君が気持ちのいい汗を流すことができたのは、個々の奮闘をあたたかく見守ってくださった景勝特区審議会長、及び審議委員の皆々様のおかげであり、並びに心からの声援を送ってくださった外国人ツーリストの皆々様のおかげでもあり……」

まず最初にざわつきだしたのは、表彰台の正面に整列した生徒たちだった。

続いて、それを囲む観覧者たちにも波紋のようにさざめきが広がった。

来たか。こくんと息を呑み、俺はみんなの視線を追って空を仰いだ。そして見た、この世のものとは思えないほどデカいクワガタを。

デカすぎて、到底、クワガタに見えない。まるで習字の硯のような、下駄のような、弁当箱のような飛行体。迫力満点のそいつが俺をめがけてぐんぐん近づいてくる。来る、来る、来る——

その羽音が頭上に迫った瞬間、思わず俺は目を閉じた。頭にのしかかる衝撃を覚悟し、二つの足を踏んばる。が、なかなかそれは起こらない。どうしたのか？

まぶたを開き、「うおっ」とのけぞった。そこに見たのは、ヅラはヅラでも、校長のふさふさ頭をほくほくと抱えたクワガタの姿だった。

「ヅラちがいだーっ」

天高く突きあげた俺の叫びは、今日一番の激震が駆けぬけたグラウンドのどよめきに掻き消され、ナチュラルな姿でぽけっと立ちつくす校長の耳には届かなかったにちがいない。

鈴虫さん曰く、うっかりヅラをまちがえたクワガタはえらく恐縮していたそうだけど、このイージーミスは結果的に、藤ノ花小学校をちょっとだけ俺らにとって楽な場所にしてくれた。

〈小学校校長が相撲大会の閉会式でウィッグを脱ぎ捨て、「自然体が一番！」と堂々宣言――日本の黒髪信仰に画期的な一矢〉

フリー記者の由阿が海外メディアへ流した確信犯的誤報によって、校長はその後、教育界きってのリベラル派として脚光を浴びることとなり、引っこみがつかなくなったんだかなんだかわからないけど、以降、うちの学校では髪のことをとやかく言われなくなった。

第三話　怪盗たちは夜を翔る

いたわしき話をする前に、まずはおめでたき話をいたしましょうか。貴人どもの世がすたれ、武士どもがのさばる天下に灯る一縷の光。ええ、ええ、それがよろしゅうございましょう。

三人の風穴を召されてからこのかた、あの欲心なき八条院さまがいともめずらしく求めてやまなかったのは、風穴どもの良縁にございました。

「三十路をすぎて怪しき力を失えば、多くの風穴は里へ帰される。わたくしにはできぬ仕打ちだが、ただびととしてこの屋敷にとどまるは、彼らにとって所在なきことかもしれぬ。せめて、あの三人によりそってやる家人がおれば……」

仏の心か、親心か、八条院さまのたっての願いは幸いにして実をむすび、御殿ですごした幾星霜のうちに、風穴どもはそれぞれのつれあいにめぐまれたのでございます。

まず、ひとりめは虫読でした。おあいては御殿に出入りをしていた園丁。虫の力でしばしば園丁どもの手助けをしていた虫読のこと、若きたくましき園丁のひとりとねんごろになったのも自然のことわりと申せましょう。

つづいて石読が、やはり御殿にいた石工のひとりとむすばれました。見目かたちうるわしい石読は、貴人どもからの求愛もあとをたちませんでしたが、高き位になびくことなく、心うつくしき堅気なる男と契ったのでございます。

なやましきは空読でした。なにしろ、空がくもってはくよくよとふさぎ、雨がふってはめそめそと袖をぬらすあの性分。色事との縁遠さもさもありなんですが、八条院さまはけっして望みをお捨てになりませんでした。

「空読とともに生きるおなごは、陽の光ひとつで人は心満たされるを知るだろう」

空読のよきところを愛してやまなかった八条院さまは、その清き心をともに愛する里の娘がついにあらわれたとき、ああ、どんなにかおよろこびになられたことでしょう。

かくして風穴どもはそれぞれのつれあいを迎え、やがては子をもうけ、さても御殿をにぎやかすこととなりました。ええ、ええ、あれほど常磐殿がにぎにぎしかった時代は、あとにもさきにもございますまい。

と申しますのも、風穴どもの子らがすくすくと育っていたころ、御殿には八条院さまのご猶子、以仁さまとそのお子らも起居されていたのでございます。以仁さまの妻君となった三位局は八条院さまの寵臣にありますれば、おふたりのお子は八条院さまの愛孫も同然。さりとて、風穴の子らとなんらわけへだてることなく、どの童もひとしく慈しんでおられましたよ。ええ、それはもう。

「童が庭で戯れる。これ以上の安らかなるけしきがこの世にあるものか」

しみじみとつぶやかれていたお声がなつかしゅうございます。

おとしをお召しになりましたのち、八条院さまがしばしば御殿の回廊にたたずみ、まるで時を忘れたようにいつまでも、いつまでも庭をながめておられたとき、あのお方はきっとすぎさりし日々の残り香をさがしておられたにちがいありません。

いまさらこぼしても詮(せん)なきこと。それでも、わたくしはくやまれてならないのでございます。

以仁さまのことさえなかったら、八条院さまも、風穴どもも、まだしばらくはあの安らかなるけしきのなかで遊びつづけていられたのではあるまいか、と。

いえいえ、めっそうもございません。以仁さまをお恨みもうしあげるなど。

恨むべきは入道、以仁さまは悪(あ)しき運命のえじきにございます。

さてもさても、世乱れてよりこのかた、憂きめにあった貴人どものなかでも、以仁さまほどあわれなる御人はおりますまい。後白河さまの第三皇子として生をうけながらも、とんと皇位にご縁のないお方にございました。笛を吹かせればみごとに鳴らし、筆をもたせれば妙々たる書を綴る才子でありながら、後白河さまは以仁さまについぞ親心をむけられることはございませんでした。あげく、寵姫の滋子とのあいだにもうけたお子を帝にしてしまわれた。

さても罪深きこと。滋子は平家の頭たる入道の義妹にございましたゆえ、ここにいたってわが国の王朝は、かくもおぞましき武士の血にけがされたのでございます。

正統なる世継ぎであるべき以仁さまは、入道から目の敵にされて虐げられ、お父上の後白河さまにもつれなくされ、どれほどの辛酸をなめられたことでございましょう。唯一、情けをしめされた八条院さまのお屋敷に迎えられ、どんなにかお心を強くされたことでございましょう。

まさしく、八条院さまは以仁さまの母代わりと申せましょうが、その母なる愛をもってしても、以仁さまの恨みをとかすことはできなかったのでございます。

以仁さまが平氏討伐を誓われたのは、入道が後白河さまの身がらをとらえて幽し、力ずくで王権をわがものとしたあくる年でした。もはや忍もここまでとばかりに、以仁さまは義憤に燃える貴人どもを集め、雄々しく狼煙を上げられました。そして……おぞましき末期は語りますまい。

もはや入道は以仁さまの手におえる敵ではなかったのでございます。以仁さまとてそれを重々承知の上で賭けにでたのでございましょう。八条院さまのお嘆きはおしてしるべしですが、挙兵のかなしき行く末は、だれもが思いもうけていたところでもございました。

八条院さまにとって真に耐えがたきは、乱のおさめられしのち、怒りおさまらぬ入道が以仁さまのお子、道性さまのお身がらまでも求めてきたことにあったのでございます。

ああ、外道もここにきわまれり。おそれおおくも天下の女院さまにございますよ。その御殿に身をよせる以仁さまの忘れ形見、まだいとけなき若君をさしだせなどと、どの口が申せましょう。

しかし、入道の手下は申したのです。物腰こそ慎みながらも、否とはいわせぬ威をもって、謀叛人の子をわたせと八条院さまにせまったのでございます。

「入道どのは、若君の命まではとらぬとのこと」

かくも見えすいた空言に、まんまとのせられる女院さまではございません。つぎなる乱をふうずるため、入道はかならずや道性さまに手をかける。力に頼る者がいかに力をおそれるか、世乱れてよりのち、知らぬ者はございますまい。

「若君はわたくしの孫も同然。命にかえても守ろうぞ」

厳としてはねつけた八条院さまに、しかし、入道はすぐさまつぎなる使いを送りこみました。

「どうしても若君をわたせぬと仰せられるなら、力ずくでひきたてることになりましょう。そうならば、母君や姫君のご無事も約せませぬ」

女こどもまでもおどすとは、返すがえすも仁なき入道の極悪非道。この天魔から三位局と姫君を守らんがため、八条院さまは泣く泣く道性さまをおひきわたしになったのでございます。

屋敷中が涙にそめられ、袖という袖がぬれそぼちました。ことに八条院さまと三位局のおかなしみはとうてい言葉にできません。それでも、せめて最期のいっときまでもうるわしき若君であれと、みなで道性さまにりっぱなご装束をまとわせ、おぐしを整えて送りだされたのでございます。

これぞ今生（こんじょう）の別れ。闇路（やみじ）ゆきの御車で去りゆく若君を、だれもがうちこぼれる涙をぬぐいもせずに見送りました。

だれもが——いえ、じつを申せば、みながみなではございませんでした。

風穴どもの目は、なぜだかこのとき、ぬれていなかったのでございます。

道性さまのご装束のたもとにひとつの石が忍んでいたこと、おぐしの陰に一匹の虫がひそんでいたことを、やがてわたくしどもは知ることになるのでございます。

憎き逆徒の血を絶やさんとする入道は、日ならず、道性さまがいとも霊（くし）びなる力に守られていることを認めざるをえなくなりました。なんとなんと、若君の成敗を命じた手下どもが、つぎからつぎへとなぞの病に伏したのでございます。大熱にうなる者。腹をくだす者。頭が割れるとのたうつ者。その悶絶たるやおそろしく、道性さまに手をかけるどころか、刀をにぎることすらままならぬありさま。さすがは怪しき力のすさまじきをもって知られる石読の守り石にございます。

「ええい、こしぬけどもめ。目に見えぬ力に屈するは、おのれの甲斐なきあかし。かくなる上は、この入道が手ずから葬ってくれるわ」

しびれをきらした入道は、もはや手下にまかせておけぬと、みずから道性さまの前に立ちました。そのじつ、入道の身は煮えたぎるほどの大熱におかされていたのですが、そこはさすがの天魔と申しましょうか、気の力ひとつでおのれを奮わせ、いざや若君の息をとめんと刀をふりかざしたのでございます。

道性さまのおぐしの陰から一匹の蜂がおどりでたのは、まさにそのときでした。まずはきき手をひと刺し。虚をつかれた天魔の手から刀がおちると、つづいて、空という空から馳せさんじた蜂の大いなる群れが襲いかかりました。入道の手下どもが火の粉をちらすがごとく逃げだしたのはいうまでもございません。その場にとどまって戦うは入道と蜂のみ。一の刀に幾千の針。いささか風変わりなる多勢に無勢のむすびは申しあげるまでもございません。

さんざん蜂にいたぶられた入道は、そののち、二度と若君に刀をむけようとはいたしませんでした。

一命をとりとめた若君が仏門に入られたとの報をうけた八条院さまは、三位局とひしと抱きあい、うれし涙に袖をしぼりました。あとにもさきにも、あれほど風穴どもがほめそやされたことはございますまい。

ひとり、おだやかならぬ心火を燃やしに燃やし、猛りくるったのが入道めにございます。さきの蜂が風穴のさしがねであったのを知った入道は怒り心頭、まさしく魔となり鬼となり、風穴憎しと報復の狼煙を上げたのでございます。

風穴どもの行く末にふれる前に、いまひとつ申しあげておきたいことがございます。さきにお話しした以仁さまの乱ののち、心なき者どものあいだでは、あたかも八条院さまが人知れず蜂起の手引きをしたかのような陰言がきかれたようですが、いわれなき空音もいいところ。武士どもはもとより、そのころには貴人どものなかにも武の力に頼る者がぞくぞくあらわれておりましたが、さような力と力のせめぎあいこそ、八条院さまがなにより忌みきらっておられたものでございます。理よりも武がものをいう世の中を、あのお方は深く憂えておられました。それはそれは深く。

「男どもは戦を好む。しかし、力と力がぶつかりあえば、陰で泣くのは力なき市井の者どもよ」

いかにも仰せのとおり、力と力のぶつかりあいは京の都を乱し、里へもその禍を広げておりました。ただでさえ、空の荒れたるによって実るものも実らず、民の多くが貧の病を負っていたなかで、戦火が上がれば兵のためにと米を奪われ、一家の主を兵にとられ、民はただただ飢え苦しむばかり。

民をさいなむ戦ごとに辟易されていた八条院さまがくるおしく求めておられたのは、いかに入道を倒すかではなく、入道と戦わずしていかに世を守るかの一事につきました。そして、いうにおよばず、戦わずしてなにかを守るのは、戦ってなにかを倒すよりも、はるかにけわしき道にございました。

1

「ヌートリアがまた攻撃予告を撒きました」

ヒショから一報が入ったとき、私はつい五日前にヌートリアの攻撃を受けた温泉地にいた。

大分屈指の景勝特区、別府。市を挙げて復興を急ぐ現地へ入り、役人や周辺住民、観光業者などへの取材を重ねた。建前上、テロは起こらないことになっている日本で記者に対してフレンドリーな人間を見つけるのは楽じゃないものの、粘り強く探せば口の軽いお調子者はどこの土地にも必ず存在する。しぶとく歩きまわった結果、ようやく実のある証言を得られたのが取材三日目。記事の下書きを終えたその夜、今日は湯豆腐で一杯やろうかとほくそ笑んでいたところで、MWからヒショの声が流れたのだった。

「ヌートリアが、また？」

今月は二度目だ。勘弁してよ。心でぼやきつつ「今度の標的は？」と尋ね、返された一語に仰天した。

「東京都久留瀬市藤寺町です」

なんと、私の住んでいる町だった。

「うっそー。マジ？　えーっ」

私がどんなにすっとんきょうな声をあげても、沈着冷静なヒショのトーンは変わらない。

「嘘ではありません。マジです。例によって政府は沈黙していますが、藤寺町は騒然としています」

「予告の内容は？」

「夏祭りの夜に藤寺を襲う、と」

あちゃー、と私は額を押さえた。藤寺町から藤寺をとったら何が残るのか。

「すぐ帰る。フライトの空席を押さえてくれる？」

二秒とせずに「座席確保しました」と声がした。

「八時四十分の便です。空港までは七時二十分発のシャトルをご利用ください」

「サンキュ。ついでにホテルの精算と今夜のキャンセルもお願い」

「ともに完了しています」

〈究極のてきぱき〉が売りのヒショは通話中に私のお腹が鳴っていたのも聞き逃さなかった。

「機内食をリクエストしておきます」

「パーフェクト」

大手企業間の開発合戦のおかげで年々性能を高めていくAI秘書は、今では私のなくてはならない相棒だ。が、俗にMW(エムダ)(Multiple Watch)と呼ばれる腕時計式高機能モバイルにしか搭載できないヒショに頼っているかぎり、私はいつでもMW追跡(チェイス)に居場所を特定され得る立場にある。あらゆる進歩は諸刃(もろは)の剣(つるぎ)。

ヒショとの通話を終えた私はすぐさまタブレでヌートリアの動きを探った。今回も彼らは鳥に予告状をばらまかせ、それを拾った人々の手で情報を拡散させている。国があらゆる情報網の監視権を握って以来、必ず足がつく電子媒体を密事に利用する輩(やから)は激減した。重要機密は燃えて灰になる紙に書く。使者には顔の割れない鳥を使う。ヌートリアのやり口は原始的でありながらも前衛的だ。

毎度ながら予告文は簡潔だった。

〈我々ヌートリアは自然環境を犠牲にする現政府の観光立国政策に断固反対する。藤寺夏祭りの夜、怒れる鳥が藤寺を襲うであろう〉

怒れる鳥。鳥たちは怒ってるの？　だとしたら何に？　人間同士の争いに利用される運命？

私は目を閉じ、藤寺を襲う漆黒の群れを想像した。黒一色に空を塗りつぶす鴉(からす)たちの乱舞。

どきっとしたのは、一瞬、そこに息子の顔が重なったせいだ。

約四ヶ月前、ドローンカイトによる鴉の殺戮を見たショックから、長く家に引きこもっていた早久。鴉が藤寺町の空を染めれば、あの子はまた心の均衡を崩してしまうのではないか。

大分空港を発って約一時間後、私は羽田に停めてあったバイクをがんがん飛ばし、東京の最果てにある我が家へ急いでいた。時速四十キロ制限の景勝条例にイラつきながらもようやく帰着し、逸る手で開いた玄関扉の先に賑やかな複数の人声を聞いたときには、心からホッとした。

彼らが来ているのだ。

二階へ上がってリビングの戸を開くと、思ったとおり、そこには彼らの顔があった。

「いらっしゃい」

「お帰りなさい」

「お帰り、由阿さん」

テルは窓寄りのソファに腰かけ、鈴虫はうちの子たちと一緒に床で膝を崩している。

里宇と早久が妙になついているこの二人は、最近、気がつくと家にいる。子供たちに料理を教えていたり、作った夕食を一緒に食べていたり、3Dゲームに燃えていたり、悲しい映画に涙していたり、お風呂あがりに一杯やっていたり。堂に入った居候ぶりには驚かされるものの、おかげで早久が前ほどニノキンを頼らなくなったのは良い兆候だ。

国と企業が協同開発したＡＩ家庭教師なんて、扱いやすい良い子を大量生産するための仕掛けにすぎないと、なぜ私は購入前に見ぬけなかったのか。

「由阿さん、出張お疲れさま。あいかわらず忙しそうですね」

天気のいい日は至極明るいテルに「ヌートリアのおかげさまで」と苦笑いを返し、エアコンの風がよく届くテーブルの椅子にもたれた。

「香瑠（かおる）ちゃんもあいかわらず忙しいの？　最近、見ないけど」

「ですね、あいつは使えるから。ここんとこ大事な交渉事も任せてるもんで」

「大変ね。温泉まんじゅう買ってきたから、あとで分けてあげて」

「なに悠長なこと言ってんだよ」

焦（じ）れた声をあげたのは早久だ。

「大変なのは藤寺町だよ。知ってんだろ、藤寺がヌートリアの標的にされたの」

「もちろん。だから湯豆腐あきらめて帰ってきたんじゃない」

「よし。これで一人増えたな、会員が」

「会員？」

「藤寺を守る会。さっき結成したんだ。この町の宝は俺らの手で守る！」

町の一大事を危ぶみながらも、どこかでそれを楽しんでいる子供の健全な光。早久の瞳にそれを確認するなり、旅の疲れがどっと襲った。

「よかった。安心した」

「なにが」

「鳥のこと。思ったより、あなた、大丈夫そうで」

一瞬ぽかんとしたあと、早久は私の言う意味を察したようだ。

「由阿、時は流れてるんだ。俺はもうあの頃のヤワな俺じゃねえ。それに、鳥たちだって進化して、あの頃よりもずっとパワーアップしてるし」

「アップしたのはパワーじゃなくて、数よ。単純に、日本の駆逐政策が低迷してるってだけの話。罪なき鳥を殺めるとは何事だって、過激派宗教組織よりも怖い列強の動物愛護団体からガミガミ怒られて、ね」

「でもさ、なんでバレたのかな」

疑問を挟んだのは里宇だ。

「ドロカイが鳥を殺してるなんて、メディアはどこも報じてなかったのに」

「日本のメディアはね。ただし、海外メディアは報じてた。なぜだと思う?」

私はもったいぶって間を置き、自ら答えを放った。

「この私が記事を書いて売ったからよ」

上を向いて大口を開き、ハ、ハ、ハ、ハ、と夫の十八番だった海賊笑いをしてみせる。

と、渋面の鈴虫にたしなめられた。

「由阿ちゃん、笑ってる場合じゃありません。ドロカイにも止められなくなった鳥たちが、今度は藤寺を襲うんですから。そんなことになったら、どうなると思うんです」

「どうなるの?」

「私たちの苦労が水の泡です。藤寺、こないだリニューアルして、藤を増量したばっかりなのに」

「そっか。カザアナは藤寺も請け負ってるのよね」

「はい。何かあったら、事後処理も僕たちの仕事になるわけで」

「ははあ。それで守る会を……」

「じゃなくて、藤寺が鳥にやられたら、俺らがヌートリアに負けたことになるじゃんかっ」

利害に縛られた大人たちを一喝したのは早久だ。

「いいか、攻撃予告ってのは、受けて立つためにあるもんだ。誰も受けて立たないんだったら、この俺が立つ!」

要するに、町の一大事に便乗して騒ぎたいのだろう。

「で、あなたたち、ヌートリアに勝つためにどんな作戦を立てたの? 今度はクワガタの代わりにカブトムシでも飛ばして鳥と戦わせる?」

私の問いかけに、四人はぎくっとしたように顔を見合わせた。あたらずといえども遠からずか。

「やっぱり私、入会はやめとくわ。鳥と虫の代理戦争なんてぞっとしないもの」

「代理戦争？」

「人間の都合で戦わされるんでしょ。どっちが勝っても負けても、かわいそう」

「じゃ、どうやって藤寺を守るんだよ。夏祭りまであと二十日しかねえんだぞ」

「そうカッカしないで、冷静に。まずは糖分でもとってリラックスなさい」

私は空港で買った温泉まんじゅうをリュックから出し、手早く包みを解いた。

「藤寺を守るためにどうすればいいのか考えるのは、役人の仕事よ。で、その役人につきまとうのが私の仕事。これがなかなか一筋縄じゃいかないんだけど」

また忙しくなりそうな明日に備えて燃料を補給すべく、薄皮のおまんじゅうを口に放りこむ。ほっこりとしたこし餡の甘味が疲れた体に沁みていく。

「ね、ママ」

と、そのとき、弛緩しかけた私の体を里宇の声が再び硬直させた。

「ヌートリアって、ほんとのところ何者なの？」

口の中に苦みが入り混じる。

ヌートリアとは何者なのか？　そう、そもそもの問題は、この初歩的な問いにさえ、いまだ満足な答えがもたらされていないことかもしれない。

地下組織ヌートリアは時代とともに変容を遂げてきた。故に全体像を捉えがたいとされる彼らが、日本の観光革命が産んだ落とし子であるのは間違いなさそうだ。

頼みの綱だった東京五輪の景気効果がパンデミックでご破算となり、列強とのＡＩ競争に敗れ、人口減少やら高齢化やらインフラの老朽化やらで八方塞がりだった日本が起死回生をかけた観光革命に打って出たのは、医学がウイルスを制した約十五年前のこと。それ以前に相次いだいくつかの出来事——カジノ解禁、改憲がもたらした隣国との局地的衝突、ハリウッド映画『GENJI』の大ヒットによるジャパンブーム——などが日本人の商魂やら危機意識やら愛国心やらを刺激したのもあって、資源なき日本は観光大国として成りあがるべく猛進をはじめた。お得意の集団暴走を。

「日本には類いまれなる固有の文化がある。欧米の模倣をやめ、本来の伝統に立ちもどることこそが、外国人ツーリストを引きよせる国造りの礎となる」

いにしえの雅へ還ろう。そんなスローガンのもとに日本では空前のいにしえブームが起こり、なんでもかんでも和的なものが「ジャポい」ともてはやされるようになった。

一方、その裏で外国臭のする「oversea」なものたちを排斥する動きも蔓延した。

急速な社会の変化はひずみを生む。いにしえブームの陰で職や居場所を失った在日外国人も多く、観光革命を憎悪する彼らこそがヌートリアの前身であったと言われている。用地買収のための闇工作を暴露、景特審の機密文書を改竄、観光施設のMW認証システムを破壊――等々、活動初期はサイバー攻撃を中心としていたヌートリアは、しかし、日本当局が鉄壁の監視網を完備した数年前から、一転して鳥を使いはじめた。生きた鳥による攻撃。この方向転換こそが仲間割れ説や複数リーダー説の論拠となっている。

かくも捉えがたき地下組織に対して日本当局は何をしたのかといえば、表立ってはほとんど何もしていない。それどころか、国内メディアに厳重な報道規制をかけることで、ヌートリアの実態をいっそう茫々たるものとしてきた。

この国にテロリストは存在してはならない。理由はそれに尽きる。

日本を訪れる外ツーの数が二十年前の約八倍にまで増えたのは、実のところ、日本がいにしえの雅へ還ったからではなく、日本以外の国々が物騒になりすぎたせいだ。もはや日常茶飯事となったテロや銃の乱射事件、そして誘拐。その主たる標的とされる欧米で命がけのバカンスをすごすことに疲れた人々は、安全の担保さえあればアジアの果てまで足をのばすのも厭わなくなった。事実、観光革命と安全政策を連動させてきた日本当局は、島国の恩恵も手伝って国外テロリストの潜入を水際で食いとめ、「日本は治安がいい」「日本にはテロがない」との安全神話を不動のものとしていた。それを揺るがす地下組織など存在してはならないのだ。

加えて、ヌートリアにはたしかに、他国のテロ組織とは一線を画する特質があった。

彼らは人を殺めないのだ。

観光革命に抗う彼らの標的は、人間ではなく、各景勝特区に新設された急ごしらえのアトラクションだ。河津の桜離宮。札幌の氷塔。奈良の競鹿場。京都の銅閣寺。東京スカイフォレスト。これまで鳥の攻撃によって壊滅的な被害を受け、外ツー離れに泣いた景勝特区は数知れない。最新の被害地である別府では、体に赤い塗料を塗りつけた鴉の大群が天国めぐりの露天風呂を襲い、その湯を真っ赤に染めあげた。

「これしきの悪ふざけをテロとは呼ばない。単なる子供のいたずらだ」

まともに相手をしては沽券にかかわるとばかりに当局がいまだ余裕を装っていられるのも、これまで深刻な人的被害が出ていないせいだろう。

無論、永田町が「これしき」とうそぶく襲撃も、各自治体の観光業にとっては命とりとなりうる。

アトラクションやホテル、飲食店、土産物屋などで働く人々やその家族たち。

外ツー接待で参考ナンバーを稼いでいるボランティアたち。

そして、いち早くまともに被害を喰らうことになるのは——。

「ヌートリア対策の責任者は誰？」

翌日、私はさっそく久留瀬市役所へバイクを飛ばし、所内で最も不運な人物の割りだしにかかった。

「ヌートリア対策、ですか」

毎度ながら総合受付の反応は杓子定規(しゃくしじょうぎ)だ。仕事用の黒髪ウィッグをつけた私に事務的なスマイルを向け、マニュアル適応外とわかったとたんに眉尻を五ミリほど下げる。

「昨日の攻撃予告を受けて、観光省から対策要請が来ているはずよ。とんだ災難に見舞われた部署はどこ？」

「相済みませんが、そのようなご用件に関しましては、人間の職員がいる窓口へおまわりください」

「防災課？　みどり公園課？　この所内で力関係が下なのはどっち？」

モニター画像に頭突きする勢いで迫ると、AI受付嬢は対応不能の赤ランプを額に点滅させながらも、最後の質問にだけはきまじめに答えた。

「この所内で力関係が下なのは、みどり公園課です」

そのみどり公園課で対応に現れたのは人間の女性職員だった。

「フリーの記者をしている者ですが、ヌートリア対策についてお話をうかがえますか」

「え。ど、どうしてうちへ……」

「観光省へ取材を申しこんだところ、ここへ行けと。ご担当の方に会わせていただけませんか」

もちろん真っ赤な嘘だった。が、メディア対応に不慣れと見える彼女は鵜呑みにしたらしく、顔色を変えて室内へ踵を返した。

「お待たせいたしました」

三分後、「私が責任者です」と現れた作業着姿の職員と対面し、私は「ジーザス」と心で唸った。

皺としみに埋もれた老顔。ボリュームのさびしい半白の頭。吹けば飛びそうな痩身。まだ現役の七十代前半とは思えない疲労感を全身にまとい、まぶたの下垂と闘うように目をしょぼつかせているこのおじいさんが責任者？

さしだされた名刺に〈みどり公園課 墓園管理係長 十文字翔〉とあるのを見て取り、私はいよいよ困惑した。

「みどり公園課の墓園管理係長が、ヌートリア対策を……？」

「はい、さようになりました」

十文字さんは鳴き疲れたヤギみたいな声で言った。

「さようって……なぜみどり公園課に白羽の矢が？」

「藤寺は国有地に建っておりますし、市民や外国人ツーリストに広く開放されておりますから、寺とは申しましても、実質的には公園にかぎりなく近いという話になったそうでして」

「でも、どうして墓園管理係のあなたが責任者に？」

「形ばかりではありますが、雰囲気を出すため、藤寺には墓も設けられているのでありま す」

強者から弱者へまわされていく貧乏くじ。その重圧に骨張った肩を震わせている老人を直視するに忍びなく、私は瞳を落とした。

「あの、どこかで座ってお話しできませんか」

「ああ、はい。では、こちらへ」

案内されたのはよく晴れた七月の正午ですらも薄暗い小会議室だった。

「暑くてすみません。エアコンが壊れているものですから」

事務机を隔てて対座するなり、私の肌にはみるみる大粒の汗が噴きだした。十文字さんが窓を開けても、それは湿った暖気にさらなる熱を送りこむことにしかならなかった。

「まずは、墓園管理係の人員構成を教えていただけますか」

「正規の職員は私を入れて三人です。しかしながら、一人は空軍に出向中で、もう一人は働きません」

「働かない？」

「はい、働きません」

歯が欠けているせいか、十文字さんの「です」は「でしゅ」に、「ません」は「ましぇん」に聞こえる。

「ってことは、実質、一人ってことですか。あなた一人でヌートリアに立ちむかえと？」

「いいえ。この問題には所をあげてとりくんでおりますし、昨夜の臨時対策会議にも上役全員が出席しております。私はあくまで立場上の責任者であります」

「それって、何かあったときに責任を負うための責任者ってことですよね」

「そうですね」

そうでしゅね、に聞こえる。

「十文字さん、ずいぶんと落ちついていらっしゃるんですね。私にはひどく理不尽な話に聞こえるんですけど」

「長く生きていると、大方の理不尽には慣れてしまうものです」

そうは言っても、と私は食いさがった。仕事柄、これまで多数の自治体でこの手の不条理を見てきたけれど、ここまでひどい例はなかった。

「そもそも、景勝特区は観光省の管轄ですよね。観光革命を国の主導で動かすために諮問機関の景特審まで設置して、各特区内を完全に牛耳ってきた。なのに、ヌートリア対策だけを自治体に押しつけてくるなんて、もう、そこからして筋の通らない話じゃないですか」

「我々末端の地方公務員が最も慣れているのが、この種の筋違いです」

何を言っても彼は動じず、その皺んだ肌は汗の一粒も流さない。見かけによらず手強(てごわ)い。私は相手の感情に訴えかけるのをやめ、話の角度をずらした。

「昨夜の臨時対策会議ではどんな討議をされたのですか」

「攻撃への然(しか)るべき対策についてです」

「どのような対策を？」

「それは申しあげられません」

「すでにほかの自治体が失敗している放水作戦やネット作戦とは別の対策ですか」

「それも申しあげられません」

「では質問を変えます。個人としてのご見解で結構ですが、藤寺が鳥の攻撃で観光名所としての機能を失ったら、藤寺町はどうなると思われますか」

「当面は観光事業に困難が生じることでしょう。しかしながら、いかなる被害を受けようと、藤寺は必ずや再建されます。有形文化財のしぐれ藤があるかぎり、何度でも」

平坦だった口調が急に芝居がかった。おそらくこれは彼個人ではなく上の人間たちの総意だろう。

「自然保護を標榜するヌートリアは、植物を攻撃の的にしない。よって、何があろうともしぐれ藤は安泰ってわけですね」

「そのように考えております」

「逆に言ってしまえば、しぐれ藤さえ無事なら、寺のひとつやふたつは破壊されたところでどうってこともない、と」

少々挑発的な物言いに、十文字さんの黒ずんだ涙袋がひくついた。彫られたように深い眉間の皺から押し殺された苦悶が覗く。小さくひしゃげた顔に悲痛の色が広がっていく。

「十文字さん。お心にかかっていることがあるなら、どうか仰ってください」

何かある。確信をもって迫るも、喉もとのあたりで浮沈していたその何かを、彼は意志の力で押しもどした。

「申しあげられません」

センサーを意識して身を乗りだし、私は彼の耳もとでささやいた。

「何があるのかわかりませんが、一人で抱えこむことはありません。あなたの責任じゃないわ」

「いいえ。私が責任を感じているかぎりは、私の責任です」

「あなたはただ貧乏くじを引かされただけです」

「貧乏くじを引かされるような人間である私の責任です」

「そんな……」

「いざとなったら、首をくくってお許しいただくほかありません」

いたたまれずに私が席を立つ直前、最後に耳にした「ありましぇん」にはたしかに実感がこもっていた。

が、まさかその三日後、十文字さんが本当に首をくくってしまうとは、このときは想像だにしなかった。

2

『入谷（いりたに）由阿様
前略。たった一度しかお会いしていない貴方（あなた）を不躾（ぶしつけ）にもこのような書状の受取人に指名する無礼をお許し下さい。さぞやご迷惑であろうと恐縮の極みでありますが、私の最後の望みを託すお相手として貴方以外の顔がどうしても浮かびませんでした。
お察しの通り、私は友人も少なく親戚との繋（つな）がりも希薄な寂しい老人です。七十二年間ただただ静かにつましく暮らして参りました。試しに参考ナンバーをご覧いただければ、私が如何（いか）に人畜無害な毒にも薬にもならない人間であるかお察しいただけましょうが、五十年前に公職に就いて以来、こんな私でも僅（わず）かばかりなりとも市民のお役に立てればと努めてきたつもりです。とりわけシルバータウンに併設された公営墓地を担当して以降は、可能な限り現場へ足を運び、お墓参りやご供養に見える市民へのサービス向上に励んで参りました。

我が人生に悔いはございません。私はやることをやりました。決して誇れるナンバーではございませんが、微々たる数字を手堅く積み上げた結果、一人息子は就職にも結婚にも恵まれて独り立ちをしております（無論、彼自身のナンバーの賜でもありましょうが）。長年連れ添った家内も五年前に先立ち、私が後を追ったところで困る者もおりません。定年の延長さえなければとうに安逸な老後を送っていたことを思うと胸中複雑ではありますが、それも今更申し上げても詮無い事でありましょう。

今の私にはただただ藤寺を守ることが出来ない己への無念があるのみです。

入谷由阿さん。私は先だって貴方に、今回の攻撃予告に対して我々は然るべき対策を立てたと申し上げました。実の話、それは藤寺夏祭りを中止にするという些か安直なものでしたが、その対策はその後、景特審の日野会長に却下されたのです。

夏祭りを中止にしたところで攻撃は止められない、というのがその主たる理由です。実際にこの春、ヌートリアの攻撃予告に動転した某自治体がイベントを中止したにもかかわらず、鳥たちは予告通りにアトラクションを襲って暴れ、「弱腰だ」「子供のいたずらに屈した」「人がいたほうがむしろ鳥は攻撃を加減した」等の非難が殺到したそうなのです。

「問われているのは逃げ腰の措置ではなく、建設的な具体策だ。直ちに別案を用意せよ」日野会長からのお達しに、もはや上役たちは議論の席すら持とうとせず、「君の肩に当市の命運がかかっている」と、早急なる別案の作成を私に下知しました。いまだかつてどこの自治体も成功していないヌートリア対策を、一介の墓園管理係長に為し得るわけがないのは自明の理。内心では誰もが既に藤寺を諦め、攻撃後の再建に頭を切り替えているのです。「手狭な本堂を拡張する良い機会だ」等の希望論まで聞こえてきます。

貴方が仰った通りです。しぐれ藤さえ無事であれば、箱物は如何様にも復元できると彼らは割り切っています。その方針に疑問を禁じ得ない私は、昨日の終業後、背骨の傾ぐような陰鬱を胸に藤寺を訪ねました。

ご存じの通り観光省が指揮する景勝特区内の藤寺は我々の管轄ではありませんが、私は個として折りに触れ足を運んで参りました。塔の如くそびえるしぐれ藤ではなく、ご本堂の柱や床を拝むためです。

あの柱や床の木材が、古色仕上げの技術だけでは到底生み出せない艶を放っているのを貴方はご存じでしょうか。参拝者に数百年の歴史を錯覚させる神秘の艶です。あれはシルバー会から派遣されたボランティア僧たちが手ずから磨き上げたものなのです。時間外奉仕は参考ナンバーに加算されないにもかかわらず、彼らは来る日も来る日も朝早くから雑巾を手に奮闘し、今も一途に磨き続けています。その無垢なる精神が私の心を清めてくれるのです。

ヌートリアの攻撃予告を知った際、私の頭をまず掠めたのは彼らの事でした。もしもご本堂が鳥に破壊されたら彼らの粉骨はどうなってしまうのでしょうか。

そんな懸念を抱く者は、残念ながらうちの役所にはおりません。長年に亘るボランティア僧たちの献身などは露も考慮に入れず、寺を守るべき措置も執らずに、誰もが己の身のみを守っています。

これで良いのでしょうか。否、良い訳がないと私は昨日、ご本堂の床を撫でながら改めて思いました。我々は藤寺を守るべきです。守らなくてはなりません。誰もそれをやろうとしないのであれば責任者たる私が命を賭して守るしかありません。

入谷由阿さん、貴方を気概のある報道人と見込んでお頼み申しあげます。どうか私の人生最後の願いを貴方の筆でヌートリアさんに届けていただけませんでしょうか。名もなき地方公務員の引責自害に僅かなりとも悲哀を感じていただけるのであれば、どうか藤寺への攻撃はご容赦いただきたい、と。どうしてもそれが叶わないのであれば、せめてボランティア僧たちが磨いた柱や床は避けて攻撃してもらえませんか、と。

今生最後の念望が実を結びます事を心から乞い願い、お粗末ながら私の遺言とさせていただきます。

久留瀬市みどり公園課 墓園管理係長　十文字翔』

「あ、起きた」

十文字さんが意識をとりもどしたのは、我が家の寝室へ担ぎこまれて十数分後のことだった。

絶えてシーツの皺むことのなかったベッドに、約六年半ぶりに男が横たわっている。その珍奇な光景に私がぼんやり見入っているうちに、里宇と早久、そして鈴虫の三人が濡れタオルやら氷嚢(ひょうのう)やらを駆使して彼を目覚めさせたのだ。

「天使？」

十文字さんはまず枕元にいた鈴虫を見あげてかすれ声をあげ、うつろなまなざしで里宇と早久を順にながめて、最後に私を見た。

「ここは……？」

「幸い、天国じゃありません。私の家です」

「え」

「十文字さん、私です。入谷由阿です」

黒髪の女記者と金髪の主婦が彼の中で重なりあうには少々時間が要った。長い沈黙の末に十文字さんはようやく「あっ」と瞳を震わせた。

「なぜあなたが……いや、なぜ私があなたの家に?」

「辛夷(こぶし)公園へ行かれたのは憶(おぼ)えていますか」

「公園? あ、はい」

「そこで何があったのか、落ちついて、ゆっくり思いだしてください」

青黒い隈にふちどられた十文字さんの目が閉じる。数時間前の行動をたどっているのだろう。私宛の遺書を懐(ふところ)に忍ばせて夜の辛夷公園へ向かったこと。片隅の一樹によじのぼり、その枝にロープを結んだこと。輪にしたロープの先に首をくぐらせかけたところがどっこい、その瞬間——。

「わっ」

はたと覚醒したように、十文字さんの胸が波打った。

「蜂!」

そう、今生に別れを告げようとしたまさにそのとき、世にも恐ろしいスズメ蜂の大群が十文字さんをめがけてまっしぐらに飛んできたのだ。ぶんぶんと地響きのような羽音を唸(うな)らせて。

死を恐れない人間が必ずしも蜂を恐れないとはかぎらない。とっさに彼は逃げようと身をよじった。その拍子に幹のうろにかけていた足をすべらせ、ずどんと地面へ落っこちた。

「イタッ」

お尻は今も痛んでいるようだけど、幸運だったのは気絶した彼をＡＩ夜警が見つけるよりも早く、藤寺町の事務所にいた鈴虫が蜂たちのＳＯＳを察知したことだ。これぞまさしく虫の知らせ。急ぎ会社のバンを飛ばして駆けつけると、土の上にのびている老体をドローンカイトから隠すがごとく、スズメ蜂の群れが中空でバリアを張っていた。

「私、二度びっくりしちゃいました」

よみがえった記憶の信じがたさに放心している十文字さんに、鈴虫が言った。

「一度目は、ポケットから遺書を見つけて。二度目は、その宛名が由阿ちゃんだったのを見て」

「ご指名いただいて光栄です」

私は薄くほほえんだ。

「でも、たまたま第一発見者が私の知人だったからよかったけど、もしもほかの誰かに通報されてたら、あの遺書、永遠に私のもとへは届きませんでしたよ」

十文字さんはこめかみを押さえて黙考し、やがて悄然（しょうぜん）とうなだれた。

「言われてみれば、たしかに。ヌートリア対策に悩める地方公務員の自死なんぞ、公になったら事ですからな。私は、その程度のこともわからないほど……」

追いつめられていたのだろう。

「とにかく、ご無事でなによりです。言葉もしっかりしてるし、脳にも問題なさそうね」

私の目配せを受けて、里宇がお手製のハーブティーをベッドのサイドテーブルへ運んだ。

「これ飲んで、今夜はゆっくり寝てください」

「やや、そんな、他人様のお宅に泊まるなど……」

迷惑はかけたくないとひとしきりごねたあと、十文字さんは皆から口々に説きふせられて帰宅を断念し、力なくハーブティーをすすりはじめた。張りつめたその表情が一口ごとにまどろんでいくのを見届けて、私たちは部屋から退散した。

「おやすみなさい。トイレと冷蔵庫は二階にあるから、どうぞご自由に」

その夜、私はいつもどおり一階の寝室と隣合わせの仕事部屋で就寝した。今ではすっかり体になじんだ折りたたみ式の簡易ベッド。夫が死んで以来、独り寝には広すぎる寝室のベッドをどうしても使う気になれずにいる。


一夜明けた翌朝、普段よりも早く目が覚めたのは、窓ごしに水の気配を感じたからだ。庭木がばしゃばしゃとはねとばす飛沫の音。雨？　寝ぼけ眼を窓へ向けるも、瑠璃色のカーテンは朝の陽射しを透かしている。

カーテンの隙間から庭を覗いた私は、寝間着代わりのTシャツと短パンのままガラス戸を開け、サンダルを突っかけて外へ出た。

「やや、起こしてしまいましたか。相済みません、年寄りは朝が早いもので」

ホースを手にした十文字さんは、私と顔を合わせるなり、もう片方の手で手刀を切った。梢（こずえ）ごしに降りそそぐ陽のせいか、頭上にひらめく蝶々（ちょうちょう）のせいか、昨夜よりも顔の色が明るく見える。

「水やり、ありがとうございます」

「いえいえ、これしきのこと。一宿の恩義にわずかなりともと」

控えめな笑みからは、昨日、捨てそびれた命をどう考えているのかはうかがえない。

「十文字さん。少し、座って話しませんか」

水やりが終わるのを待って、私は竹のベンチに彼を誘った。

いい風が吹くいい朝だった。小鳥のさえずる庭には早朝ならではの清涼さがあって、ベンチに座ると湿った土の匂いが鼻をくすぐった。

「すてきなお庭ですね。のびのびしていて、まるで自然の中にいるようです。景勝特区はどこもかしこも紋切り型の日本庭園ばかりと思っていましたが、なかなかどうして」

昨夜のことから目を背けるように、十文字さんは多種の緑が茂る庭を熱心にながめまわしている。カザアナの手でこの庭が息を吹きかえしてから約四ヶ月、植物たちはいよいよ生命の光に充ち、「我が家の小さな森」と夫が呼んでいた当時の生彩をとりもどしつつある。

「亡くなった夫が設計した庭です。この町が特区入りする前でしたから、まだ栽培種の制限もなくて」

「道理で。和洋折衷と申しますか、和と洋の種がほどよく入りまじっている」

「人間にしても、植物にしても、ひとつの空間に交わっている種が多彩であるほど健全だ。それが夫の持論だったんです。彼自身、アイルランド人と日本人のミックスでしたし」

「なるほど。このおおらかな趣はそこから来ていたのですね」

十文字さんは改めてぐるりと首をめぐらせ、やや声を低くして言い添えた。

「しかし、そのような自由志向をおもちの方に、景勝特区はあまり住み良い土地ではなかったでしょうね」

その指摘の正確さに、私は思わず笑ってしまう。やっぱりこの人は見くびれない。

「ええ、そうですね。夫も私も、最初は途方に暮れました。東京の外れに買った中古物件が特区指定を受けるなんて、まさに青天の霹靂（へきれき）でしたから。町はあっという間に変わってしまって、外ツーがどよどよ押しよせてきて、まるで私たちのほうが異邦人になってしまったみたいで。英国育ちの夫は尚のこと、いにしえブームに居心地の悪さをおぼえていたんじゃないかと思います」

淡々と語りながらも、私の瞳はせわしなく宙を泳いでいた。突然の死から六年半を経た今でも、夫のことを考えると触角を失った蝶みたいな気分になる。

「でも、だからこそ、夫は逃げたくなかったんでしょうね。この国からも、この町からも。縁あって特区の住人になったからには、何があっても最後まで留まって、一部始終を見届けたい。よくそう言っていました。彼も私と同業の記者だったんです」

「報道人としての使命感をおもちだったのですね」

「そうかもしれません。仕事には誠実な人だったので」

仕事には、を強調するも、十文字さんは細い眉をひそめただけで、そこに踏みこんではこなかった。

「そして、あなたもまたご主人の遺志を継ぎ、今もここに留まっておられる」

「こうなると私も意地ですね。イギリスにいる義父母からは、いつでも国出してこっちに来いって言われてるんですけど」

「国出をすれば参考ナンバーからも解放されるのに、ガッツがおありで羨ましい」

唇をよじった十文字さんの言葉に、あの遺書がふとよみがえる。参考ナンバーの呪縛のもとに生きてきた数十年間。そうだ、この人は今、他人のことなど構っている場合ではないのだ。

「十文字さん」

私は刻々と昇りつめていく太陽に目を馳せ、朝の息吹に力をもらって、切りだした。

「私宛の遺書、読ませていただきました」

枯れ枝のような十文字さんの腕がびくっと緊張した。

「お気持ちは察するにあまりありますが、でも……失礼ながら私、あれが十文字さんの思いのすべてとは思えないんです。藤寺を守るためだけにあなたが命を投げだそうとしたとは思えない。あの遺書の行間から伝わってきたのは、むしろ鬱屈（うっくつ）した怒りでした」

「怒り？」

「はい。あなたは、誰からも顧みられることのないボラ僧たちの献身に、あなたご自身の姿を重ねられたのではないですか。五十年間も粛々と職務を果たしてきた挙げ句、厄介事のスケープゴートにされて切り捨てられる運命を」

瞬きを止めた十文字さんの目は私ではなく地面の花を映している。二種の紫を交えるアザミとラベンダー。そばにはツメクサの白もある。

夫に殉死でもするように一時期は荒れ果てて、再びよみがえったこの庭に、私は近ごろ不思議な力を感じることがある。ただながめているだけで、ささくれた心が静けさをとりもどしていくような。

そのせいかどうかはわからないけれど、長い長い沈黙ののち、再び頭をもたげた十文字さんの声はしっかりとしていた。

「なるほど。言われてみれば、そうかもしれません。私は藤寺を守りたかったのではなく、己の矜持を守りたかったのかもしれません。末端の人間などは人間とも思っていないような連中に、自害をもって一泡噴かせたかったのかもしれません」

「当然だと思います。理不尽に耐えるにも、人間、限界があるもの」

「限界をこえて耐えぬこうと努めてきました。が、しかし、昨日という昨日だけはどうしても……」

小さな黒目に穏やかならない炎が爆ぜる。

「昨日？　何かあったんですか」

「景特審からうちの役所へ通達があったのです。今年は日野会長が藤寺夏祭りで開会スピーチをする予定だったが、急な出張で参列できなくなったと」

「急な出張？」

「ホノルルで開かれる会議に出るそうです。もちろん、慌ててねじこんだのでしょう。夏祭りに出席すれば、ヌートリアの攻撃現場に居合わせることになりますから」

だんだん話が見えてきた。

「なるほど。日野会長はその場にいたくないのね」

「会長の立場で非常事態に居合わせれば、当然、現場の指揮責任が生じます。下手にふるまえば集中砲火の的になる」

「それで海外出張、か。絵に描いたような責任回避ね」

「しかも、その責任をまたうちに投げてよこしたのです。本来であれば、日野会長の代理は木ノ下副会長か岸委員長あたりが務めるべきところを、うちの市長に代行させろと」

どこまでも身勝手な話にげんなりしつつ、私は急ぎ頭の整理をした。

景特審の略称で知られる景勝特区審議会は観光省直轄の諮問機関で、景勝特区委員会はその景特審に紐付く下部組織。日野会長の代行ならば、たしかに前者の木ノ下副会長か後者の岸委員長あたりが務めるのが妥当なところだ。

「観光省はあくまで夏祭りと関わりたくないのね。で、久留瀬市長が代役を？」

「いいえ、市長も先約があると辞退されました。その後、副市長をはじめとする誰も彼もが先約、先約と辞退を重ねた結果、なぜだか、わ、私が……墓園管理係長のわ、わ、私が日野会長の代わりに開会のスピーチをすることに……ううっ」

とつとつと語っていた十文字さんが、突然、頭を抱えて唸った。

「十文字さん？」

「感情的になって相済みません。じつは、私事になりますが、私、日野会長の元級友なのです」

「えぇっ」

「かれこれ六十五年ほども昔のことです。彼は小一の頃から体が大きくて、口も達者で、私はいつもあごで使われていました。日直、給食の配膳係、トイレ掃除、なんでも代わりにやらされた。忘れられないのは、彼がスカートめくりをして泣かした安藤奈美ちゃんの家に、代わりに謝りに行かされたことです」

「日野会長、変わってないのね」

「先生方の前では完璧な優等生を演じて、あたかも出来の悪い弟分の世話を焼いているように見せていましたが」

「十文字さん、そんな昔から理不尽な目に……」

「それでも、私はどこかで因果応報を信じていたんです。神さまは見ている、いつか罰が当たる、と」

しかし、と十文字さんが喉をつまらせた。薄い肩は小刻みに震えている。

「スピーチの代役を仰せつかったあと、それまで見ないようにしてきた日野の参考ナンバーを、私はついつい調べてしまったのです。なんと、私の五十倍以上でした。五十倍です。あの狡猾な男がです。私はその足下にも及ばないナンバーのために耐えがたきを耐え、理不尽な人生に甘んじてきた。そう思ったら、何もかもがすっかりいやになってしまいまして……」

もはやヌートリア対策を担う気力もない。いわんや開会の挨拶をや。日野に代わって火中の栗を拾う役など死んでもごめんだ。死んでも——。

発作的に死へ走った情動を吐露した十文字さんが口を閉ざすと、庭にはしめやかな静寂が立ちこめた。まるで彼の悲嘆がホースで撒きちらされたかのように、草という草、花という花がしゅんと頭を垂らしている。唯一、どぎつい黄色の蝶だけが場の空気に抗って激しく宙を舞い、ひらひらこちらへ近づいてきたかと思うと、私の膝小僧にふわりと着地した。

見ると、肌の上で地団駄を踏むように脚をじたばたさせ、しきりに翅をぱたつかせている。まるで怒っているみたいに……怒ってる？

心で問いながら顔を寄せると、蝶はこっくりうなずいた。

「え」

この蝶は何者か。いぶかりながらも、同時に私はあることを思いだしていた。鈴虫は虫を使者にする。たしか子供たちがそんな話をしていたような。

もしかして、この蝶がその使者？

だとしたら面白い。でも、私は面白がるくらいにしておこう。

「十文字さん。私、思うんですけど」

蝶の訴えをスルーして、私は十文字さんへ目を戻した。

「死ぬくらいだったら、お役所、辞めちゃえばいいんじゃないですか」

「はい、今となってはそうするつもりです」

ふっきれた調子でうなずいたあと、ただし、と彼は続けた。

「無様に生き残ったからには、夏祭りまでは留まります。私が辞めれば、またほかの誰かが犠牲になる」

「どこまで人がいいんだか。まさか、代理のスピーチまでする気じゃないですよね」

「それは……できれば、日野の代わりだけはご勘弁願いたいところですが」

「することないですよ。そんなの、墓園管理係長の仕事じゃありません」

「しかし、私がやらねば誰かが犠牲に……」

「させるもんですか」

「え」と顔をあげた十文字さんに、私はニッと口角をもちあげ、とっておきの悪い顔をしてみせた。

「自分のケツは自分でぬぐう。開会のスピーチは、ほかの誰でもない日野会長の仕事です」

何を感じたのか十文字さんがびくっとし、私の膝から蝶が飛び立った。

ええ、そうよ。私だって怒ってるのよ。

黄色い舞いに心で呼びかけ、私は声を凄ませた。

「ホノルルなんか誰が行かせるもんですか」

3

大人の女は一人で戦う。

日一日と近づいてくる夏祭りに備え、毎日のように額を突きあわせている藤寺を守る会の四人をよそ目に、私はまず敵の身辺調査から開始した。

〈日野章人（あきひと）。七十二歳。参考ナンバー８６６９〉

〈財務官僚の父と旧華族の血を継ぐ母のもとに生まれ、東京大学法学部を卒業後、通商産業省へ入省〉

〈二十五歳で官房総務課総括係長に就任〉

〈二十八歳で米国スタンフォード大学へ留学〉

〈三十一歳で日銀幹部の一人娘と結婚〉

〈四十三歳で大臣官房秘書課長に就任〉

〈四十九歳で産業技術環境局長に就任〉

〈五十六歳で観光省観光産業局長に就任〉

〈六十五歳で退官後、景勝特区審議会の会長に就任〉

ヒショに浚（さら）ってもらった経歴から見えるのは、ゴミひとつ落ちていない盤石のエリート街道だ。いい家に生まれていい大学を卒業し、入省後はキャリア組としてトントン拍子に出世。事務方トップの座こそ逃したものの、その代償とばかりに景特審の初代会長の座を射止めている。

では、その人となりはどうなのか？

私は顔なじみの情報屋を飲み屋へ誘って突っこんだ裏話を探った。

〈官僚時代の日野は「損をかぶらない男」として有名だった。如才なく立ちまわり、言葉巧みに相手を操縦する策士。首を斜めにふらせたら右に出る者がいなかったが、その一方で、失敗の責任をなすりつけられた部下たちからの恨みも買っていた〉

〈日野が天下った景特審の委員は九割方が元観光省職員で、非常勤にしてその報酬は破格。そもそも景特審自体、省員の天下り先を増やすために作られた組織とも言われている〉

〈景特審の委員には悪名高い人物が多く、視察と称して各景勝特区を繁く訪ねては接待三昧の厚遇を受けている。各企業からの袖の下も常態化している〉

〈会長は実のない名誉職であり、月例会議以外での日野はもっぱら会食や接待ゲートボール、各催しへの顔出しに明け暮れている。基本、出たがりの日野はスピーチが長いので有名。内容はもっぱら説教と身内の自慢話〉

〈ヌートリアの攻撃予告が撒かれた三日後、日野は突然、夏祭りと同日にホノルルで開

催される「海と珊瑚の国際会議」への参加を表明した。海と珊瑚に何の用があるのかは明言を控えている〉

七十二の齢まで地道に忠勤を尽くしてきた十文字さんが、なぜこんな男に足蹴にされなければならないのか。日野の華々しい経歴ならびに禍々しい裏側を知るほどに、私の怒りはふつふつと高まった。おそらく出世コースをたどる人間には天賦の危機回避能力があり、巧みに得を拾い、難事を避ける術に長けているのだろう。あるいは、難事をほかの誰かに押しつける術に。

が、今回ばかりはそうはさせない。藤寺夏祭りの開会スピーチは日野が受けた仕事だ。

では、どうすれば日野にその職務を全うさせることができるのか？

具体的に考えると、これがなかなか難しい。まがりなりにも日野は国策を担う諮問機関のトップだ。参考ナンバー最底辺のフリー記者がたやすく近づける相手ではないし、たとえ近づけたところで直球の抗議が通用するとも思えない。

では、どんな変化球があり得るのか。

——日野に開会のスピーチをさせる方法

夏祭りの十日前、無為に過ぎていく時間に焦りをおぼえた私は、頭の整理もかねて考え得る手立てを紙に書きだした。仕事に行きづまったときにもよく使う手だ。国が堂々と国民を監視しはじめてこの方、洩れたらまずいメモには電子媒体ではなく、必ず紙を用いている。

——日野の不自然なホノルル出張を海外メディアに暴かせ、国際世論に訴える

これはないな、と書いたそばからバツをつけた。大がかりなテロに日々翻弄されている海外メディアが食いつくほどのネタではないし、たとえ運よく報じられたとしても、国際世論と国内世論のあいだには深い断絶がある。いにしえブーム以降の日本人はどんどん内向きになって、海外からの声に耳を傾けなくなっている。

——電子媒体で告発記事を発信し、国内世論へダイレクトに訴える

これもすこぶる難しい。現体制に批判的な文章は発信してもすぐネット巡回(パト)に削除されてしまうし、悪くすれば社安局に引っぱられる。そもそも、告発によって日野のイメージを損ねたところで、開会のスピーチには直結しない。

——ヌートリアに頼んで告発文を上空からばらまいてもらう

これはちょっと楽しそうだ。が、現実的ではない。こんなことをヌートリアに頼めるくらいなら、その前に藤寺への攻撃をやめてくれと頼む。

——日野の弱みを握って脅す

姑息(こそく)だ。

というか、犯罪だ。

——でも、現実的だ

紙の余白に奇妙な赤丸があるのに気づいたのは、私が「現実的」の三文字を凝視していたときだ。

光沢のある直径五ミリほどの丸。老眼の兆した目をこらすに、その表面には複数の斑（まだら）がある。

てんとう虫。

心でつぶやいた瞬間、赤丸が翅を広げて飛び立った。いかにも慌てふためいた様子で右往左往し、ようやく見つけた戸口の隙間をすりぬけていく。もしかして……。

「今のも、鈴ちゃんの使者？」

半信半疑で声にした数秒後、トントンとノックの音がし、鈴虫がバツの悪そうな顔を覗かせた。

「えへ。バレちゃった」

私は椅子をまわして鈴虫を睨（にら）んだ。

「覗き見は悪趣味よ」

「ごめんなさい」

絶対に反省していない顔で鈴虫がぺこりと頭をさげる。

「でも私、藤寺を守る会より、由阿ちゃんのお手伝いしたほうがいいかなって」

「お手伝いって？」

「私、日野会長の弱み、探れます」

「え。どうして……」

「どんなに用心深い人間も、虫の目は用心しないから」

あっけにとられる私をよそに、鈴虫は内股でちょこちょこと部屋の奥へ進み、簡易ベッドの縁に細い腰を落とした。あいかわらずその体は軽やかで、草や花の汁で描かれた絵のような透明感をまとっている。いったいあなたは何者なの？　そう尋ねたとたんに消えてしまいそうな輪郭の淡さ。

「鈴ちゃん。あなたたちに特異な力があるのはわかったわ。でも、私はそれに頼る気はないの。自分のことは自分でやるから、どうぞお構いなく」

他者を当てにしない。誰かに守ってもらうような女にはならない。夫の死を契機に私はそれを心に誓っていた。

が、鈴虫はめずらしく頑固だった。

「由阿ちゃんのためじゃありません。虫たちが、十文字さんの役に立ちたがってるの」

「虫たちが……？」

「とくに蜂たちがね、昔から十文字さんには大変お世話になってますって」

鈴虫曰(いわ)く、十文字さんが熱心に手入れをしている公営墓地は緑豊かで、必然的に蜂が多い。駆除してくれと墓参者から求められるたび、十文字さんは蜂蜜の効能を相手がぐったりするほど長々と説きつづけ、蜂たちを守ってきたのだという。

「十文字さん、蜂のあいだじゃスーパーヒーローなんです」

「あ。じゃ、もしかして、結果的に十文字さんの自殺を止めたのも……」

「もちろん蜂の恩返しです」

「蜂って義理堅いのねえ」

「蜂だけじゃありません。香瑠ちゃんの話だと、墓石たちも十文字さんの大ファンだそうです。お参りする人がいないお墓の石を、十文字さん、いつもきれいに洗ってあげてるって」

蜂と墓石。人間界では不当な扱いを受けている十文字さんに、そんな支持層があろうとは。思いがけない世界の奥行きに胸打たれながらも、私は話を現実に引きもどした。

「で、十文字さんの様子、その後はどうなの？　もちろん、あなたの使者が見守ってるんでしょ」

「大丈夫。もうおかしなことは考えてなさそうだから」

蜂と墓石の話に食いつかない私に、鈴虫は若干の失望を覗かせて言った。

「でも、あいかわらず毎日、大変ですよ。藤寺をどうやって守るんだって、観光省からは毎日せっつかれるし、市民からもじゃんじゃん電話がかかってくるし」

「そんなに？」

「ボラ僧たちは藤寺と心中するとか言いだしちゃってるし、上役は誰も助けてくれないし、ランチする暇もないからますます痩せちゃうし」

「……そんなに？」

「ちなみに、日野会長はホノルルのサンセットクルーズとか予約してます」

カッと頭に血がのぼり、思わず平手を机に打ちつけた。

その音に覆いかぶさるように鈴虫が言った。

「お願い、由阿ちゃん、私にお手伝いさせて。日野会長はガードが固いから、由阿ちゃん一人じゃ絶対、弱みは握れない。虫たちだって十文字さんのために何かしたくてうずうずしてるの。あと墓石たちもね、陰ながら応援してくれてるし」

鈴虫。蜂。墓石。さるかに合戦じゃあるまいしと思いながらも、人間界に味方の少ない十文字さんを思うと笑うに笑えない。夏祭りまではもう時間もない。

無言で見つめ合った数秒間ののち、私はやむなく白旗をあげた。

「わかったわ。そのかわり、お願いするのはあくまで後方支援よ。手をくだすのは私だけ」

「はい。私たちはアシスタントに徹します」

「あと、このことは里宇と早久には内緒ね。あの子たちは巻きこみたくないの」

こうして私は鈴虫と手を組み、アシスタント付きのミッションを企てて、八日後にそれを実践した。

4

鈴虫の使者たちの調べによると、東京都港区の白金にある日野邸には一分の隙もない。塀の高さやセンサーの数は言うにおよばず、何かあれば三分以内に駆けつけるセキュリティ会社との契約も万全。さらに庭には番猫のジャットが二匹。そもそも、邸内には常に誰かしら人がいるため、留守になるということがない。日中は妻とヘルパー三人が、夜は日野と妻がいて、さらに秘書や観光省職員、客人、庭師、鍼師、百貨店の外商、掃除代行業者などがひっきりなしに出入りをしている。

唯一ガードが甘くなるのは、月に数回、日野の妻が外泊をする夜だ。某演歌歌手の追っかけを生き甲斐とする妻は、博多で公演があれば博多へ、札幌であれば札幌へいそいそと駆けつける。邸内には独り寝の日野が残されるものの、寝付きの悪い彼は誘眠剤を常用しているため、一度眠ったらめったなことでは目覚めない。狙うなら、そこだ。

というわけで、日野の妻が広島へ演歌歌手を追いかけていった日の深夜、里宇と早久がぐっすり眠っているのを確認してから、私はこっそり家を出た。

黒髪のウィッグを被り、シャツもパンツも黒で統一した私は夜陰にうまく溶けこんでいた。

まずは音を立てないよう、エンジンをかけずに750のバイクを車庫から引きずった。よもやの事態にぎょっとしたのは、石畳の凹凸にタイヤをとられながらも、どうにか家の敷地を抜けたときだった。

門の外に気になる影がある。竹垣の脇に佇むしおれた老木──みたいなシルエット。

「十文字さん！」

「どうして……」

思わず声が裏返り、慌ててボリュームをさげた。

「鈴虫さんから聞きました」

「鈴ちゃんが？」

「すみません、私が無理やり聞きだしたんです。最後にお会いしたとき、あなたが何かよからぬことを考えていたような気がして、じっとしていられず……」

愕然と立ちつくす私に、声を忍ばせながらも十文字さんはきっぱり言った。

「しかし、ご安心ください。あなたを止めに来たわけではありません。止めても無駄と鈴虫さんにも言われました。何を言ってもあなたは行くのでしょう。ですから、私もご一緒します」

「は？」

「ご一緒させてください。あなたを止められないのなら、せめてあなたを守りたい」

今日にかぎって異様に艶めいている老顔。どうやら本気のようだ。

「お気持ちはありがとうございます」

妙な鋭気に息を詰めながらも、私は返すべき言葉を返した。

「でもね、十文字さん。私、夫が死んでから、自分は男に守ってもらうような女にはならないって、それだけ思って生きてきたんです。ですから、お気持ちだけいただいておきます」

「それでは私の気がすみません。私のためにあなた一人を危険にさらすわけにはいかない」

「十文字さんのためじゃない、自分の気持ちを治めるためです。これは私の問題です」

「発端は私です。私があなた宛の遺書など書かなければ、こんなことにはならなかった。私に責任があるかぎり、同行の権利も私にはあります」

「そこまで仰るなら、私も言わせてもらいます。十文字さん、あなたがいると足手まといなんです」

どきっとしたのは、その瞬間、十文字さんがあまりにも露骨に傷ついた顔をしたからだ。

「足手まとい、ですか」

「いえ、あの……」

「こんなジジイがついていったところで邪魔になるだけですか」

ああ、なんでこんなことになってしまったんだろう。子供たちが寝ている部屋の窓を気にしながら、私はどうにか彼の理性を呼び覚まそうとした。

「ね、十文字さん、落ちついてよく考えてみてください。私がやろうとしているのは、普通のことじゃないんです。もしもあなたを巻きこんで失敗したら、これまでこつこつと積みあげてきたあなたのナンバー、暴落ですよ。シルバータウンへの入居優先権も、年金保証権も水の泡。なんのためにこれまで真面目一本で生きてきたのかわからないじゃないですか」

返されたのは乾いた声だった。

「その件でしたら、もう私、十分にわからなくなっています」

「はい？」

「私はなんのために真面目一本で生きてきたんでしょう。あの日野の五十分の一にも満たない参考ナンバーのために、私は死ぬまで私のままで生きていくのでしょうか」

誰に問うているとも知れない空疎な声。もしかしたら、自らを生死の縁に立たせたことで、彼はパンドラの箱を開けてしまったのかもしれない。それまで見て見ぬふりをしていた人生の疑念にとりつかれ、何かしらの転換を求めているのかもしれない。

別人を見るような思いで改めて向き合い、いつもと違うのは顔艶だけではないのを悟った。灰色の作業着を脱ぎすてた彼は、黒いポロシャツ、黒いパンツ、黒い革靴と、私に負けない黒装束で決めている。どう見ても忍者の装いだ。

私の視線に何かを感じたのか、おもむろに十文字さんが腰を屈め、片方の革靴を脱ぎ捨てた。靴の下は黒足袋だった。

「行かせてください。入谷さん」

何をやる気か知らないけれど、とにかく、この人はやる気満々なのだ。

それを認めた瞬間、私は左手のヘルメットを彼にさしだしていた。

「とりあえず、座って話しませんか」

バイクの後ろに男の人を乗せるのは久しぶりだった。

幸運にも、真夜中のツーリングにはおあつらえむきの夜だった。

ほのかに湿った夜気の涼しさと、エンジンから発せられる熱のバランスがちょうどいい。体力を奪い去る風もない。

バイク初体験という七十二歳の同乗者にヒヤヒヤしていたのは最初のうちだけだった。

私の腰にまわされた腕は想像以上に力強く、多少スピードをあげても怯みは伝わってこない。その上、カーブにさしかかるたび、十文字さんは巧みに重心を移して均衡を保っている。見かけによらず運動神経がいいようだ。

驚きを胸に私は愛車を飛ばしつづけた。午前〇時をまわった道路はさすがに空いていた。順調に都道を抜けて、新首都高へ。高架から見下ろす街のネオンは東京のへそへ近づくほどに光度と密度を増していく。

不意打ちのスコールにでも見舞われるように、にわかにその夜が変質したのは、広尾のインターチェンジで新首都高を降りてからだった。

さざ波みたいな音がする。そう思ったつぎの瞬間、空の色が変わった。

満天の星々を覆いかくすように、中空にひらめく巨大な黒幕。空飛ぶ絨毯みたいなそれは、バイクと同じ速度でどこまでもついてくる。

どうやらはじまったみたいだ。

「あれは、いったい？」

声を引きつらせる十文字さんに、私は短く解説した。

「本日のアシスタントです」

「そ、それは……？」

「虫たちが、私たちをドロカイから守ってくれてるの」

およそ納得のいく説明ではなかったはずだけど、すでに一度、蜂の大群と運命の出会いを体験している彼はそれ以上を尋ねてこなかった。

アシスタントの仕事は空のバリアに留まらなかった。ぶじ目的地へ到着し、日野邸の少し手前でバイクを降りた私たちは、至るところに自分たちを補佐する虫の影を見た。家々の屋根。塀。街灯。立木。さすが高級住宅街だけあって気前よく設けられているセンサーに、大小の蛾が折り重なるようにびっしりとへばりついている。

「どう？　これで盗られる心配はないでしょ」

「や、しかし、これだけのセンサーが一斉に異常をきたせば、逆に社安局から怪しまれるのでは……」

「大丈夫。今ごろ、その社安局のビルにも大量の虫が発生してるはずだから」

「なるほど！」

その頃、社安局を震撼させていたゴのつく虫の大集団は、日野が個人契約をしているセキュリティ会社へも派遣されていたため、私たちはＡＩ夜警の巡回も恐れずに動くことができた。

近所の人々は寝静まっているのか、堅牢な塀を張りめぐらせた家々はのきなみ明かりを消していて、通りに人の影もない。となると、つぎなる障害は日野邸の庭にいる二匹のジャット——ジャガーと猫をかけあわせた番猫だ。セレブに人気のそれは、庶民に人気の番犬ロボを凌ぐ獰猛さが売りで、丸腰の私たちが太刀打ちできる相手ではない。

そこで、私は鉄門の前まで忍び寄り、気配を嗅ぎつけて寄ってきたジャットたちをめがけて、ポケットにあった数個の小石を転がした。

「今のは？」

「魂抜きの石。鈴ちゃんの仲間がくれたの」

効果は絶大。たちまちにして二匹は魂を抜かれ、地面の上にばったりと伏した。

「ほほう。なかなかの妖術ですなあ」

すでに十文字さんはちょっとやそっとのことでは動じなくなっていた。

ジャットに続いて立ちはだかった門扉のID認証は、日野がMW（エムダ）チェイスを避けたい外出の際に用いる手動ナンバーを入力することでクリア。音もなく開かれた門扉の先では、クラシック調の立派な洋館が月明かりを浴びていた。玄関先には薔薇（ばら）のアーチが、庭にはテニスコートが、車庫には外車らしき二台の影がある。

「いい気なもんよね。人には竹垣だの瓦屋根（かわらやね）だの押しつけといて、自分たちはおしゃれに暮らしちゃって」

ぼやきつつ、気絶したジャットの脇をかすめて広い庭を抜けていく。

玄関扉も手動ナンバーで無事解錠。恐るおそる時間をかけて開いた扉は、最後まで閉めずに日野の靴を噛（か）ませておいた。ここまでは計画どおりだ。

暗く淀んだ邸内で、手首に巻いていたヘッドライトを外し、額につけてオンにする。と、闇を切りとる光の輪が、壁の曼荼羅（まんだら）やゲートボール大会のトロフィー、ジャットの剝製などを順に照らしだした。あまり趣味のよくないそれらと妙に調和しているのは、庭と同様、壁や天井のそこここに重なり合っている蛾の塊だ。

この状況があまりに奇抜なせいか、人様の家へ忍びこんでいるのがさほど異常に思えない。十文字さんもそうなのか、革靴を脱ぎすてた黒足袋の運びは軽快だ。二人して慎重に、静々と階段を上っていく。

「日野会長の寝室は四階。で、彼の弱みは、三階の書斎」

最後の難関は、その書斎の重厚な扉だった。細心の注意を払ったにもかかわらず、開けた瞬間に金具がカチャリと鳴った。

びくっと心臓がはねあがる。全身の毛穴を耳にして、天井を隔てた四階の気配をうかがう。何も聞こえてこない。誘眠剤のおかげで日野は深い眠りの中にいるようだ。

ホッと息をし、天井のライトを灯した。一気にひらけた視界を埋めつくしたのは壁一面の書棚だった。右を見ても左を見ても本、本、本。分厚い辞書や事典、全集などのしかつめらしい書物が隙間なく背表紙を連ねている。

「この膨大な本の中から『法律学大全』を探す。それが本日最後のミッションです」

厳かに告げ、十文字さんと一緒に遠い目で本の海を見まわした。

「……あった」

予想に反して、しかし、それはあっけなく見つかった。「戸口を背にして右奥」という鈴虫のヒント、そしてその一冊の並外れた大きさに助けられた。むしろ骨を折ったのは、それを書棚から抜きだす作業のほうだった。

とにかく重い。重すぎる。とても本とは思えない重量に手を焼きながらも、十文字さんと二人でどうにか床へ下ろし、鎧(よろい)のような外箱を外した。

さもありなん、現れたのは金属製の金庫だった。

「この中に、日野の弱みがある」

ささやくと、十文字さんの喉仏がうねった。

「ど、どんな弱みが……？」

「それは見てのお楽しみ、だそうで」

鈴虫の意味深な含み笑いを思いだしながら、解錠の暗証番号を打ちこむ。

金庫の蓋(ふた)が開かれた。

「あ……」

中にあったのは二冊のファイルだった。A４サイズの厚いファイル。上の一冊を手にとると、赤い表紙には『Sweet Memories』の文字がある。アルバム？　だとしたら、ここには電子で保管するには危険な写真が収められているはずだ。

胸に手を当てて呼吸を整え、ゆっくりファイルをめくった。とたん、そこに見たものにまぶたが引きつった。

「ゴルフ……？」

アルバムの写真はゴルフ一色だった。フェアウェイでドライバーをふりあげる日野。派手なウェアで決めこんだ政治家たちとの集合写真。グリーンを背にした野村首相とのツーショット。頬とあごのたるみ具合からして、喜色満面の日野がホールインワンのトロフィーを掲げた一枚はあきらかに近影だ。

この写真が意味するところはひとつ。伝統文化の優先条例によって日本のゴルフ場が根こそぎゲートボール場に改造されたあとも、日野は海外でこっそりゴルフを楽しんでいたってことだ。国民にジャポい文化を強要する裏で、彼自身はオバシーな娯楽を捨てきれずにいたのか。

「ほんとにいるのね、隠れゴルフ族」

その狡猾さにあきれる私の横で、十文字さんの乾いた唇が開いた。

「日野くん、楽しそうだ」

「……はい？」

「趣味に罪はありません。日野は悪辣な男ですが、この写真に関しては、彼はただ好きなことをしているだけです。本来、自由であるべき趣味をこそこそせねばならない今の日本の方がおかしいのではと……」

十文字さんの言葉に目が覚めた。

趣味は自由。言われてみれば、そのとおりだ。ダンス教室を失った息子のことを思うと釈然としないものはあるけれど、それがゴルフであれ何であれ、人が思い思いの趣味を楽しむのはけっして悪いことではない。どうかしているのはこの国の現状だ。

青々とした芝の上でくつろぐ日野の笑顔を睨み、私はぱたんとファイルを閉じた。

「見なかったことにしましょう」

「はい？」

「ホールインワン自慢は胸くそ悪いけど、こんなのをゆすりのネタにしたら女がすたるわ」

「しかし、そうすると奴(やつ)の弱みは……」

「残念だけど、あきらめましょう。何事にも踏みこえちゃいけない一線はあるもの」

「な、なるほど。私はてっきりここへ忍びこんだ時点で踏みこえたものと……」

声に惑いを滲(にじ)ませながらも、十文字さんは反対しなかった。

「や、しかし、お説ごもっとも。あなたの気がすんだのであれば、私はいつでも撤退します」

「気は……」

すんではいなかった。それはそれ、これはこれで、日野への怒りは微塵(みじん)も減じていない。そのせいか、撤退やむなしと思いながらも、私の右手は未練たらしく二冊目のファイルをめくっていた。

黒い表紙の『Sweet Memories』。現れた写真を見た瞬間、背筋を駆けぬけたのはさっきとは別種の嫌悪感だ。

震える指で私は頁をめくった。さらに震えが加速した指で、もう一枚。いくらめくっても同じだった。そこに収められていたのは、いずれも名高い景勝特区で女といちゃつく日野のにやけ顔だった。中禅寺湖畔で若い女の肩を抱いているかと思えば、兼六園で熟女の腰に手をまわし、厳島神社ではまたべつの女と頬をすりあわせている。愛人同伴で視察していたのか、現地で愛人を囲っていたのか。

「許せない……」

床にファイルを叩きつけたい衝動と闘う私の横から、十文字さんの醒めた声がした。

「まあ、まあ。お偉いさんにはよくあることです。別段、日野にかぎった話でも……」

最後まで聞かずに私は言った。

「十文字さん。こんなときにアレなんですけど、どさくさにまぎれて、ひとつ聞いてもらってもいいですか」

「は……はい、私でよろしければ。ただし、小声でお願いします」

「長くなるかもしれないので、どうぞ座ってください」

「いえいえ、日野の椅子だけは、ちょっと」

着席を固辞され、「では、手短に」と私は前置きなしで打ちあけた。

「私の夫は出張先のロンドンで、無差別テロに巻きこまれて亡くなりました。仕事中ではなくてオフの休日、愛人とのデート中にです」

「は？」

「出張先へ愛人を同伴していたんです。私より十も若いその彼女を、テロリストの銃口から庇って夫は死にました」

ひと思いに吐きだしてからふりむくと、案の定、十文字さんの顔は表情をなくしていた。

「すみません。こんな話、反応に困りますよね。私もそうでした。亡くなってしばらくはずっと反応に困ってました。夫は本当にいい人で、いい父親で、いいジャーナリストで……でも、男としては最低のゲス野郎だった。子供たちにはとても言えないその事実を、いったいどう受けとめればいいのか、自分の中でどう処理すればいいのか、皆目見当もつかなくて」

「入谷さん……」

「六年半前の話です」

その歳月の中で培った意力をふりしぼり、私はどうにか唇を笑ませた。

「でも、時が経つにつれて、こんなふうに思えるようになりました。夫が体を張って守ろうとした人が助かってよかった、と。男としてはクズだったけど、彼は人として最期に尊いことをした。今はそう思えます」

だから、と立ちこめる湿っぽさを払うように声を張り、

「だから、私も誰かに守られる女じゃなく、誰かを守れる女になりたい。あれからずっと、この一念だけが私を支えてきたんです。いつかあの世で夫と再会したら、二、三発殴りつけてから、こう言ってやるの」

大きく息を吸いこみ、私は吠えた。

「私もあなたに負けちゃいなかったわよ！」

その渾身の叫びに、誰かの怒声が被った。

「誰だっ」

まずい。十文字さんと私は同時にぎくっと天井を仰いだ。

「逃げましょう」

ファイルを抱えたまま書斎から飛びだすも、遅かった。私たちが階段へ行きつくよりも早く、家中のライトが灯り、四階からパジャマ姿の日野が駆けおりてきた。

「な、な……貴様ら、何をやってるんだっ」

「あんたこそ！」

自分でも驚いたことに、十文字さんとはくらべものにならないほど肉付きのいい赤ら

顔を見るなり、私は反射的に怒鳴りかえしていた。

「どいつもこいつも、妻のいる身で何やってんのよ、この最低ゲス野郎！」

荒ぶる心のままに絶叫し、手にしたものを日野に投げつける。

ファイルを顔面に喰らった日野がたじろいだのはほんの一瞬だった。すみやかに体勢を立てなおした彼は、床にへしゃげた愛人たちとのスイートメモリーズを踏みつけて迫りくるなり、私の腕を力まかせに捕まえた。と、今度はその日野に十文字さんがタックルし、私から引き離そうとした。

「日野くん、乱暴はいかんっ」

「誰だ、貴様は」

「どうせあなたは憶えていない。ささ、入谷さん、今のうちに逃げてください」

守られるのではなく、守りたい。さっきそう明言したばかりの私を、十文字さんが必死で階下へ促そうとする。

「ここは私に任せてください。こう見えても私、この二十数年間、毎晩五十回のスクワットを欠かしたことがなく……」

言っているそばから十文字さんが吹っ飛んだ。がつんと鈍い衝撃音が床を走る。

「十文字さん！　大丈夫ですか」

「はい、なんのそのであります」

十文字さんはすぐに体を起こしたものの、依然としてその目の先には体格に秀でた日野が憤然と立ちはだかっている。私たちがへなちょこであるのを見抜いて余裕ができたのか、この不審者たちをどうしてやろうかと思案を楽しむように、じりじりとにじりよってくる。威圧的に肩を怒らせ、頭のテカった鼻の穴をふくらませ、ぶんぶんと唸る殺気立った効果音を従えて……ぶんぶん？

あっという間のことだった。

「ぎゃっ」

羽音に気づいた日野が背後を見やって飛びあがった直後、何千とも何万とも知れないスズメ蜂の群れがどっと押しよせ、その体をぺろりと呑みこんだ。頭のてっぺんから足の先まで蜂、蜂、蜂、蜂。宇宙服さながらの包囲網から免れているのは恐怖に凍った二つの目だけだ。何が起こったのかわからないまま、日野は微動だにせず血走ったその目をわななかせている。

形勢逆転。十文字さんとうなずきあい、私は日野の前へ進み出た。

「日野会長。あなたは家柄にも仕事にも家庭にも女にも趣味にも体格にも恵まれて、いい人生を歩んできたかもしれない。でも、虫に優しくなかった」

涙に潤んだ日野の目に告げる。

「因果応報よ。一生そのままでいたくなかったら、私たちの要求を呑んでちょうだい」

1. ホノルル出張を取りやめ、藤寺夏祭りで開会のスピーチをする。
2. 夏祭りには閉会まで留まり、何があろうと責任をもって対処する。
3. 今日のことは誰にもチクらない。
4. 妻を大事にする。

あるいは、恐慌をきたしていた日野の耳に、私たちの要求は割合ささやかなものとして響いたのかもしれない。愛人たちとのいちゃつき写真を暴露され、スズメ蜂の大群に死ぬまで追いまわされる悪夢にくらべたら、誰だって開会のスピーチを選ぶ。

「わかった。約束する。約束するから、蜂をどうにかしてくれ。俺は虫が怖い。虫が怖いんだ」

「写真は絶対に表へ出さないでくれ。俺は家内が怖い。家内が怖いんだ」

がくがく震えながら怖い怖いとくりかえす日野にはもはや威厳のかけらもなかった。

「あなたがたのことはけっして口外しません」

というわけで、あっけなくミッションは終了。

「日野くん、どうかお達者で」

「蜂の皆さん、お疲れさまです。この恩義は忘れません」

どこまでも律儀な十文字さんと日野邸をあとにした頃には、すでに夜は更けに更け、星々の光が薄れた空には朝の兆しが覗いていた。

往路と同様、空飛ぶ絨毯に守られながらの帰り道、ミッションのクリアにもかかわらず私の胸にさほどの高揚がなかったのは、今日という一日に疲れていたせいだけじゃない。徹頭徹尾アシスタントに助けられたこと。私情に駆られてドジを踏み、十文字さんを危険にさらしたこと。諸手(もろて)を挙げて喜ぶには反省点が多すぎた。

そして、日野。間近で向きあった景特審のトップは、表の経歴とも裏の評判ともその像を異にする、ただのしょぼくれた七十二歳だった。肩書きをとったら何も残らない空いばりの老人。その現実に脱力している自分もいた。

翻って、その日野に立ちむかった十文字さんのなんと意外性に富んでいたことだろう。

「十文字さん」

新首都高に乗ったあたりから空飛ぶ絨毯は次第に霧散し、都道へ戻った頃には跡形もなく消えていた。久留瀬市南部のマンションまで十文字さんを送りとどけると、野蛮な一夜をともにしてくれた仲間との別れを惜しみながら、私は改まってその胸中をうかがった。

「後悔してませんか」

「何をです」

「真面目一本の人生から外れてしまったこと」

「とんでもない。私のつましい人生に、こんな冒険が起こりうるとは夢にも思いませんでした」

白目を濁らせ、全身にありありと疲弊を刻しながらも、十文字さんは反りかえるように胸を張ってほほえんだ。

「楽しい、楽しい一夜でした」

曇りなきその声に、なんだか鼻がつんとした。

「それより、入谷さんこそ後悔されてませんか。こんなジジィのために、だいそれたことをして」

「全然。やっと長年の念願が叶ったんですから」

「念願？」

「私、子供の頃から怪盗に憧れていたんです。一度、どこかへ忍びこんでみたくって」

ハ、ハ、ハ、ハ、と得意の海賊笑いを決めるも、家で寝ている二人の顔が頭をよぎると、その声は尻すぼみにかすれていった。

「ただ、うちの子たちには申しわけないと思ってますけど」

「なぜです」

「だって、普通はやりたくてもやらないですよね、怪盗。私がこんな母親だから、里宇も早久も案の定、どこか外れた子に育ってしまったし。いったいどんな大人になるのや

ら と……」

私の弱音を彼は笑顔で押しかえした。

「心配ご無用。入谷さん、あなたは優しい人です。いつも私の足腰を気遣って、座って話をしようとしてくれた。お子さん方はまっすぐ育ちますよ」

ざらざらとした夜陰を縫って、十文字さんの柔らかなまなざしと私のそれが交わる。

「ありがとうございます。それにしても……まさか毎晩スクワットをしているとは知らず、失礼しました」

「いえいえ、今後は上半身の強化を課題にしますので、また何かありました際にはお気軽にお声をかけてください」

「はい。今後ともよろしくお願いします」

やけにバイクが軽い。そんな感触に心がしんとしたのは、怪盗仲間と別れ、再びバイクを走らせはじめてすぐだ。さっきまでぬくもっていた背中がすうすうしている。

――練ちゃん。

ふいに襲ったさびしさを懐かしみながら、私は刻々と白んでいく空へ目をやり、あの世の夫に心で呼びかけた。

今日の私は胸を張れるほどの出来映えじゃなかった。

でも、あなたに負けず劣らず、私にも素敵なボーイフレンドができたよ。

5

翌々日の午後六時、藤寺夏祭りのはじまりを告げる開会式には、少々青白い顔をした景勝特区審議会長の姿があった。

「えー、昨今、私がつねづね遺憾に思いますのは、観光革命から十五年が経ち、外国人ツーリストをもてなす日本人の道徳心に堕落が見られる点です。景勝条例の徹底もさることながら、重要なのは幼少時からの教育であり、私の息子などは英国のロイヤルスクールで厳しい躾を受けたおかげで今や折り目正しき財務官僚に成長していますし、もとより、私の母の家系は皇室とも昵懇の間柄にあった華族の出であり、私の伯母は宮中晩餐会で妃殿下が落とされたスプーンを拾ってさしあげたことも……」

スピーチの内容は説教と身内の自慢話に尽きたが、どちらにしても誰も耳を傾けてはいなかった。その日、藤寺の境内に例年よりも多く詰めかけた人々は、皆、ヌートリアの攻撃がいつはじまるのかと空ばかり気にしていたからだ。

空にひしめく鴉の群れなど想像するだに気持ち悪い。けれども、ちょっと見てみたい。昼の残熱が冷めやらぬ境内には、ショーでも待つような浮わついた喧騒と、本堂を守ろうとするボラ僧たちのただならぬ気迫が混在していた。

そのねじれた空気の中、長々と続いた開会スピーチの最中にそれは起こった。

日野の背後にそびえるしぐれ藤を筆頭に、随所に根を張る藤が一斉にその幹をくねらせ、激しく青葉をさざめかせた。と、そこから無数の胞子が立ちのぼるように、何かが空へと駆けぬけた。

鳥？　いや、違う。もっと小さな粒々だ。小さすぎて遠目には噴きあがる薄墨のようにも見える。その不穏な天から轟くぶんぶんという唸り。――ぶんぶん？

「あ」

私は横一列に並んだ同伴者たちをハッと見やった。境内全体が謎の飛行体に騒然としている中で、香瑠はいつものポーカーフェイスを崩さず、残る四人はそろって笑いを嚙み殺している。

「あなたたち……」

何を企んでいるのかと問いかけた私を、横にいた早久が「しっ」とひじで突いた。

「部外者はおとなしく見てろよ。いいとこなんだから」

言われなくとも、私を含めてその場の誰もが中空を見やっていた。黒い粒々は波状のラインを描いて黄昏の空を舞い、やがてボラ僧たちがとりまく本堂の上に集合すると、なにやら模様を象りはじめた。磁力にたぐられてうごめく砂鉄のように。

そこに鮮やかなひとつの像が描きだされた瞬間、境内は最高潮のどよめきに沸いた。

「おおっ」

それは巨大な案山子だった。まさしく本堂を守るがごとく、屋根の上に番人然とそそり立っている。

「やっぱ、鴉を追いかえすには案山子っしょ」

あまりのばかばかしさに絶句した私に、早久が得々とあごをしゃくって言った。

「由阿がへんなこと言うもんだからさ、俺らも知恵をしぼったんだよ。鳥と虫を戦わせないで藤寺を守る方法」

得意満面の横には、やや気恥ずかしげな里宇の顔もある。

「効果があるかはわかんないけど、ま、何もしないよりはマシかなって。お祭りのいい余興にもなるんじゃないの」

効果がないのはわかりきっているようなものだが、いい余興となったのは間違いなさそうだ。

事実、わけのわからない怪奇現象に、境内は大いに沸騰した。空を指さして喚きちらす外ツー、MWで写真を撮りまくる野次馬、おびえて泣きじゃくる子供たち、そして「弥勒菩薩が救済にいらした」と涙ながらに念仏を唱えはじめるボラ僧たち。未曽有の珍事に誰もが我を失っている。

しかし、このとき、案山子の出現に誰よりも戦慄していたのは、マイクを前にした彼であったはずだ。

二日前、蜂の恐怖を植えつけられたばかりの日野は、本能的に案山子の正体を悟ったにちがいない。額から大量の汗をしたたらせ、話半ばにしてスピーチを切りあげた声はひどく震えていた。顔面蒼白(がんめんそうはく)の彼がその後も夏祭りに留まりつづけたのは、ひとえに例の約束のせいだろう。

日野の悲劇はなおも続いた。混乱のままに開会式が終わり、人々が案山子を気にしながらも盆踊りや出店へと散ったのち、五人と境内をぶらついていた私は、砂利道の上にひっくり返って「痛い、痛い」とひざを抱えている日野の姿を目撃した。

「誰だ、こんなところに墓石を置いたのは！」

とりまきの一人が叫んでいる声に、こらえきれず鈴虫と一緒に噴きだしてしまった。

「由阿、なにがおかしいんだよ」

「えーっと、その、なんかいろいろある日だなって……あ、そういえば、十文字さん、今日からジムに通いはじめたみたいよ」

「ジム？　だから誘っても一緒に来なかったんだ」

「週五で続けるってMメが来てた。張りきりすぎなきゃいいけど」

「ちっ。案山子を見せてやりたかったぜ」

「十文字さん、案山子くらいじゃもう驚かないかもしれないけどね」

「なんでだよ」

「さあ、ねえ」

人間の順応性たるや恐るべし。夏祭りの開始から小一時間がすぎた頃には、境内の人々も空に案山子があることに慣れて、さほど意識を向けなくなっていた。

例によって国内メディアはこの怪現象をいっさい報じていないから、来場者たちは世間から切りはなされた空間の中で個々に熱くなり、また冷めていくことになる。一時の驚倒を通りすぎた人々は、やや気持ちを鎮めてこう結論づけたのかもしれない。たとえ得体は知れずとも、本堂を守っているかぎり、それは善き案山子にちがいない、と。

こうなると、やはり気になるのはヌートリアだ。はたして彼らの攻撃はいつはじまるのか。鳥は案山子にどう反応するのか。まさかとは思うが、引きかえすのか。

耳をかすめる人々の話題が案山子からヌートリアへ移った頃、私たちは出店の並ぶ一角にある憩いエリアの茣蓙を確保し、六人で腰を落ちつけた。

「それにしても遅いわね、ヌートリア」

「どうだ由阿、藤寺を守る会の実力を思い知ったか。鴉は頭がいいから、遠くからでも案山子がいるのを察知して、寄ってこないんだよ」

「頭がよかったら寄ってくるでしょ」

すっかり調子づいている早久を、今のうちだけだと笑っていられたのは空が暮れるまでだった。夕闇の深まりにつれて祭り提灯が色めきだし、もはや中空の案山子が目に見えなくなっても、鴉たちの羽ばたきはいっこうに聞こえてこなかった。

何かおかしい、と私は思いはじめた。これまでヌートリアが攻撃予告を実践しなかったことはない。やると言ったら彼らはやる。なぜ今回にかぎって何も起こらないのか？わからない。ただ一つだけわかるのは、それが案山子のおかげじゃないことだ。

「ね、香瑠ちゃん」

私は終始寡黙に空を仰いでいた香瑠に声をかけた。ここしばらく彼女が藤寺を守る会にも参加せず、単独で忙しそうにしていたのを思いだしていた。

「ヌートリアがなんで来ないのか、意外と香瑠ちゃん、知ってたりして」

冗談っぽく水を向けるも、香瑠はにこりともしなかった。

「っていうか、私が来させませんでした」

すべての顔が同時に香瑠をふりむいた。

「え、なに香瑠さん、どういうこと？」

「香瑠、なぜ早く言わない？」

里宇とテルの声が被る。

香瑠はまずテルへ目をやり、

「みんながせっかく案山子で盛りあがってたから」

冷静に告げたあと、ゆっくり里宇へ向きなおった。

「じつは、もう一人いたんだ」

「え……誰が？」

「君が覚醒させた私たちの仲間」

「覚醒……なにそれ。わけわかんないよ」

動揺する里宇に、「これ」と、香瑠が首にかけていた何かを外して見せる。

革紐を通した小さな石。藤の葉を空に溶かしこんだような碧（みどり）が美しい。

「約四年前、君がこの石を袋から出したとき、私たちのほかにもう一人、八百五十余年の封印を解かれた同類がいたんだ」

莫蓙の上からはいつしかほかの人影が失せていた。私たちが水を打ったように静まり返ると、濃紺の闇に巻かれた中空から鳴りわたる羽音がにわかに存在感を増した。もはや目には見えない。けれども聞こえる。ここにいるのは目に見えるものだけではないと訴えるようにぶんぶん唸っている。

「鳥読（とりよみ）」

香瑠の声がその羽音に妖しく分け入った。

「奴は、鳥を使うんだ」

第四話　しょっぱい闇に灯(とも)る

いよいよ……ああ、いよいよあのいたましき話をせねばならぬ時が来たようにございます。八百五十もの春と秋をくぐりぬけてもなお、ふりかえるだに身のすくむあの日のことを。

蜂の騒ぎよりこのかた、風穴ぎらいに輪をかけた入道が、世にもおぞましき意趣返しに打ってでたのは、以仁さまの乱よりほどなくしたころにございました。

「あやしき力で天下を乱すは異賊の所業。風穴の一族をねこそぎ討ちたおせ」

いかずちのごとき下知のもと、あまたなる兵が貴人どもの屋敷を襲い、血も涙もなき殺戮がくりひろげられたのでございます。

これぞ、かの罪深き風穴狩り。

殺生を屁とも思わぬ入道の前に、丸腰の風穴どもは風にもまれるふちなの綿毛。風穴をかくまおうとした貴人どももまた刀のえじきとなりました。はむかう侍者もきりすてられました。血。血。血。奈落の猛火のごとき血しぶきが、ああ、あの一日にどれほど京をけがしたことでしょう。

八条院さまの御殿ですらも、あの流血ざたから逃れることはできませんでした。あまりに急な軍馬のいななきに、風穴どもの一族はなにがなにやらもわからぬまま、なだれこんできた武士（もののふ）どもにつぎつぎ討ちとられたのでございます。

夏闌（た）ける水無月（みなづき）の昼さがりにございました。くまなき空にはいともまばゆき陽（ひ）が照りかがやいておりました。幸か不幸か、八条院さまはお堂でひとり仏事にふけっておられ、女房どものかなきり声にいそぎ母屋へもどられたときには、すでにいちめん血の海と化していたのでございます。

ついさきほどまではのどのどと笑いたわむれていた風穴一族のひとりとして、もはや息をする者はおりませんでした。老いも若きも、みな一様に顔の色を失い、声なきしかばねを累々と横たえておりました。

「ああ、なんと……なんとむごたらしきことを……」

あのお心強き女院（にょいん）さまの、あれほどまでにくるおしきお嘆きは、あとにもさきにもきいたことがございません。女房どもが泣きまどうなか、あのお方もまた肝玉をもぎとられたがごとく、この世の地獄をただただその目に焼きつけておられました。

滝のごとき涙が御殿をぬらしにぬらし、はたしてどれほどの時が流れたことでしょう。床にくずおれていたひざを立てたとき、しかし、あのお方はすでに仏者としてのおつとめに立ちかえられていました。あわれなる魂をせめて黄金の岸へ送ってやりたい。その一心でなきがらに手をあわせ、念仏をとなえだしたのでございます。一族のひとりひとりを思いしのびながら。

そして、最後のひとりを見送ったあと、はたとわれに返られ、つぶやかれました。

「あの三人がおらぬ」と。

申しおくれましたが、そのころ、八条院さまがすまわれていた常磐殿の裏には、草木がぼうぼうとおいしげるうずたかき山がありました。高からず低からず、童どもの遊び場にうってつけの山で、いただきに上がればみごとな見晴らしに心おどらすことができました。澄んだ川や風のわたる野、趣ある社寺のものかげなどが一望できたのでございます。

なかでもとりわけその山を好み、ひねもす入りびたっていた三人の童がおりました。七つで御所に召されたかの石読の長女、そしてかの虫読の次男とかの空読の四女にございます。

長き御殿ずまいのなかで所帯を広げていた風穴一族のうちでも、この三人はとりわけ仲よきことで知られておりました。もうじき十という齢の近さもさることながら、なにより、彼らには「怪しき力の世つぎ」なるひとしきさだめがあったのでございます。

石読、虫読、空読——それぞれの縁にめぐまれた親どもがいかに多くの子をもうけようとも、怪しき力を継ぐはただひとり。七つをすぎてしるしがあらわれだすと、その子は世継ぎと認められ、ほかの童どもから遠ざかります。そのたぐいまれなる力ゆえ、いやがおうにも溝が生まれるのでございます。たがいにさびしき三人がよりそい、親しく睦んだのは自然のことわり。

わが庭さながらに知りぬいた山の深みで、三人はだれに気がねするでもなく、のびやかなる時をともにすごしました。空読の子はひがなひねもす空をふりあおぎ、虫読の子は虫と戯れ、石読の子は石をなで、そうこうしているうちに陽はゆるゆるとしずんでいきました。

もはやお察しにございましょう。ええ、ええ、いかにも、武士どもが御殿を襲ったその日も、三人の世継ぎはやはり朝から山にこもっていたのでございます。

なにも知らぬ三人が山からおりたのは、すべてが終わったあとのこと。家人どもをことごとく失った童どもの思い嘆きは、ああ、いかに語っても語りつくせるものではございません。

一方、八条院さまをはじめとする御殿の者どもにとって、からくもこの世にとどまった三人の命が、せめてもの救いとなったのもまた事実。

「これを仏のご加護といわずしてなんといおう」

風穴狩りから時がたち、八条院さまの荘園に身をかくしていた三人がようようおちつきをとりもどしたころ、あのお方は涙ながらに仰せられました。

「数ある風穴のなかでおまえたちのみが生きのびたのは、生きるべきゆえがあってにちがいない。かくなる上は、一日も長くその生をつなげ。わたくしも命をとしておまえたちを守ろう」

三人をひしと抱きしめて誓った女院さまに、童のひとりが返したのは、よもやの言でした。

「三人のみではございませぬ」

「なに？」

「今日、鴉の大いなる群れが、弓矢のかたちを空にえがいて、西へ西へと飛んでいきました。あれは、鳥読の使者どもです」

「鳥読？」

「はい。あれほどの数を自在にあやつれるは、後白河さまの鳥読のみ」

その言葉に、八条院さまははたと思いだされたのです。

入道の逆鱗にふれてまつりごとから追われ、鳥羽の離宮に幽されていた後白河さま。

八条院さまの異母兄にあたるそのお方が、それはそれは力めざましき鳥読を囲われていたことを。

さて、ちょうどそのころ、後白河さまは京の都を離れ、鴉どもとおなじ西の地をめざしておられました。

もとい、めざしていたのは入道。後白河さまはその道づれ。

源の頼朝をはじめとする敵が力を増していたその時分、おのが一族の栄花にかげりをおぼえた入道は、平家のおひざもとである福原へ都を移すことにより、勢力の立てなおしをはかったのでございます。帝や院をもひきつれて遷都をなしたとあらば、広く天下に平家の力を知らしめられる。いかにもしたたかなる成りあがり者のあさぢえにございます。

しかしながら、したたかさにおかれましては、のちにあの頼朝をもってして「日本いちの大天狗」といわしめた後白河さまも負けてはおりませんでした。帝の座から蹴落とされ、囚われの身となりながらも、後白河さまはつゆも気をおとされることなく、虎視眈々と返り咲きをねらっておられました。われこそが正しき治天の君である。後白河さまを支えていたその誇りは、たとえ四海の逆浪にもまれようとも、いささかもゆらぐことはなかったのでございます。

入道めの野放図な遷都すら、後白河さまの目にはむしろ好機と映っていたのやもしれません。平家への信がうすれ、世乱れたいまがしおどき。そう見てとった後白河さまは、ひそかに頼朝へ使者をさしむけ、いまこそ平家を倒さんと挙兵をうながしたのでございます。

はて、囚われの身にありながら、なにゆえそんなことが叶(かな)ったのかと?

ほほほ。いかにも、福原へ身がらを移されたのちも、後白河さまは入道の弟宅に幽されて見張りを立てられ、なにびとであれ接見は叶いませんでした。

しかし、いかなる屋敷からも空は見えます。いかなる空にも鳥は舞います。

後白河さまが空をあおいでくつくつとひとり笑いをされるたび、見張りの者どもは気がふれたのかと気味わるがったそうですが、正気も正気、お心あざやかなればこそ、後白河さまの笑いはとまらなかったのでございましょう。囚われの身となる寸前、腹心の鳥読を延暦寺(えんりゃくじ)の僧にあずけておいてよかった、と——。

歴史の陰に鳥あり。かろうじて命をとりとめた三人の風穴が、入道の目を逃れんがため八条院さまの荘園を転々としていたそのころ、おなじく生きながらえていた鳥読は、後白河さまと思いをひとつにし、入道討伐に燃えていたのでございます。

いざや平家を滅ぼさん。入道への恨みをつのらせていた者どもを、後白河さまは鴉を介した書をもって焚(た)きつけつづけました。すがたなくして平家の敵をたばねていたのでございます。

蟻の穴から堤を崩すがごとく、ゆるりゆるりと世の中のけしきが変わってまいりました。わが世の春を誇っていた平家に、だれの目にもまざまざと秋が兆しはじめたのでございます。

もっとも大いなる口火となったのは、やはりあの一戦、富士川の戦いにございましょうか。

平の維盛(これもり)と武田の信義(のぶよし)。幾万もの兵をひきいた両者のぶつかりあいは、さぞやすさまじきものになるかと思いきや、いざふたをあけたところ、よもや戦ともよべぬほど、いともやすやすと信義が勝ちどきを上げたのでございます。

平家の名に泥をぬりつける大敗。そのゆえは鳥にあったともいわれております。ええ、ええ、鳥にございます。

富士川にて信義の兵を待ちぶせていた維盛の陣は、時がたつほどにおじけをつのらせ、あげくのはてには水鳥たちの飛翔を敵の襲来ととりちがえ、一目散に逃げだしたのでございます。

この敗戦があだとなり、勢いとまらぬ敵に肝をひやした入道は、福原へ移した都を早々に京へもどすこととなりました。

その後も入道のご難はつづきます。平家の血を継ぐ帝の死。治天の君の返り咲き。そして、とどめはみずからの破滅——さよう、風穴狩りからわずか半年あまりにして、入道はとつぜんの病に伏し、よもやの最期を迎えたのでございます。

いかなる病か？　はて、さて、熱病ともいわれておりますが、真実は仏さまのみぞ知るところ。語りつがれる一説によると、死の床にあった入道は火を焚かれたがごとき大熱に悶え苦しみながら、意味のわからぬうわごとをくりかえしていたそうにございます。

「月が疎ましい。風が疎ましい。土が疎ましい。水が疎ましい。虫が疎ましい。草が、花が疎ましい。よってたかってわれをせめたてる。夢が疎ましくて夜も眠れぬ。これほどの業苦があるものか」

森羅万象を敵にまわした男にとっては、死ぬも地獄、生きるも地獄であったのやもしれません。

七転八倒ののちついに息絶えたそのとき、入道の枕もとには一羽の鴉がいたとか、いなかったとか。

いともめでたき入道の死は、しかし、皮肉にも風穴どもの運命にふたたび波乱をもたらしました。

風穴狩りを生きのびた鳥読が入道を死にいたらしめた。そんな噂がまたたくまに広まり、世を騒がせたのでございます。

「平家の衰運の陰には、治天の君の鳥読がいた」

「八条院さまの風穴も、じつは難を逃れていたらしい」

「風穴どもを殺めたわれらへの仇討ちがはじまる」

「風穴どもを見捨てたわれらへの仇討ちがはじまる」

葬られたはずの風穴が生きていた。武士どもはそれに激して立ちあがり、貴人どもはそれをおそれてふるえあがりました。いずれも心がむかったさきはひとつ。やられる前にやる——かくして、だれもがとりつかれたように風穴の残党をさがしはじめたのです。

色をなくしたのは八条院さまにございます。所領の荘園から荘園へ、風穴どもを逃がせども逃がせども、日を経ずして追っ手がせまりくる。まだあどけなき三人の童には心安まるいとまもなく、絶えず人のけはいをうかがい、息をするのもままならぬ日々。

「このままでは、ただびととなる三十の齢まで、風穴どもは休むまもなく逃げつづけなければならぬ。おおらかなる質の彼らにとって、それはどんなにかのろわしき年月であろう」

八条院さまのおなやみは日に日に深まり、空が白むまで眠れぬ夜がつづきました。どうにか風穴どもにひとなみの道を歩ませてやることはできまいか。治天の君の鳥読も、このままでは戦に使われるばかりではないか。

来る日も来る日もお心を痛めつづけるなかで、あるとき、八条院さまはふとあることを思いだされたのでございます。そういえば、はるかむかしに七つの石読を召したさい、生家の母から託されていた石があった、と。

遠い記憶を頼りに手箱のなかみをたしかめられ、その石を見つけだされた八条院さまは、すぐさま寵臣（ちょうしん）の三位局（さんみのつぼね）をよびつけ、感極まった声でつげられました。

「このうつくしき石が風穴どもを救うであろう」と——。

いまのわたくしにはなによりもそのお声がなつかしゅうございます。ええ、ええ、ほかのなによりも。

1

〈お宅の会社のネット・アドを見た。
鳥のさえずり……あれはオレのことか？
オレはカザアナを知る者だ。鳥が使える。
あんたらは何者だ？　羽音〉

〈よく気付いてくれた。羽音、あれは君へのメッセージだ。
私は香瑠。あのアドで水晶玉を抱いていた者だ。
雲の上にいたのがテル。蝶の中にいたのが鈴虫。
私たちの祖先はかつて同類だった。
君もあの夢を見るのか？　香瑠〉

〈夢を見る。大昔の夢だ。
カザアナと呼ばれるヤツらが妙な力をふるう。
三年ほど前から毎晩のように見ている。

その頃からオレにも妙な力が宿った。
香瑠、あんたもか？　羽音〉
〈私たちもそうだ。君と同じ時期からだ。
この力は何なのか。あの女性は誰なのか。その謎を追ってきた。
そして、ついに答えに行きついた。
羽音、君にも伝えたい。一度会って話がしたい。香瑠〉
〈オレたちは会わないほうがいい。
たとえ祖先が同類でも、今のオレはあんたらと違う。
夢に見るのも女じゃなくて一癖ありそうなオッサンだ。
オレは日陰に飛ぶ鳥だ。羽音〉
〈羽音、君はヌートリアの鳥使いだろう？
人間同士の争いに鳥を巻きこむべきじゃない。
君は力の使い方を間違えている。
会って伝えたいことがある。

君も自分が何者なのか知りたいはずだ。香瑠〉

〈授かった力で日本を救う。その何が悪い？
オレにはオレの考えがある。あんたの指図は受けない。
メッセンジャーには返事を持ち帰るなと命じた。羽音〉

＊

〈しばらくだな、香瑠。鳥が撒いた最新の攻撃予告を見たか？
藤寺はあんたらのテリトリーのようだが、悪く思わないでくれ。
リーダーの決定だ。あの寺は諦めろ。羽音〉

〈藤寺を攻撃するのはやめろ。
一つ教えてやる。私には君の力を封じこめる力がある。
鳥が藤寺を襲えば、即刻、君から力を奪う。
君はただの鳥好きに戻る。
ヌートリアでも鳥の餌やりくらいは続けられるかもしれない。香瑠〉

＊

未知なる鳥と遭遇したのは、太陽が最後の悪あがきをしていた晩夏の昼下がりだった。路上にはザーザーと鳴るように陽が降りそそぎ、カナブンやミミズ、セミなどの亡骸(なきがら)がそれを浴びていた。

世界はワイルドだ。こんなにも身近に死が転がっているのに、私たちは平気で日常にかまけている。そんなことを思いながら歩いていた目の先に、ひときわ迫力のあるその死は転がっていた。

黒光りする羽根を地面に散らして伏している鳥。鴉か、と心でつぶやいた私の耳に、いやいや違う、と誰かの声がした。そいつは鴉じゃないよ。辺りを見まわすに、どうやら家の表札らしい。

「和田」の二文字を彫りこんだ御影石(みかげいし)。表札の石は往々にして自我が強く、なにかと名前を売りたがるので極力相手にしたくないのだが、鴉じゃないとはどういうことかとつい足を止めた。

改めて屍(しかばね)をながめると、たしかに、鴉じゃない。限りなく本物に近い羽根のあいだから覗(のぞ)いているのは金属だ。鳥ロボット？

な、よくできてるだろ。本物そっくり。和田も驚いたよ。急に落ちてきたんだ。ガシャンとね。本物はガシャンとは言わんだろ。そこで和田はピンと来た。こりゃ偽物だってね。すぐ林と内山の表札にも教えてやったよ。もう四丁目の斉藤んとこまで届いたらしいぜ。表札、暇なもんでね。

いったい誰がどんな目的でこれほど精密な鳥ロボットを作ったのか。気にはなったが、和田の表札が鬱陶(うっとう)しいので、先を急ぐことにした。

世界はワイルドで、そして、アンビリーバブルだ。不思議を数えればきりがないし、いちいち表札の相手をしていたら一歩も先へ進めない。「脇見の数と厄介事のそれは比例する」との持論を胸に、私は入谷(いりたに)家への道のりをまっすぐに歩んだ。

入谷家の長女から相談事をもちかけられた段階で、すでに自分が十分すぎるほど厄介事に足を突っこんでいたことを、このときはまだ知る由もなかった。

「香瑠さん。あたし、今回という今回は本当に、ほとほと日本がヤになったよ！」

うすうす勘づきだしたのは、顔を合わせるなり、私の汗が引くのも待たずに里宇(りう)が吠(ほ)えたときだ。

「この国にはアレだよね、正義も美徳も武士道もないよね。マジ闇が深すぎる。もう国(くに)出(で)してバーミンガムまで行っちゃおうかと思ったんだけど、でもマムが、それなら自分のできることをやるだけやってから行けって言うもんだから」

長い髪をポニーテールにした里宇は、リビングのソファでだらける私の前にスツールをもってきて腰かけ、ど迫力のアップでまくしたてた。

「でね、あたし、自分にできるやり方で闇に立ちむかおうと思ってて、それにはどうしても香瑠さんの協力が必要なの」

鼻先がつんと上を向いた里宇のオバシーな顔立ちを、私は改めてまじまじとながめた。十五歳。まだ大人の陰影は落ちていないが、子供扱いもできない。難しい年頃だ。

「ええっと、具体的に、どんな闇？」

「もちろん、アンダードームの闇だよ。外ローたちの動画、香瑠さんも観たでしょ」

「ああ、あれか……」

里宇が言う動画とは、ここ数日、巷を賑わせている暴露映像のことだ。景勝特区で働く外国人労働者――俗に「外ロー」と呼ばれる人々が起居する地下十二階建てのアンダードーム。国の特定秘密に指定され、これまで流出することのなかったその内側を、地下組織ヌートリアがはじめて撮影し、その電子データを鴉にばらまかせた。

「たしかにあれは闇だったな。噂には聞いてたけど、まさかあそこまで徹底管理してるとは」

「だよね。でも、あたしが言いたいのは……」

「部屋も狭いし、制限も多いし、あれじゃ地下牢だ。国もやることがえげつない」

「うん、うん。でも、あたしが言ってる闇っていうのは、そこじゃなくて……」

ここ、と里宇がタブレをさしだした。

画面に映しだされているのはアンダードームの食堂だ。だだっ広いフロアのテーブルでひじをぶつけあうように食事をしている人々。そのバラエティに富んだ髪の色に反して、皿の料理は一様に茶色い。肉も野菜も茶一色で、たどたどしく箸を運ぶ人々の悲痛な表情がその味を物語っている。その一人、里宇と年頃の変わらない赤毛の少女は、カメラマンから何やら問われて涙ぐむ。

思いだした。彼女の切なる訴えを。

「フードメニュー、三個から選べます。でも、三個ぜんぶジャパニーズ。ぜんぶ醤油(しょうゆ)テイストです。それはつらく悲しい。毎日醤油、ほとほとくたびれました。家族、みんな夜、醤油の夢見て泣きます」

彼女の皿にある魚の煮物が映しだされたところで、里宇が動画を停止した。

「どうよ、これ。外国人ばっかりの食堂で、三種類しかないメニューのぜんぶが醤油味って、イカれた話じゃない?」

里宇の鼻息に気圧(けお)されながらも、私は大人の対応をしようとした。

「気持ちはわかるよ。たしかに気の毒な話だ。でも、このドームが特Aエリアにある以上、景勝条例で……」

「わかってる。特Aエリアの飲食店は和食以外を提供しちゃいけないんでしょ。けど、そんなナンセンスなルールってある？　いろんな国から来た外ローたちが、毎日毎日、和食しか食べられないんだよ。朝から晩まで醬油づけなんだよ。それってアレじゃん、ひ、ひ、ひ……」

「非人道的？」

「それっ」

暴露映像を見るかぎり、私には醬油以上に深刻な問題が多々あるようにも思えるが、里宇があの少女にことさら肩入れするのもわからないではなかった。彼女は醬油が大の苦手なのだ。

「あたし、あの動画を観てからずっと、あの子のことが頭から離れないの。日本人は慣れちゃってるかもしれないけど、醬油ってすごく味が強いんだよ。匂いだって強烈なの。毎日三食、ぜんぶが醬油味なんて地獄だよ。拷問だよ！」

目玉焼きはソースで、刺身は塩で、納豆はマヨネーズで、豆腐はナンプラーで、餃子（ギョーザ）は酢とラー油だけで食べる里宇の魂の叫びは、私情にまみれていながらもそれ相応の重みを伴っていた。

「でね、あたし、自分にできることとして、社会研究でこの問題をとりあげることにしたの」

「社会研究？」

「夏休みの宿題。もうタイトルも決めたんだ、『アンダードームの闇は醤油色』。ちょっとそそるでしょ。たかだか中学生の研究だってなめてかかってる先生たちに、一発、見舞ってやりたくて」

「はあ」

「はあ、じゃなくて、だから協力して。香瑠さん、ヌートリアの鳥使いと知りあいなんでしょ。そのコネ使って、アンダードームへの潜入経路を教えてもらってくんない？」

アンダードームへの潜入。それが里宇の「自分にできること」なのか。ぎりぎりまで放っておいた夏休みの宿題のために、この子は体を張って国家機密の地下施設へもぐりこもうというのか。しかも、コネを使って？

「親子だな」と、私はしみじみつぶやいた。「じつは由阿（ゆあ）さんからも頼まれたんだ、ヌートリアの鳥使いに独占インタビューをさせてくれって」

「え、マムも？　やるなあ」

「けど、無理だと断った。知りあいったって、私は鳥使いと会ったこともないし、こっちからは連絡もとれないし」

「え。だって、藤寺の攻撃をやめさせたんでしょ」

「奴(やつ)との連絡にはいつもメッセンジャーを介してる。私は奴がどこにいるのかも知らない」

端(はな)からお手上げの私に、里宇はあっけらかんと言ってのけた。

「そんなの、鈴虫さんに頼んで、代理の虫たちに探してもらえばいいじゃん」

「とっくに頼んだよ。けど、今回ばかりは勘弁してくれって断られた」

「なんで」

「鳥は虫の天敵だから」

「ええっ。じゃあ、あたし、どうやってドームに潜入すればいいのっ？」

この世の終わりとばかりに里宇が甲走った声を響かせる。

「夏休み、あと一週間しかないのに！」

それは自分の責任だし、たとえ休みが何日残っていようとも、中学生がアンダードームに潜入などできるわけがない。今一度「自分にできること」を冷静に考えるところからはじめよう。

大人の助言をしようと私は居住まいを正した。が、それを声にするよりも早く、家の外から野太い叫び声がした。

「大変だ、大変だ。早久(さく)が大変だーっ」

窓から覗くと、玄関先には見覚えのある肥満児の顔があった。

「次郎くん、なにが大変なの？」

「早久が景勝部員に捕まった！」

半べその声はさらなる厄介事の到来を告げていた。

次郎の話をまとめると、こうなる。

今日の午前中、早久はお気に入りの女子を含む仲間たちを率いて特Ａエリアへくりだし、外ツーの子供たちにつぎつぎ指相撲を挑む「指相撲百人斬り」にチャレンジした。なぜそんなことをしたのかは謎ながらも、意外とそれが外ツージュニアにうけ、我も我もと子供たちが集まってきた。結果、往来は大渋滞。駆けつけた景勝部員に好戦的な態度をとった廉により、早久はそのまま指導室へ連れていかれたのだという。

「ついに指導か。由阿さんに連絡する？」

「マムは早久より好戦的だよ。あたしが迎えに行く」

「じゃ、つきあうよ」

というわけで、約半時間後、里宇と私は特Ａエリアの北端にある景勝特区センターにいた。

外観は奉行所を模した入母屋造りの日本家屋。が、一歩中へ入れば役所特有の無愛想な空間がひらけ、待合ロビーでは最新型のＡＩ職員が案内をしていたり、壁のモニターは複数のニュースを同時配信していたりと、極めて今風だ。

圧倒されたのは、その待合ロビーにうようよとあふれる人の数だった。

「ただいま順番にご案内しています。被指導者をお待ちの方々は、受付でMW認証の上、MWコールをお待ちください」

くりかえし流れるアナウンスから察するに、どうやらここにいる人たちは皆、景勝部員に捕まった身内や知人を迎えにきたクチらしい。

「今日だけでこんなに？　景勝部員たち、ナンバー稼ぎに精を出しすぎじゃないの」

里宇が顔をしかめるのも無理はなかった。疑わしきを捕らえて指導する景勝部員たちは、観光省の研修を経た市民ボランティアで、報酬として歩合制の参考ナンバーを付与されている。

「ナンバー倍増キャンペーン中……ってことはないだろうけど、ちょっと異様だな」

「ん。なんか厳戒態勢って感じ」

厳戒態勢。その一語ではたと思い出した。

「そういえば、もうすぐアメリカ大統領が来日するんじゃなかったっけ」

「あ、そっか。ノーティー・ジョンが来るんだ」

さっと壁を仰いだ里宇に釣られて目をやると、六つ並んだモニターの四つにその大統領のアップが映しだされている。このところ連日報道されているJMP絡みのニュース

「それでピリピリしてるのか。早久も間が悪いな、こんなときに特区内で暴れるなんて」

「ほんと。あの子、ニノキン離れしたのはいいけど、最近ますますやんちゃになってきだろう。

て」

「まだ出てこないってことは、今もやりあってるのかな、景勝部員と」

「意地張って、指導合宿送りなんてことにならなきゃいいけど」

里宇と二人で危ぶんでいるあいだにも、待合ロビーには続々と新たな迎えの面々が現れ、入れ替わりに指導を終えた面々が去っていく。潮の満ち干にも似たその流れを横目に、私たちは碇(いかり)のごとく壁に張りつき、里宇のMWがコール音を奏でるのを待った。

突如、玄関からキーキーとした怒声が鳴りわたったのは、そんなこんなで二時間近くが経とうとしていた頃だろうか。

「うちの息子はどこよ！」

あの声は、まさか。心の声を口にするよりも早く、肩を怒らせた金髪の女性が鬼の形相でロビーを突っきり、リフトも待たずに階段をガツガツ駆けのぼっていった。そして数十秒後、髪をオールバックに固めてしゃれこんだ早久を連れて戻ってきたかと思うと、脇目もふらずにセンターを飛びだしていった。まさに目にも止まらぬ奪還劇だった。

「マム！」

「早久！」

　里宇と追いかけ、すんでのところで捕まえた。バイクの後ろに早久を乗せて走り去ろうとしていた由阿さんは、私たちを見るなりきょとんと目を瞬いた。

「あら。あなたたち、なんでここに？」

「次郎くんから聞いて。マムこそ、なんで？」

「そりゃ連絡が来るでしょ、親だもん。つまんないことで呼びだすなって言ってやったけど、迎えにこなきゃ返さないの一点張りで」

「そっか。けど、よくすぐに返してくれたね」

「というか、よく金髪のお母さんに返してくれましたね」

「それがね、景勝部員のおじいちゃん、なんだか疲れきっちゃってる感じで、私の顔を見るなり、もうなんでもいいからとにかくその子を連れて帰ってくれと……」

「クソッ。あいつめ、勝ち逃げしやがって」

　小首を傾げる由阿さんの後ろで、早久がチッと舌打ちした。

「あともう一戦してたら、絶対、負かしてやったのに」

「もう一戦って？」

「決まってんだろ、指相撲だよ」

「……」

「……」

「……」

しんと静まりかえった路上に、ぐう、と早久の腹の虫が鳴り渡った。

藤寺町の人工温泉通りにある「信州老舗おやき堂」は、信州とは縁もゆかりもない外資のチェーン店ながらも、種類の豊富さとボリュームで外ツーからの人気は高い。平均身長の高い列に連なること約十分、私たちは銘々選んだおやきを手に、赤い野点傘をさしかけた野外テーブルを囲んだ。

すでに日は落ち、野点傘からはみでた空は紅い。その夕焼けまでが特Aエリアではどこか人工の着色料めいて見える。

「あきれた。好戦的な態度って、そういうことだったんだ」

空を遠目にクリームチーズおやきをかじる私の向かいで、里宇がツナマヨおやきをもぐもぐやりながら、早久に冷ややかな目を向けた。

「路上で勝てなかったから、指導室に勝負をもちこした? なんなの、それ」

「だって、負けっぱなしで終われねーじゃん、クラスの女子も見てるってのに。あのジジイがしゃしゃり出てくるまでは連戦連勝だったのにさ」

早久は甘辛チキンおやきを早くも完食し、二個目のピザおやきにかぶりついている。

「負けず嫌いにもほどがあるよ。リタイア組のおじいちゃん相手にむきになっちゃって」

「ジジイはジジイでも、あいつ、合気道三段なんだと。チッ、先に言ってくれよな」

「そもそも、なんだってあなた、指相撲の百人斬りなんて挑戦したの？」

チョコバナナおやきを手に聞いたのは由阿さんだ。

「そりゃあ、もちろん……」

早久はもったいぶって間を置き、唇のトマトソースをぬぐった。

「宿題のためだよ」

「宿題？」

「夏休みの思い出。この平凡なテーマでおもろい作文を書くには、なんかパンチの利いた思い出が必要なんだ」

三個目のいちごホイップおやきにとりかかりながら、早久が声を力ませる。

「教師の奴ら、どうせ小学生には二千字程度の思い出しかねーだろって、たかくくってんのが見え見えだ。ここで俺はがつんと骨のある思い出をかましてやりてんだよ。学校のサイトにもアップされっから、クラスの女子にも読まれるし」

「姉弟(きょうだい)だな」

思わずつぶやき、なんだとふりむいた早久に尋ねた。

「けど、なんで指相撲を？」

「だって、普通の相撲じゃ次郎に勝てねえじゃん。指相撲なら体格、関係ないし。我ながら名案だと思ったのにさ、合気道ジジイのおかげでだいなしだ。俺の思い出、どうしてくれんだよ」

がっくりうなだれる茶髪頭に、「なにへこんでんのよ、それしきで」と由阿さんが発破をかけた。

「思い出くらいあるでしょ、ほかにも。たとえば、ほら、藤寺夏祭りの案山子(かかし)とか」

「あんなん書けっかよ。オカルト男子はモテねんだって」

「庭で線香花火をしたとか、スイカの皮を浅漬けにしてみたら意外とイケたとか」

「ちっちぇー。モテねー。俺が求めてるのは、もっとこう、ビッグな思い出なわけよ。やっぱり早久くんの夏は違うわね、小六にもなると色気づいちゃって」

「やだやだ、小六にもなると色気づいちゃって」

「そうだ、いいこと考えた!」

と、そこで里宇がパチンと手を打った。

「早久。あんた、あたしと一緒にアンダードームへ潜入しない？　で、それを作文に書くの。アンダードーム潜入記。女子から『いいね!』の嵐だよ」

「アンダードーム潜入記？」

早久の瞳がぎらりと光る。

「ビッグじゃん！」

通常ならばシャレで終わるこの種の発案が、大真面目に採用されてしまうのが入谷家なのだった。

「よし、乗った！」

「マムも！」

早久が突きあげた掌（てのひら）をこえて、由阿さんが高々と手をあげた。

「私もやりたかったんだ、アンダードームの潜入取材。スクープ映像でも撮れたら高値で海外に売れるし、外ローの現状も伝えられるし。うん、うん、やってみる価値はある」

普通は子供にブレーキをかける母親が、我先にエンジンを全開にするのもまた入谷家だった。

「社会研究に、作文に、スクープ。一石三鳥じゃん。やろうよ、マム」

「やるっきゃないわね」

「秋にはモテモテだ！」

特Aエリアにありがちなエセ和食店——おやきの皮を被ったクレープ屋の店先でうひゃうひゃ笑いながらハイタッチをする三人に、通りすがりの外ツーたちが怪訝（けげん）そうなまなざしを注いでいる。

私はじりじりと椅子を移動させ、三人から距離をへだてたテーブルの角へ逃れた。

やればいい。心の中でつぶやく。似たもの家族でやりたいことをやればいい。が、具体的に、現実的に、いったいどうやるつもりなのか。誰がその道筋を立てるのか。

「ん？　香瑠ちゃん、なに端っこで黄昏れてんの」

「香瑠さーん？」

「あれ。っていうか、そもそも香瑠ちゃん、仕事は？　サボってていいの？」

「カザアナ、夏休み中なんだって。鈴虫さんとテルさんは帰省して、香瑠さんだけ暇みたい」

「ふうん。そっか。暇なんだ、香瑠ちゃん」

「暇なんだねー」

聞こえよがしな会話も聞こえないふりをし、私は背中を屈めてリスのようにちびちびとおやきを咀嚼しつづけた。究極の厄介事から身をかわし、この夏を平和に締めくくるために。

この夜、ひさびさに羽音のメッセンジャーが訪れるまでは、入谷母子につきあう気などこれっぽっちもなかったのだ。

2

〈しばらくだな、香瑠。鳥に撒かせたアンダードームの動画を見たか？
あれがこの国の正体だ。堕落しきったエセ観光大国。
国民は揃いも揃って付和雷同の従僕、日本を立て直せるのはヌートリアしかいない。
これからオレたちは最終決戦に打って出る。
香瑠、あんたも共に戦わないか？
あんたら三人の力が加われば、オレたちは無敵になる。最強になる。この国を救える。
いい返事を待っている。羽音〉

〈悪いが、私たちは戦わない。羽音、君も戦うべきじゃない。
とにかく会って話したい。大事な話だ。
君は自分が何者かを知る必要がある。
それはそうと、君たちはどうやってアンダードームへ潜入したんだ？　香瑠〉

〈商売のために力を使っても、この国の救済のためには使えないってわけか。

あんたらには失望した。

アンダードームへの潜入法？　部外者に情報をもらすほどお人好しじゃないよ。

香瑠、オレたちは本気だ。最終決戦に命を賭けている。

共に戦う気がないなら放っておいてくれ。羽音〉

〈止めても無駄か。ならば同類として無事を祈ろう。

君のメッセンジャーに守護石を預ける。持ち主を災いから守ってくれる石だ。

常に身につけているといい。香瑠〉

＊

「伝書鴉？　へえ、鳥使いのメッセンジャーって、鴉だったんだ」

私がはじめてその通信手段を入谷母子に明かしたのは、夏休みもあと三日を残すところの朝。いざやアンダードームへ、と池袋から乗りこんだリニアの中だった。

「ん。奴から私に用があると、メッセージをくわえた鴉が来る。私もその鴉に返事を預ける。だから、返すことはできても、こっちからは連絡できないんだ」

「香瑠さんも鈴っちの代理にメッセージを届けてもらえばいいじゃんか」

里宇と同じことを言う早久に、私も同じ答えを返した。

「虫は、鳥使いには近づかない。鳥は天敵だから」

「じゃ、伝書鴉を待つしかないってわけ？　じれったいね」

まあねとうなずきはしたものの、本当のところ、私はもはや羽音からの使いを待ってはいなかった。待つのをやめたからこそ、今日、こうして入谷母子とリニアに揺られている。

「でも、香瑠さん、よく一緒に来る気になったよね。こないだは、あんなにつれなかったのに。おやき食べたらさっさと帰ってっちゃって……」

私の胸奥を推しはかるような里宇の視線が痛い。

「いや、それは……だんだん、私も例の動画が気になってきて」

「動画？」

「部外者の立ち入りは不可能とされるアンダードームに、ヌートリアはどうして潜入できたのか。実際に試してみればわかるかなと」

嘘(うそ)はついていないにしても、本当のことも言っていない後ろめたさは否めない。わかったようなわからないような顔をしている里宇から逃げるように、私は鞄(かばん)からタブレをとりだした。

電源を入れ、約十五万人が住んでいるとされるドームの見取り図を開く。由阿さんが情報屋から仕入れたそれはえらく大雑把で空白も多く、むしろ巨大地下施設のつかみどころのなさを表しているようにも見える。どこまで役に立つのか疑問ながらも熱心に予習するふりをしているうちに、外ツーの大群をのせたリニアは瞬く間に目的地へ近づいていった。

日本有数の景勝特区、浅草。江戸の下町情緒と、雷門と、アジア最大のIR（統合型リゾート）と、隅田川の渡し船と、新設のジャポグルメ横町と——観光資源に富んだ浅草には年間を通じて街が沈むほどの外ツーが押しよせる。当然、働き手の数も要る。東京最大の景勝特区には東京最大のアンダードームが併設されている。ヌートリアが撮影した例のドームだ。

景色を蹴散らす速度でリニアがホームに到着すると、観光スポットへ散っていく人々の波に逆らって、私は特Aエリアの最果てへ入谷母子を案内していった。

「あー、やっぱり香瑠ちゃんがいてよかった。頼りになるわあ」

「でも香瑠さん、MWも付けてないのに、なんでドームの場所がわかるの？」

「もちろん予習の成果でしょ。この勤勉な姿勢、あんたたちも見習いなさい」

「検便がクセえ？　見習いたくねー」

秋が仄めく曇天の下、緊張感のかけらもない母子を背に歩くこと二十分、人気のなくなった特Bエリアとの境界にようやくシャトルポートの影が見えてきた。

ざっと三十台以上のオート・シャトルが連なる外ロー専用のターミナル。その背後に佇む管理棟のどこかに、敷地面積が東京ドームの約二倍とされる地下施設への入口がある。まずはそれを探すことだ。

「じゃ、作戦通りにいくわよ」

この日の私たちを揺さぶったいくつかの誤算のうち、まず最初のそれに見舞われたのは、四人一列に腰を屈めてポートへ忍びよっていたときだった。

シャトルを降りてくる外ローたちにまぎれこみ、住人を装って入場ゲートへ進む。このシンプルな作戦を実践していた私たちを、発着所にいたアラブ系らしき警備員四人が見とがめ、怒声を響かせた。

作戦の甘さに気づいたときには遅く、血相を変えた男たちに囲まれていた。

「！　！　！」

はたして何を喚いているのか。癖の強い英語にまごつく私の横で、入谷母子は目と目を見合わせ、なにやらうなずきあっている。アイルランド人の祖母から鍛えられたという彼らの英語力はネイティヴ並みだ。

「この人たち、あたしたちをアンダードームの住人と勘違いしてるの」

里宇が私に耳打ちした。

「外出許可書を出せとか言ってる。無断で抜けだしたって思われてるみたい」

そういえば、見た目が無国籍なこの一家は街でもしばしば外ツーと間違われている。ある意味、好都合なこの誤解に、由阿さんは便乗することにしたらしい。「ちょっと外の空気を吸いに」「ほんの数分」「すぐ戻った」などと住民を装った弁解の声が断片的に聞きとれる。徐々に警備員たちの態度が軟化していく中、頑として首を縦にふらないのは最も年輩とおぼしき強面（こわもて）の大男だ。「ダメだ、ダメだ」というように手をふるその指にはアレキサンドライトの指輪が光っていた。

総じてアレキサンドライトは支配力が強く、持ち主を御するのが得意とされている。もし、そこの美しいアレキサンドライトさん、こんなところでアレですが、少々お願いがあるのです。あら、今、なんて？　少々お願いがあるのです。その前に、なんて？　こんなところでアレですが。そのもっと前に、なんて？　世にも美しいアレキサンドライトさん。よくてよ、願いを叶えてさしあげましょう。

〈貴石は褒めろ〉の鉄則が功を奏した数秒後、突然、年配の男が「もういい、ドームへ戻れ」と表情を和らげ、私たちを先導して歩きだした。ご親切にも地下への入口まで案内してくれるらしい。

こうして第一関門はぶじ突破。問題はここからだった。

地下ドームへの入場ゲートを突破するには、MW代わりに住人たちの皮膚に埋めこまれた電子チップが絶対不可欠となる。私たちの前を行く外ローたちは、皆、腕の内側をセンサーへかざしてすみやかにゲートをくぐっていく。

私たちの腕にも、一応、それはあった。鈴虫の代理たちが外国人労働者登録センターから失敬してきた電子チップだ。が、肌色のサージカルテープで貼りつけたそれが正常に機能する保証はない。

先頭の由阿さんがゲートの前に立ったときには、さすがに鼓動が速まった。よく日に焼けた筋肉質の腕がセンサーへかざされる。ピッと認証の音が鳴り、遮断バーがガチャンとさがる。ホッと安堵の息が重なる。

続いて早久が、そして里宇が無事にゲートを抜けていき、私の番が来た。

ピッ。ガチャン。ほっ。

地上の観光地と地下の居住区を分かつ一線を越える寸前、私のシャツのポケットに身をひそめていた鈴虫代理がひらりと舞いあがり、空のグレイに吸いこまれていった。

鈴虫代理はアンダードームに立ち入らない。思ったとおりだった。

住人たちの流れに従ってリフトホールへとベルトコンベアーで下っていきながら、私はひそかにあることを確信していた。

日本最大のアンダードーム——外界から遮断された地下施設内の第一印象は「超オバシー」の一語に尽きた。アジア系。欧米系。南米系。アラブ系。アフリカ系。あらゆる民族、あらゆる髪や肌や瞳の色が入り乱れ、あらゆる言語が飛び交っている。その絶対量の凄まじさ。

まずはサッカーコート並みに広大なリフトホールにごったがえす人の数に圧倒された。十数基のリフトが稼働していてもなお、仕事帰りの住人たちをさばききれずにいる。

「さっきの警備員たち、外国人だったでしょ。なぜだと思う?」

長い待ち時間のあいだ、由阿さんが仕入れた予備知識をレクチャーしてくれた。

「日本人が外ローを過剰に管理してるって非難を避けるために、国はこのドーム内で自治会の裁量権をある程度認めてるの」

「自治会?」

「住人たちの代表による小さな政府ってところかな。ドーム政策がはじまった頃は、出稼ぎ労働者を地下に住ませるなんて横暴だって海外から叩かれたり、住人たちからも抗議運動が起こったりって、やっぱり反発があったのよ。それを緩和するため……本音は責任回避のためでしょうけど、国は自治会の設置を認めたの。今じゃその幹部たちが力をつけて、観光省の手に負えなくなってるところもあるみたいだけど」

「自治会が好き勝手をはじめたってことですか」

「表向きは日本の法律に従いながら、ね。波風を立てずに秩序を保っているかぎりは、観光省もそこそこ自治会のやりたいようにやらせてるって感じかな。不透明な部分は数々あるけど、官僚もあえてそこまでは踏みこみたくないんでしょうね。不気味な都市伝説も多いことだし」

「都市伝説？」

「首を突っこみすぎた官僚がつぎつぎに消えたとか」

穏やかならない話になってきたところで、ようやくリフトへ乗りこんだ。

見取り図によると、ドーム内はB1階からB5階までの商用区と、B6階より下の居住区とに二分されている。地球のへそまで沈んでいくような急降下で、まずは最低階のB12階まで下った。

リフトを降りた私たちが見たのは、暴露映像にもあったとおり、一見すると普通のビジネスホテルと変わらない光景だった。

いや、ホテルというよりは船室か。五桁の部屋番号を掲げる扉と扉の間隔は短く、天井も手が届きそうなほどに低い。加えて、窓のない圧迫感が船の船倉を連想させる。

船と違うのは、歩けども歩けども廊下が一向に尽きないことだった。砂色の壁と耐火板の扉が延々と続くだけ。ときおり目につく子供も含め、行き交う住人たちはみな感情のスイッチをオフにしたような無表情を顔に貼りつけている。

「子供がわりと多いのは、観光省が長期的な労働力を確保するために、家族単位の居住を支援しているためよ。外ローの中には、ドーム内の学校で先進国の教育を受けさせたいって、期待して子供を連れてくる人たちもいるみたい。ほんと、あこぎな話よね」

「教育、受けられないんですか」

「お金を払えば受けられるけど、教えてるのはナンバー稼ぎのど素人教師よ。日本語しかしゃべれないから意思の疎通も図れない。それでも、渡航費用の援助を受けた外ローたちは、そう簡単に国には帰らせてもらえない」

非情な実態に皆の口が重くなってきたところで、B12階からB6階へ移動した。このスケールではとても全階はまわりきれそうにない。

B6階も基本の造りはB12階と同一ながら、扉から扉までの間隔は比較的広かった。上階へいくほど部屋のランクは上がっていくらしく、すれちがう住人たちの身なりにも余裕が見てとれる。

「なんか俺、ペガトレやってる気がしてきた。全然、景色変わんねー」

右も左も変わらない殺風景の中を進むうち、早久の足は徐々に動きを鈍くしていった。

「もうヤだ。俺、ここ飽きた。こんなん作文に書いても盛りあがんねえし」

「ね、商用区の食堂に行こうよ」

ここぞとばかりに主張したのは里宇だ。

「捕まっちゃわないうちに、早いとこ、闇の正体をたしかめとかなきゃ」

里宇の鼻先はブレることなく醤油を指している。

「そうだ、腹へった。由阿、食堂だ」

「いいけど、どの食堂にするかよね」

「どこって？」

「商用区は各階に四軒ずつ食堂があるの。ドーム内は自炊が禁じられてるから、食堂の需要が高いんでしょうね」

「でも、どうせ出てくる料理は一緒でしょ。どこでもいいよ」

「じゃ、適当に、Ｂ３の……」

由阿さんの声をさえぎり、私は言った。

「Ｂ１の食堂ａにしましょう」

その断言を不審がるような視線を背に、先に立ってリフトへ歩きだす。

Ｂ１階の食堂ａは商用区の最上階にあたるフロアの南端だ。昼時のせいか一段と混みあってきたリフトを降りた私たちは、人気のまばらだった居住区とは桁違いの人いきれにまずたじろいだ。

病院。銀行。託児所や各種の学校。見取り図にあった主要施設以外にも、そこには雑多な店舗がわんさと軒を連ねていた。美容院。クリーニング店。衣料品店。雑貨店。玩具屋（おもちゃや）。家電屋。チケットセンター。宅配屋。薬局。化粧品店。レンタル寝具店。靴の修理屋。マッサージサロン。エステサロン。質屋。まるで異国の市場のようだ。

火気厳禁の部屋に住む人々の胃袋を担っているのは食堂だけではないらしく、チェーン系の飲食店もちらほらと目についた。蕎麦屋。うどん屋。牛丼屋。天丼屋。焼きとり屋。回転寿司屋。見事な和食づくしだ。食堂よりも割高なのか、フロアの混雑に反して利用客の影は少ない。

「やっぱり変だよ。異常だよ。オリンピックスタジアムかってくらいにいろんな人種がいるのに、醬油の匂いしかしないなんて。庭に菊しか咲いてないみたいなもんじゃん。気色わる！」

里宇の言うとおり、無数の民族が共生している空間で、生真面目に景勝条例が守られている情景は一種異様だった。

「たしかに偏ってるわよね。手続きさえ踏めば外出はできるから、休日は好きなものを食べてるのかもしれないけど」

「そんなの週一か週二でしょ。平日のごはんのほうがずっと大事じゃん。自治会はなんで問題にしないの？」

里宇の問いに、由阿さんは「んー」と唇をよじらせて、

「自治会は、むしろ和食を体のいいPRの道具にしてるんじゃないのかな」

「PR？」

「ちゃんと景勝条例に従ってますってアピール。律儀に法を守ってるかぎりは、観光省

もうるさいことを言ってこないでしょ。そうやって住人に我慢させといて、自治会の幹部たちは陰でおいしいものを食べてたりしてね」

「ひっどい。あたし、レポートには絶対、外ローたちの本音をのせるよ。そうだ、食堂でインタビューしよっかな。市井の声ってやつ？」

「いいわね。どうせなら二カ国語で書きなさいよ。マムが世界に発信してあげる」

ノリノリの母娘を横目に、このとき、私の胸にはにわかに迷いが生じていた。里宇が食堂で潜入の目的を果たしているあいだ、私も自分自身の目的を果たすため、三人からはぐれたふりをして単独行動をする。そのつもりでいたのだけれど、徐々に醬油一色のメニューに対する興味が募り、同時に腹もすいてきた。

動きだすのはランチのあとでも遅くはない。まずは腹ごしらえをしようと決めた。

それが、この日最大の誤算だった。

B1階の食堂aは宴会場さながらに広く、ランチタイムの人々でごったがえしていた。配膳はセルフサービス制。日替わり三種の中から各々が一種を選んでトレイにのせる。私はカレイの煮つけを、里宇と早久はポークソテー with ソイソースを、由阿さんは和風ピザをテーブルへ運んだ。

お代は電子チップによるワンタッチ精算で、一律二百円。地上で食べればその十倍はすることを思うと破格の安さではある。が、問題はその闇深い味だ。

真っ黒く煮込まれたカレイは見るからに毒々しく、最初の一口で舌が痺れた。まるで醬油の煮つけを食べているようだった。ポークソテーは早久曰く「豚の醬油づけ」で、里宇曰く「豚の醬油責め」。和風ピザはトマトソースの代わりに醬油を、チーズの代わりに豆腐を使った面妖な代物で、「せめてタバスコを」という由阿さんの切なる願いも、「そんなオバシーな調味料はない」の一語で退けられた。

景勝特区を陰で支える外ローたちは、毎日こんな料理に甘んじているのか。

窓のない食堂にこもる醬油臭に早くも食傷しながら、私はテーブルを埋める人々の表情をうかがった。不思議にも、若者と初老、作業服と私服が入り交じった彼らもまた、食事も上の空でチラチラとどこかをうかがっていた。

改めて辺りを見まわすに、食堂全体にどこかそわついた空気が充溢している。落ちつきのない視線が一定の方向を指していることに、やがて私は気がついた。

いったい何を見ているのか。首を伸ばして奥のテーブルを覗きこむ。

「ゆ……あさん。だ……とりょがいる」

呼吸が止まった。

となり合わせた由阿さんのひじを突くも、舌がうまくまわらない。

「え、なに」

「あ……かだとりょがいる」

「はい？」

「アメリカ大統領がいる」

「ええっ」

これには由阿さんはもとより、里宇と早久も一斉に身をのりだした。

「うわっ、ほんとだ。ノーティー・ジョンだ」

「うっそーっ。なんで大統領がここにいるの？」

昨日、来日した米大統領のやんちゃそうな顔はテレビやネットでさんざん目にしている。間違いない。どう見ても本物だ。しかし、なぜ米大統領がアンダードームの食堂に？

砂漠でイルカに遭遇したような私たちの驚倒ぶりに、由阿さんの横で箸と格闘していたアフリカ系の青年がふりむき、何やら英語で語りだした。

「お忍びでアンダードームを視察してるんですって」

由阿さんが私に訳してくれた。

「例の暴露映像のこと、どうやら大統領の耳にも入ってたみたい。で、気になるから視察したいって日本当局へ申し入れたら、身の安全が保証できないって断られて、しょうがないから自治会と直接交渉したって話。嘘みたい」

大統領に釘付けの由阿さんの向かいで、そのとき、「よっしゃ！」と里宇が箸をテーブルに打ちつけ、颯爽と立ちあがった。

「チャンス到来。あたし、ちょっと行って、大統領に頼んでくる」

「え？」

「醤油色の闇をなんとかしてくださいって。ノーティー・ジョンなら聞いてくれるかも」

息んで駆けだした姉を、すかさず弟も追いかけた。

「ビッグな思い出、見っけ！」

果敢な姉弟は権力の頂点にいる男のもとへ臆することなく向かっていく。その背中を呆然と目で追う私の横で、「いいなあ」と由阿さんが羨望の息を吐いた。

「私もジョンの独占インタビューしたいとこだけど、大人はアウトよね」

ここは子供でもアウトだろう。というか、お忍び視察中の米大統領に直訴など、たとえ百歳の老婆であっても許されないのではないか。

一人ハラハラしている私をよそに、怖いものなしの姉弟はあれよあれよとジョンへ近づいていく。

とうとう声をかけた。ジョンがふりむく。両脇のSP二人がさっと立ちあがる。それをジョンが制して椅子を引き、腰を屈めて十代の二人に目の位置を合わせる。さすがは当代きっての庶民派だ。その物腰に励まされたように、里宇が決然と口を開く。さすがに固い顔つきながらも必死で何かを訴えている。と、それをさえぎるように早久が一歩前へ進みでた。ジョンに片手をさしのべる。握手？　いや、違う。米大統領と……指相撲？

「あの子、作文のネタを仕込みにかかったわ」

直訴を邪魔されて怒った里宇が、早久の肩を押しやった。が、早久は頑としてジョンの手を離さず、もう一方の手で姉の肩を小突きかえす。キッとなった里宇が早久の頭をはたく。TPOをわきまえない二人にSPたちはあきれ、両手を広げて「オーノー」「ジーザス」などと（たぶん）言い合っている。一人、動じることなく姉弟喧嘩に割って入り、何やら諭しはじめるジョン。いいかい、君たち姉弟に必要なのは世界平和にもつながるシェアの精神であって――。

つぎの瞬間、私が注視していたそれらすべてが本物の闇に埋もれた。まるで夜のとばりが突如、世界を丸呑みしたように。

「なに……？」

天井の明かりという明かりが一斉に消えた。窓のない地下で光を失えば、そこにあるのは暗闇のみ。その漆黒を切り裂くように、バサバサと不気味な音がフロアへなだれこんできた。鳥だ。

どよめきが瞬時にふくれあがる。ただの停電ではないと知った人々が一寸先も見えない闇の中で身じろぎ、喚きだす。とりわけ騒々しいのは大統領がいた辺りだ。いや、そこにいたのは大統領だけではなく――。

「里宇！　早久！」

由阿さんが叫んだそばから、その声は数多の大音響に埋もれた。

怒声に悲鳴。鴉の鳴き声。そして、銃声。ばたばたと人が揉みあうような物音。ノー！　ノー！　ノー！　ジョンとおぼしき男の絶叫。テーブルの食器が落ちる音。割れる音。それらすべてに覆いかぶさる不気味なBGMのような鳥の羽音。

数分後に再び明かりが灯ったとき、食堂の床にはSPらしき数名の男たちが倒れていた。

大統領の姿はない。そして、彼のそばにいたはずの姉弟も。

「里宇、早久、どこ⁉」

険しさを増した由阿さんの声を、今度はドーム中に鳴りわたる警報の音が掻き消した。

「由阿さん、こっち」

私は由阿さんの腕をとり、食堂から逃げだす人々とは別の方向へ走った。白衣をまとった人々が飛びだしてくる通用口から厨房へ突っこみ、調理台やフリーザーのあいだをすりぬけて、裏口から商店街へ抜ける。

明々とした商店街にいる人々は食堂での騒動など知るよしもなく、鳴りやまない警報に首をひねっていた。

「香瑠ちゃん、なんで？　どこ行くの？」

ハアハアと荒い息をしている由阿さんに、私も肩で息をしながら返した。

「奴らを追ってます」

「なんでわかるの？」

「奴に……鳥使いに、石をもたせたんです。守護石と偽って、笛石を」

「笛石？」

「上手に笛を吹く」

声を忍ばせつつ、警報が邪魔する笛の音を慎重に聞きとり、追っていく。五日前、羽音の鴉に笛石を預けて以来、絶えず耳で捉えつづけてきた石の声。その発信源が浅草を指していると知ったときから、このアンダードームを疑いはじめていた。

ヌートリアが鉄壁の守りを誇る地下施設へ潜入できた理由。彼らのアジトはこのドーム内にあるのではないか？

逸る心でひたすら笛の音をたどる。人で混み合う商店街を突っきり、奥へ、奥へとひた走る。周囲の人影が減るほどに、連なる店からは看板が消え、実態不明の怪しげなブースが増えていく。

笛石が私を導いたのはフロアの最奥にひっそりと佇む一店舗だった。堅いオフィスのような店構えで、看板も出ていない。遮蔽ガラスのドアをくぐると、しかし、中の壁は全面あでやかな珊瑚色のタイルで彩られ、夕日を思わせるライトがそれを照らしていた。湿った空気が孕んだアロマは麝香だろうか。

いったい何の店なのか。無人の受付の先に連なる扉の一つを開き、目を見張った。

狭い部屋の大方を占拠しているのは、艶かしいルビー色のベッドだった。天井も壁もそれと色を合わせ、見るものすべてが滴るような紅に浸っている。ある予感を胸に隣室を確認すると、そこにあるのもやはり同じルビー色の空間だった。

何を売る店かは想像がついた。

「こんなところに……」

「それより、今は子供たちよ」

店の正体に萎える足に鞭打ち、由阿さんに続いて奥へと進む。突き当たりには〈スタッフ専用〉の札を下げたひときわ大きな扉がある。

笛の音が高まった。ここだ。笛石はこの先にある。勢いまかせに踏みこんだ。

刹那、珊瑚の海から岩山へ転ずるように、視界のカラーが一変した。ベッドの十台は入りそうな大部屋には所狭しと事務机が連なり、その上には大型のコンピューターが設置されている。麝香も香らない無機質な空間。その後方にただ一点、ブラックダイヤのように光る黒があった――鴉。

「羽音、どこだ？」

私の呼びかけに応えるように、コンピューターの陰から大柄の男がゆらりと姿を現した。まるで曇り空にかかる虹のように。

まさに七色のレインボーだった。ガーネットレッドのキャップ。エメラルドグリーンのTシャツ。ターコイズブルーのハーフパンツ。アメシスト色のソックス。イエロートパーズ色のメッセンジャーバッグ。ごつい体をいともカラフルに彩る尋常ならざるファッションセンスの男――これが羽音？

黒一色で描いていた鳥使い像との落差に面喰（めんく）らう私に、男はキャップのつばの下から鋭い一瞥（いちべつ）を投げた。

「香瑠、俺ば謀ったと？　道理で怪しか思うとったばい」

しかも九州男児らしき男の手には、まぎれもなく、私がメッセンジャーに託したビー玉ほどの笛石がある。

「こげなGPSば俺にもたせよって、どげなつもりとね？」

「……なぜ私がここへ来るとわかった？」

「こん石ば俺に届けた鴉が、食堂であんたば見つけたとよ。おかげで魂胆ばわかったばい。しゃあなかけん、俺はみんなと別行動して、俺たちん城であんたば待っとったわけたい」

城。その一語を私は聞きのがさなかった。

「やっぱり、ここが君たちのアジトなのか」

「そうたい。ここ、ドームんどんづまりにあるこん娼園が、俺たちん本拠たい」

ショウエン。またも気になる一語に耳がざわついた。

が、私が深追いするよりも早く、由阿さんのハイヒールががつんと床を蹴りつけた。

「そんなことより、あんた、なんでうちの子たちまでさらってったのよ」

「子供？　ああ、あんおなごとぼうずとね」

「あの子たちまで人質にして何のメリットがあるっての？　大統領にどんな用があるのか知らないけど、大人の事情に人んちの子供まで巻きこまないでちょうだい。とっとと返しなさいよ」

金髪を逆立てて詰めよる由阿さんに、羽音が明かしたのは意外といえば意外、なるほどといえばなるほどの真相だった。

「なんち誤解しとっとよ。あんたん子供ばさらって、どげなメリットもありゃせんばい。大統領だけでよか言うに、あん子らが勝手にひっついてきたっちゃん」

「は？」

「大統領から離れろってどれだけ言ったたっちゃ、直訴半ばで離れられんち、なんちしつこいおなごとよ。ぼうずもぼうずで、決着つけるまで死んでも離れんっち、ちかっぱ強情者たい」

「決着……って、まさか」

由阿さんの声から力が抜けた。指相撲か……。

「しゃあなかけん、一緒に連れてってやったとよ。大統領と話がついたら頼まれんでも返しちゃる。うちんリーダーは筋金入りのジェントルマンたい。心配いらん」

「そう……わかったわ。じゃ、うちの子たちのことはひとまず置いておく」

自ら人質となった姉弟の無鉄砲ぶりにクラクラしていた私は、その母親の切り替えの速さにまたもクラリとした。

「由阿さん？」

「あの子たちが自分の意思で動いてるなら、ま、いいわ。それより私、前々から鳥使いに独占インタビューをしてみたかったの。ここで会ったが百年目、人んちの子供を連れてったからにはそのくらい協力してくれるわよね」

体格の差も顧みず、由阿さんが獲物を狙う虎さながらに肩をそびやかす。

立ちのぼる殺気に鴉がクェッと喘ぎ、羽音の肩から飛び立った。

「さ、答えてちょうだい。ショウエンってなに？　ヌートリアってなに？　大統領誘拐の目的は？」

――娯楽なき外ローたちのガス抜きのために設けられ、いつしか娼園と呼ばれるようになった地下の風俗店。観光省も見て見ぬふりをしていたその秘部に、かつて目をつけた男たちがいた。アンダードームに住まう不満分子だ。

高賃金に引かれて日本へ来たものの、地下での暮らしは規制だらけで何の自由もない。自治会は観光省の顔色をうかがいながら私腹を肥やすのに夢中で、住人のことなど何も考えていない。この劣悪な環境をどうにかしなければと、義憤に燃えた男たちが夜な夜な娼園に集まりだしたのは、観光革命からまださほど年月が経っていない頃だった。

アンダードームはこれでいいのか。日本はこれでいいのか。外ローの人権を無視した観光革命に正義はあるのか。来る日も来る日もくりかえされた討議は、しかし、その時点ではまだ机上の遠吠えにすぎなかった。一歩娼園の外へ出れば、彼らは観光省にも自治会にも相手にされない一外国人労働者にすぎない。下手に事を起こせば危険分子と見なされ、職を失うことになる。大義ある密談は次第に愚痴や不満のこぼしあいに変わり、無力感が娼園を支配していった。

ところが、殿（トノ）と呼ばれる男の登場によって事態は急転する。

男は新担当として浅草ドームを視察に訪れた入省三年目の観光官僚だった。視察自体は月に一度の定例であり、自治会幹部がふんぞりかえった官僚たちを連れまわしている姿はめずらしいものではなかった。面倒を招きそうなものは見せたくない自治会と見たくない官僚の利害一致によって、ドーム視察（パト）はすみやかに済まされるのが常だった。

ところが、彼は違った。国際的な環境保護団体に属する父と財閥令嬢の母をもつトノは、もとより日本の観光革命に批判的で、観光省の内側から国を変えていこうと奮って入省した希有な人物だった。故に、彼は自治会が案内したがらない空白地帯へも平気で入りこみ、その目にドームの闇を捉えた。視察のたびに深部へ足を延ばしていった彼が娼園での密会を嗅ぎつけるのにさほど時間はかからなかった。

ある日、密会の現場をトノに押さえられた面々は、もはやここまでかと強制送還を覚悟した矢先、よもやの話をもちかけられて耳を疑うことになった。

「私と一緒に日本を変えませんか」

官僚の立場に限界をおぼえ、日本を正すためならば手段を選ばないとまで思いつめていたトノは、陽の一条も届かないドームで外ローたちの声にはじめて耳を傾け、光を与えた日本人だった。ふんぞりかえっていなかったし、社会を動かす必須アイテムも備えていた。金と人脈。各界に散在する彼の仲間の中には社安局の要人や名うてのハッカーもいた。

かくして地下組織のリーダーとなったトノのもと、娼園のスイートルームには各種機材が運びこまれ、堅牢なるアジトが構築されていった。

「ってことは……」

膝を合わせて話を聞くこと数十分、熱心にメモをとっていた由阿さんがはじめてペンを休めた。

「例の都市伝説……消えた官僚って、そのトノのことだったの？」

すべりのよかった羽音の舌が止まる。その表情はキャップのつばに隠れてよく見えず、博多明太子を思わせる分厚い唇だけがてらてら光っている。

「ヌートリアん活動初期は、まだ俺はおらんかったし、ようわからん。ばってん、トノば信奉しとった省員たちも、何人かは役人やめてメンバーになったっち話は聞いとー」

「ふうん。人望あったのね。エリートのくせに」

「トノはそんじょそこらん坊ちゃん育ちやなかけんな。留学も経験しとる国際人やし、リーダー教育も受けちょる。八ヶ国語ば自在に操る秀才とよ。ばり難解っち言われちょるラテン語も堪能やき、ラテンの君ちゅう異名ばもっとっと」

「ラテンの君……」

「ばってん、トノば慕って集まったんは外ローだけやなか。ヌートリアには日ローもおるけん」

「ニチロー？」

「地上で職にあぶれた日本人労働者ばい」

約三年半前、東京で自分の力を試してみようと上京したはいいものの、右も左もわからない都会で職も住居も見つけられず、ハローワークで紹介された「景勝特区内での皿洗い」だけが唯一の受けいれ先だった自分もその一人だと、羽音は声を湿らせた。

「俺んポップなファッションば反ジャポち決めつけて、おまえなんぞにくれてやる仕事はなか、部屋はなかちゅうて、ほんなこつ東京もんはつれなかよ。ばってん、ドームにおったらおったで、今度は外ローたちから英語ができんちバカにされる。情けばかけてくれたんは、俺んファッションば見こんでスカウトしてくれたヌートリアのメンバーだけやったとよ。トノにはばり感謝しとるっちゃん」

羽音は口にしなかったものの、その恩義から羽音がヌートリアに忠誠を誓い、怪しき力を捧げるに至ったのは想像に難くない。

「で、スカウト成功の結果、ヌートリアには洩れなく鳥もついてきたってわけね」

由阿さんも由阿さんで、鳥使いの特殊能力について深く追求しようとはしなかった。自力で現実に立ちむかうバイタリティに富んだ彼女は私たちの力にとんと興味を示さない。

「彼らにしてみたら、とんだ棚ぼただったでしょうね。国の監視網が強化されて、サイバー攻撃が難しくなってきたところに、これ幸いと鳥使いが現れて」

「頭脳班は頭脳班で今も研究ば重ねとる。日本ば変える方法を、あらゆる方位から模索しとっとよ」

「日本を変える。あくまでそれがヌートリアの目的なのね」

「そうたい。でたらめな政府ば倒して、正しか国に造りかえるっちゃん」

「そう言うあなたたちのやり方も、私には結構、でたらめに思えるけど」

「なんち？」

由阿さんの声が含んだ険に、羽音の声が強(こわ)ばる。

「人を殺めない。そのポリシーは立派だけど、やってることは意外と行き当たりばったりよね」

「試行錯誤っち言うちょくれんかね」

「例の暴露映像だって、自分たちのアジトがあるここをわざわざ撮影する理由はあったの？　そんなリスクを冒さなくても、暴露するなら別のドームでもよかったはずよ」

「いんや、大統領ばおびきよせるんは、このドームしかなかったとー」

「大統領……」

「世界一の権力者ば誘拐なんち、そがんありえんこつばありえるとしたら、ここ、俺たち知りつくしとードームん中くらいたい。あん映像のことば知ったら、大統領は絶対、興味ば示す。そがん信じて来日前にばらまいた」

「じゃ、最初から大統領を誘拐するために……？」

「そうたい。さすがは怖いもん知らずのノーティー・ジョン、まんまと視察に来てくれたとよ。ばってん……」

羽音が一呼吸おき、二本の指を唇に当てた。指笛の音。たちまち鴉の群れがどこからかなだれこみ、石灰色の部屋がまばらに黒ずんでいく。

「こん作戦には代償ばある。アメリカ大統領ば失踪したからには、今度こそ、こんドームもしらみつぶしに捜索されるとよ」

頭上すれすれを飛び交う群れも気にせず、羽音はぺらぺらとよくしゃべる。なぜこの男はこんなに饒舌(じょうぜつ)なのか。なぜ自分たちの秘密をこれほど赤裸々に明かしてくれるのか。羽音がしゃべればしゃべるほど、宙に躍る羽のような不安が私の胸を掻き乱す。

「やけん、こんアジトとは今日でおサラバたい。あんたがどげな記事ば書こうと、それが配信される頃には、もうなんも残っとらん。なんちさびしか気もするけん、最後に言わんでもよか思い出話ばさせてもらったとよ」

言うが早いか、羽音はメッセンジャーバッグから何やら四角い装置をとりだし、床の上に置いた。

「なあに、それ」

「飛ぶ鳥あとを濁さず、ちゅうやつたい」

「は？」

「三分後に爆発する」

羽音がカチッとスイッチを入れて叫んだ。

「逃げれ！」

脱兎の如く――一斉に椅子を蹴倒してからの三分間は、まさしくその一語に尽きた。乱れ舞う鴉たちのもと、私たちはまっしぐらに部屋を飛びだし、娼園の外へと死に物狂いでひた走った。

「待って！　大統領誘拐の目的は何？　アメリカに何を要求する気？」

金髪をふりみだして羽音に追いすがる由阿さんのプロ根性には恐れいったものの、返された答えは素っ気なかった。

「俺たちん目的ば知りたかとなら、まずは大統領ん来日目的ばよう知るこつね」

その声を最後に羽音の姿は黒い軍団にかきけされ、珊瑚色のトンネルをくぐりぬけたときには、もはや私たちの視野には鴉の一羽も存在しなかった。

商店街はさっきまでとは打って変わって物々しい喧騒に包まれていた。立ち並ぶ店舗のあちこちで軍服姿の一団が住民たちを尋問している。娼園に捜索の手がのびるのも時間の問題だったろう。

ひやりとしつつも、由阿さんと二人、大声で喚きちらしながら商店街を駆けぬけた。

「危ない、逃げて！」

「地上へ逃げろ！」

遠い前方にようやくリフトホールが見えてきた頃、遠い後方でボンと爆発の音がした。

3

——本日午後、体調不良により東京都内の病院へ運ばれたジョニー・カベロ米大統領は、検査の結果、突発性の胃腸炎と診断されました。詳細は同院院長による記者会見で明らかにされる模様ですが、今も絶対安静が必要な容態にあり、今後のスケジュールへの影響が懸念されています。

事前の予定では、カベロ氏は本日午後より日米首脳会談、続く共同記者会見を経て野村首相夫妻との晩餐会(ばんさんかい)に出席、明日は皇居での歓迎行事に出席したのち、鯉(こい)の餌やりとワーキングランチを挟んで日本最南端の奥ノ鳥島(おくのとりしま)近海へ飛び、野村首相らと共にJMPの記念式典に参加する運びとなっていました。カベロ氏の体調次第ではケリー国務長官が代役を務めることとなります。

尚、カベロ氏と共に来日中のスザンヌ夫人は、「何にでも好奇心旺盛に箸をのばす夫の性格が胃腸に災いした。元気な彼が戻ってくるのを信じている」とのコメントを発表しています。

＊

「大統領来日の目的は、やっぱりＪＭＰ以外に考えられないわよね。The Joint Mining Project――日本語にすると〈日米合同採掘計画〉。百パーセント、これでしょ」

長らく調べごとをしていた由阿さんがようやく仕事部屋から顔を出したのは、私が入谷家のリビングで米大統領の入院を報じる夕方のニュースを観ていたときだった。

「具体的には、ＪＭＰ始動の記念式典に参加すること。建前では首脳会談がどうとか言ってるけどね」

ソファのとなりに浅くかけた彼女の顔を、私はそっとうかがった。白目の充血から疲れが見えるものの、黒目は異様にぎらついている。

「記念式典のためにはるばる日本まで来たんですか。アメリカ大統領が？」

「って思わせるための来日。アメリカ大統領が直々に式典へ顔を出したとなれば、レアメタルの採掘に反対している近隣諸国も妙な動きはできなくなるじゃない。それが日米両国の狙いでしょうね。現に、武力行使も辞さないって息巻いてた国も、ジョンの来日が決まってからはトーンを落としてるし」

武力行使。物騒な一語に胸がざわついた。

資源なき日本の希望の星と讃えられるＪＭＰの始動が正式決定して以来、国内メディアは連日のようにその将来性を喧伝し、専門家フル出演のレアメタル祭りがくりひろげられているけれど、その陰にある反対派の声は国民の耳には届かない。

「早い話、ヌートリアはその式典を阻止したいんでしょうね。過去にも彼らはＪＭＰへの反対声明を出してるし、日本当局がもっとも嫌がる写真を島にばらまかせたりもしてる」

「嫌がる写真？」

「奥ノ鳥島の空撮よ。国の特定秘密に指定されて以来、ネットからも見事に抹消されちゃったけど」

由阿さんが手もとのタブレをオンにし、私の膝へすべらせた。

「これが、その島」

画面に映しだされた写真を見るなり、全身がぞわっと粟立った。

まるで失敗した目玉焼きだ。海面に浮かぶ円盤形のコンクリート板。その真ん中にぽっつりと、つぶれた黄身のようにちっぽけな黒い塊がある。全長はせいぜい一メートルくらいか。

「これが……島？」

「どう見ても、岩でしょ。でも、それを言っちゃったら日本は約四十万平方キロの経済水域を失うことになるから、口が裂けても言えないわけ。その上、涙ぐましい護岸工事で岩が沈まないように……」

　コンクリートでがちがちに固められているのだろう。その不自然きわまりない孤影に見入っているうちに、突如、奇妙な反転が私を襲った。

　タブレの彼方(かなた)と此方(こなた)が入れ替わる。意識が遠く飛翔する。遥(はる)かなる大洋。暗い海。冷たくて、さびしい。胸を押しつぶすような圧——これは？

「香瑠ちゃん、どうしたの。大丈夫？」

　由阿さんの声で我に返った。

「あ……すみません」

　断ち切るようにタブレから目を離すも、胸の動悸は治まらない。無意識に呼吸を止めていたのか頭もふらついている。

「唇が青いわよ。貧血？」

　由阿さんに言うべきか。一瞬迷うも、私は思いとどまった。言えば事態をさらに複雑化するだけだ。

「いいえ。ちょっと、めまいがしただけです」

　由阿さんは危ぶむように私を凝視し、「そっか」とその目を弛(ゆる)めた。

「わかった。香瑠ちゃん、お腹すいたのね。ごめん、ごめん。そういえば醤油地獄のランチ以来、何にも食べてなかったもんね」

誤解を解く間もなく由阿さんはキッチンへ飛んでいき、冷蔵庫を開けたり閉めたり、鍋の蓋を開けたり閉めたりと派手な音を響かせはじめた。アンダードームから帰還して以来、彼女は片時も体を休めていない。虎が跳ねまわるようなシルエットを遠目に、私は改めてその心中を思った。

——あの子たちが自分の意思で動いてるなら、ま、いいわ。

あの一語を最後に、由阿さんは里宇と早久への思いを自分の中に封印した。が、心配していないわけはない。消えた姉弟の行方になんら手掛かりがない中で、今は二人と行動をともにしているヌートリアについて調べるくらいしか自分を保つ法がないのだろう。

「はい、召しあがれ」

待つこと二十分、ダイニングテーブルに運ばれてきたのはベーコンとしめじのカルボナーラだった。熱々のそれを口に含むと、滞っていた血が再びめぐりだすのを感じた。とはいえ、肌の表面にはまだ凍える海の感触が張りついている。

「さっきの話ですけど、あの岩……奥ノ鳥島のおかげで、日本はあの近海のレアメタルを採掘できるわけですよね」

「そ。ただし、残念ながら日本の採掘技術ではまだコストに見合う利益をあげられない。そこでアメリカが技術提供をもちかけてきたってわけ。協力してやるから分け前もよこせ、と」

「日本にしてみれば、アメリカと組むことで近隣諸国を牽制できるって利点もある」

「そのとおり。まさか頼みの大統領が式典の前日に誘拐されちゃうなんてね」

「まさか、ヌートリアはアメリカにJMPから手を引けと迫る気でしょうか。そのために誘拐を……」

「私もそれを考えてたところ。でも、もしそうだとしたら無謀もいいとこよ。アメリカは最新型の掘削船を開発するのに巨額の投資をしてるわけだし、そう簡単に手を引くわけがない」

ラテンの君はいったい何を考えているのか。自暴自棄ともとれる元官僚の胸中が見えずに私たちが黙ると、さっきから窓をかたかた震わせている轟音がなおも禍々しさを増した。黄昏の空を飛び交っているのは日本の軍用機か、米国のそれか。周到な報道規制を敷く一方、水面下では両国ともしゃかりきになって大統領を探しているにちがいない。はたしてヌートリアは鳥に頼った原始的なやり方でハイテク包囲網から逃れられるのか。もしも追いつめられた彼らが乱心の果てに大統領を傷つけるようなことがあったら？万が一、里宇と早久が巻きぞえになったら——。

「由阿さん」

私は自分の皿から由阿さんのそれに目を移した。さっきから休まずフォークを回転させているわりに、彼女のパスタは減りが悪い。

「ひとつだけ、ヌートリアの暴走を止める方法があります」

由阿さんのフォークが止まった。

「どんな？」

「羽音（はおん）の力を封印する」

「力？」

「鳥を操る特殊能力です」

「そんなことできるの？」

「私にはできるみたいです」

かすれ声でうなずくも、勘のいい由阿さんは私の内心を推しはかるように目をすぼめた。

「でも、香瑠ちゃん、気が進まないんでしょ」

「はい？」

「その手段は選びたくないって顔してる」

虎柄のヘアバンドの下にある猫科の瞳に射貫（いぬ）かれ、降参した。

「そうかもしれません。羽音が力を失えば、ヌートリアは大幅に戦力を失いますよね。遠からず彼らは捕まることでしょう。となると、私は羽音に伝えたいことも伝えられなくなる。それに……」

それに、たとえ地下組織とはいえ、私の一存で彼らをそこまでの窮地へ陥れていいものか。

要するに腰が引けている私に、由阿さんは「そうね」と神妙にうなずいてみせた。

「おそらく永遠に伝えられなくなることでしょうね。日本軍であれ米軍であれ、大統領誘拐の不名誉を世に広めたくない人たちは、必ずこの事件を秘密裏に処理するわ。ひとたび捕らえられたが最後、ヌートリアは闇に葬られる」

自分もそれは望んでいないと由阿さんは言った。

「鳥使いの話を聞いて、私、ちょっとラテンの君に興味がわいてきたのよね。捕まる前に私が捕まえて、ぜひ独占インタビューといきたいところ」

強気な抱負を語る由阿さんの表情はいつになく重い。日本軍よりも米軍よりも先に彼らを見つけだす。それがどれだけの難題か彼女だって知らないわけじゃない。

「食べましょ。しっかり燃料つめこんで、いざってときに備えなきゃ」

大盛りのパスタを意地で平らげたその夜、由阿さんは再び仕事部屋に閉じこもり、私は入谷家に常備している寝袋をリビングに広げた。入谷姉弟のこと。羽音のこと。奥ノ鳥島のこと。普段よりも寝つきが悪かったのは、ただでさえ悩ましい案件が多い上、窓辺のプランターに敷かれたさざれ水晶たちがやけに騒々しかったせいだ。

なんか、へんだね。うん、へんだね。へんだよね。静かだね。すっごい静か。うん、うん。あの子たちがいないから。ほら、いつも賑やかなあの二人。いないね。元気な二人がいないね。さびしいね。石じゃなけりゃ捜しに行くのにね。ほんと、石じゃなけりゃね。虫は何やってるのかね。飛べるくせにね。立派な翅があるくせにね。

しかし、一応、虫は動いていた。

入谷家の静寂が突如として破られたのは、その翌朝、やつれ顔の由阿さんと遅めの朝食をとったあと、私がお掃除ロボを駆使して家中の空気一新を図っていたときだった。

ピポピポピンポン。ひどくせっかちなインターホンの呼び鈴に、誰が来たのかと玄関のピープホールから覗くと、そこにあったのは鈴虫の泣きべそ顔だった。

「香瑠ちゃん、ひどいよ。水くさいよ！」

ラピスラズリ色のサロペットをだぼっとまとい、キャリーつきの旅行鞄を手に引いた鈴虫は、扉が開かれるなりキンキンと黄色い声を張りあげた。

「里宇ちゃんと早久ちゃんが誘拐されたんでしょ。代理から聞いたよ。なんで早く教えてくれなかったの？」

「いや……だって、鈴虫とテルは帰省中で、せっかくの夏休みだし」

その剣幕にたじろぎながらも返すと、

「夏休みどころじゃないよ！　里宇ちゃんと早久ちゃんの一大事だよ。こんなところで立ち話してる場合ですらないよ。早く、一刻も早く二人を捜さなきゃ。さあ！」

どんぐり眼(まなこ)を濡らした鈴虫が旅行鞄を投げだし、ぐるんと回れ右をする。

「落ちつけ、鈴虫」と、その背中に私は呼びかけた。「代理からどう聞いたのか知らないけど、たぶん、だいぶ説明をはしょってる」

「そうよ、鈴ちゃん」と、いつの間にか横に来ていた由阿さんも言った。「誘拐されたのはうちの子たちじゃなくて、アメリカ大統領よ。里宇と早久は進んでジョンにつきまとってるの」

「へ」

「だから冷静に、鈴ちゃん。まずはその手にもってるお土産をちょうだい」

というわけで、五分後、私たちは巨峰玉ゼリーとうなぎパイを広げたダイニングテーブルを囲んでいた。巨峰玉ゼリーは鈴虫の、うなぎパイはテルの手土産だ。

そう――テルの手土産があるということは、途上で鈴虫と落ち合ったテルもここにいる証拠なのだが、彼はこの日の空模様を反映して一言も口をきかず、うつろな目をして鈴虫の影になりきっていたため、影として扱うことにする。

「そっかあ。里宇ちゃんは直訴のために、早久ちゃんは指相撲のためにくっついてったんだ。なんか青春だね。うん、うん、二人らしいよ」

切り替えの早い鈴虫は、事の真相を知るなり涙目を乾かし、うなぎパイをばりばり齧りはじめた。

「で、ヌートリアはなんで大統領を誘拐したの」

「そう、そこなんだけど……」

ＪＭＰに反対するヌートリアの狙いは、まずは今日にも開かれる記念式典の妨害と思われること。が、その思惑とは裏腹に、式典は米国務長官の列席のもと予定どおりに執り行われる運びであること。

由阿さんと私が代わる代わるに説明すると、

「あ、もしかして」

鈴虫が影をふりむいた。

「あれと関係あるのかも」

影がゆらりと頭を垂らす。

「あれって？」

「鳥たちがね、南へ移動してるの」

「鳥？」

「うん。今日の空はへんだよ。鳥も、ドロカイも、うようよいて。鳥たちはみんな南へ向かってた。テルちゃんも見たって」

由阿さんと目と目を見合わせ、うなずきあう。陰に羽音がいるならば、十中八九、鳥たちがめざしているのは日本の最南端、奥ノ鳥島だろう。いったい何をする気なのか。

「いやな予感がする。羽音を止めないと」

羽音が鳥を使っているかぎり、虫たちの協力は得られない。それを承知で私は鈴虫に言った。

「鈴虫、どうにかしてヌートリアの居場所を突きとめられないかな」

鈴虫は口いっぱいのパイを飲みこみ、「そうだっ」と胸ポケットに目を落とした。

「彼のこと忘れてた！」

「彼？」

「山梨から帰ってくるあいだ、私、会う虫会う虫、頭をさげまくったんだ。大事な友達が誘拐されちゃったから力を貸してって。みんな最初は聞いてくれても、鳥の話が出るとやっぱり怯(ひる)んじゃって、なかなかいい返事がもらえなかったんだけど、でも、ついに……」

鈴虫の手が胸ポケットから一匹の虫を出す。

「真の勇者と出会ったの」

かくしてテーブルに登場したのは、これまで見たことのない甲虫だった。大きさも、

「南。もしかして……」

色も、丸い背中もカブトムシに近いが、角がない。

「なんの虫？」

その問いに答える代わりに、鈴虫は巨峰玉ゼリーをひとつ手にとり、甲虫の前に置いた。と、たちまち甲虫はもそもそ動きだし、ピンポン大のゼリーに尻を向けると、後ろ脚を蹴りあげるようにしてその球面にひっかけた。そのまま、器用にころんころんと転がしていく。この動きは、もしや……。

「フンコロガシ？」

正解、と鈴虫がおだんご頭の上に両手で大きな丸を描いた。

「彼、アフリカ出身でね、捕まって日本に連れてこられて三千円で売られちゃったらしいんだけど、フンコロガシたるもの人間の愛玩品になんかなってたまるかって、虫かご転がして自力で脱出したんだって。ね、頼もしいでしょ、彼。里宇ちゃんと早久ちゃんのこと話したら、ちょうど日本に退屈してたみたいで、誘拐犯の捜索にひと肌ぬいでくれるって。アフリカじゃ象のフンだって転がしてたこの俺が、鳥ごときを恐れるもんかって。ね、ね、勇ましいでしょ」

彼氏自慢のようにでれでれと語ったあと、鈴虫は「ただし」と私たちから目をそらした。

「捜索にはちょっぴり時間がかかるかも。彼、誰にも負けない脚はあるけど、翅がないの」

フンコロガシがぎくっとしたように玉から脚をすべらせた。

「翅がない？　じゃ、どうやって捜索を……」

「歩いて捜してくれるって」

「……」

音をなくした室内に、フンコロガシの脚音だけがかさこそと鳴りつづけていた。眠気を誘う速度で進む玉ゼリーがテーブルの端まで行きつくのに、はたして何十分かかるのか。このペースでヌートリアを捜索するとなると、発見までに何十年かかるのか。無事再会をはたしたとき、里宇と早久は何十歳になっているのか――。

悠久なる時の流れに思いを馳せる私の横で、由阿さんがすっと席を立った。

「ごちそうさま。仕事部屋に戻るわ」

由阿さんのMWがコール音を奏でたのは、そのときだった。

手首のそれを一瞥した由阿さんの眉が寄る。見慣れない番号なのか。

「もしもし？」

警戒の声で由阿さんが応えた直後、誰の耳にもあざやかな大声が響いた。

「やっべー、マジつながった！」

変声期前のその声は、まぎれもなく早久のものだった。

「使える、使える。本物だ。オーマイガーッ」

「早久！」

皆が色めき立ったのは言うまでもない。

「早久、どこにいるの？　元気？　里宇も一緒？　大統領は？」

由阿さんがひと息に尋ねるも、興奮さめやらぬ早久は聞く耳をもたず、熱に浮かされたような声で「やっべー」と「すっげー」を連呼している。

「俺、黒電話ってはじめて見た。ほんとにぐるぐるまわすんだ」

「黒電話？　早久、どこにいるのか答えなさい」

「マドモアゼル……まりえんち」

「マドモアゼル……まりえ？　誰？」

「わかんねーけど、めっちゃジャポいんだ、ここんち。ケードロしてて、押し入れん中に隠れたら、この電話があったってわけ。あいつらアホだな、こんなとこに隠してて」

「ケードロ？　ちょっと、あなた何やっ……」

「あ、やべ、見つかる。じゃね」

「待って、早久……早久？」

一分足らずで会話は断たれた。判明したのは早久がいつもの調子であることだけだった。

「ったく、もう」

もはや不通音しか発しないMWを耳から離し、由阿さんが深々と息を吐く。

再び吸いこんだとき、しかし、すでにその手はつぎの動きに入っていた。

「ヒショ、今かかってきた番号の住所を割りだして」

MWへ指示したわずか一秒後、AI秘書の声が思いがけない地名を告げた。

「東京都東小平市の欅壺です」

4

『おれらの上等な夏休み　六年二組　入谷早久

ジョンは、おとなげないヤツだった。何回、指ずもうで対決しても、ぜったい、おれを勝たせない。いちいち、すっげえ、ムキになる。こどもに花をもたせるってことをしらない。

二日間で、おれは三十回くらい、ジョンと勝負した。そのたびに、おとなの親指のデカさに負けた。力は、五分五分だったと思う。

ジョンがどこのだれで、なんで二日間おれといっしょにいたのかは、ひみつ。いろいろフクザツなわけがあって、おれと里宇とジョンは、めちゃくちゃジャポいまりえさんの家にいた。

里宇がまりえさんにひっつきまわってるあいだ、おれは、ジョンといろいろやって遊んだ。探検ごっこ。竹馬。カルタ。スイカわり。花火とケードロと川遊びは、里宇もいっしょだった。

遊びまくってハラがへったら、まりえさんがカマでたいたごはんを、ばくばく食った。ヤサイはあんま好きじゃないけど、もぎたてのヤサイは、うまかった。

夜は、ジョンとゴエモンぶろに入った。ドラム缶のデカいのみたいなやつ。おれは、ふろの中でもジョンに勝負をいどんで、負けた。

ゴエモンぶろはハナレにあって、帰りに、おれとジョンは、ぽわぽわ飛んでるホタルを見た。

「なんだか夢みたいだ」と、ジョンは言った。

「うん。すっげー上等な夢」と、おれも言った。

「ずっとここで遊んでたいな」

「毎日が夏休みだったらいいのに」

そんなことを、年よりくさく言いあった。

でも、もちろん、おれらは知ってたんだ。夏休みなんてもんは、人生の中で、ほんのおまけみたいなもんなんだって。それが終わったら、みんなそれぞれ、自分の場所にもどってく。

二日目の午後、川であそんで、くたくたになって、なんかきゅうに眠くなって、昼寝するまえ、おれは最後の力をふりしぼって、ジョンに勝負をいどんだ。やっぱり負けた。

「ひとつ言っとくけど、あんたの勝利は、親指のサイズによるもんなんだぜ」

くやしくて言うと、ジョンはわらった。

「じゃ、早久の親指がビッグになったら、また勝負しよう。めたくそに打ちのめしてやるぜ」

おれは、ジョンに親指じゃなくて、小指をさしだした。

「約束だ。ビッグになって、会いに行く」

それからたっぷり昼寝して、目がさめたら夕方で、ジョンはもうどこにもいなかった。人がへると、家の中が、きゅうに広くなる。いろんなところが、すきまだらけになった感じ。おれは、ハラがへったときみたいに、しょぼくれた気分になって、その気分をぶっとばすために、「まってろよ、ジョン!」と、さけんだ。

「あんたよりビッグな男になって、会いに行くからな!」

それがそんなにかんたんじゃないのは、おれが一番、わかってる。』

＊

噂には聞いていた。が、まさかこれほどの異空間が今の日本に現存しようとは——。

車の立ち入れない集落の手前でバンを降りるなり、むせかえるような緑にまず息を呑んだ。草木や土の濃厚な色彩。そして、濃密な匂い。ひんやりした空気を吸いこむたびに清涼感が肺を洗う。

誰も言葉を発しないまま、まるで原始の森にでも踏みいるように、私たちはある種の厳粛さを縫って歩きだした。

晩夏の空を覆う雲は薄れつつあった。にもかかわらず、まるで黄昏時のようにあたりが暗いのは、小径（こみち）の左右にそびえる樹木の梢（こずえ）が頭上をふさいでいるせいだ。欅。樫（かし）。柊（ひいらぎ）。いずれも根元は太々としていて貫禄にあふれ、その頂は高々と遠い。ふりあおげばあおぐほど、この圧巻の自然が藤寺町からさほど遠くない隣市に残されているのが奇跡のように思えてくる。

自然だけではなかった。天を突く並木が生け垣に変わり、その隙間から家影が見え隠れしはじめると、私はいよいよ自分がどこにいるのかわからなくなった。

なだらかな傾斜の三角屋根に石墨（せきぼく）色の瓦（かわら）を敷きつめた平屋建て。年季の香る木造家屋の庭には蔵があり、畑があり、鎖につながれた犬がいる。はりぼての景勝特区ではついぞ見られない本物の古色がそここに根を張っている。

こんな家並みなど見たこともないのに、見る家、見る家がなぜか懐かしい。縁側の将棋盤。物干しで風にはためく手拭い。軒下の干し大根。風鈴の音。蚊取り線香の匂い。東京生まれの私ですらも郷愁にかられるほどの、古き良き日本の原風景がそこにはあった。

「これが、シーラカンツのリアルジャポ……」

風光に酔わされたような由阿さんの声が沈黙を破った。

進化を拒否した〝シーラカンツ〟。彼らの存在を知らない日本人はいない。が、その実態をよく知る者も少ないだろう。

「私も実物を見たのははじめて。聞きしに勝る別世界ね」

これまで幾人ものシーラカンツに取材を申しこんでは断られてきたという由阿さん曰く、日本には現在、ここ檮壺をふくめて三十以上のリアルジャポが残されているという。

日本が観光立国へと舵をとりはじめた約十五年前、全国各地に景勝特区が続々と新設されていく中で、その急激な流れに抗い、自分たちの暮らしを守ろうと闘った人々がいた。彼らは有志を集めて国とかけあい、自分たちの土地を都市化計画の対象外とする市街化調整区域に編入させようと奮闘した。その大多数は敗れたものの、支援団体の助力もあり、環境保全の見地から国がそれを認めたケースもごく稀(まれ)にあった。

そのレアな勝ち組の一つである欅壺のシーラカンツは、今も国や自治体の干渉を許すまじと団結し、独自の欅壺コードを守っている。住人以外の車両立ち入り禁止、写真撮影禁止、情報メディアへの掲載禁止、監視センサーや盗聴器の設置禁止、などなどだ。彼らにそんな権限はないと社安局が設置するセンサーは、毎度、三日とせずに蒸発する運命にある。

是非はともあれ、時代に逆行するシーラカンツの頑固一徹な生き方は、嘘くさいジャポニズムに食傷した人々から一種の憧憬(しょうけい)をもって崇められ、海外のナチュラリストたちからも一目置かれている。

「リアルジャポに目をつけるとは、ヌートリアも考えたものよね」

由阿さんは感心しきりに話をしめくくった。

「たしかに、社会から隔絶されてるって意味じゃ、リアルジャポもアンダードームと変わらない。基本、よそ者は入ってこないし、センサーで盗(と)られる心配もないし」

異を唱えたのは鈴虫だ。

「でも、ここだって完璧じゃないですよ。どんな空にもドロカイはいるもの」

鈴虫がふりあおいだ空には、たしかにドローンカイトとおぼしき影がちらちら光っている。

「そうね。ただし、ここじゃドロカイもお手上げでしょうけど。だって、ほら」

と、由阿さんは石垣の向こうに見える人影を指さした。庭で麦の脱穀作業をしている四人の老人。似たような砂色の作務衣に身を包んだ彼らの二人は麦わら帽子で、一人は虫よけのついた帽子で頭を覆い、残りの一人は市松模様の手ぬぐいで頬被りをしている。

「上空から誰だか見分けがつく？」

「あ……」

ドロカイの盲点に思い至った私たちに、由阿さんは「ね」と会心の笑みを広げた。

「ここは、被りもの天国よ。ここでなら何を被ってても怪しまれないし、被りものをしてるかぎりはドロカイを撒ける。ブラボー！」

早久からの電話以来、由阿さんに本来の調子が戻ってきたのはうれしい。しかし、怪しさで言うならば、金髪頭でリアルジャポをうろついている彼女が誰よりも怪しい。

そう思った先から、きつい視線が飛んできた。石垣ごしの四人が手を休め、穏やかならない目つきでこちらを睨んでいる。

「やば」

「行きましょ」

彼らの聖域を荒らしているようなやましさを胸に、私たちは足を速めた。

とはいえ、そう一足飛びには目的地へ到達できない事情もある。

ヒショが黒電話の所在地を「欅壺」とだけ告げたのは、もともとこの集落には番地がないためだった。全員知り合いだから必要がないのか、通りの家々は表札すらも出していない。よって、ヌートリアの居所を突きとめるには、表札よりも口の重い石垣におうかがいをたてながら進むしかない。

ああ、まりえの家ならもちろん知ってるさ。けど、それをよそ者のあんたに教えてやるいわれはない。ほかの石垣に聞いとくれ。そう言わずにお願いします。一大事なんです。誘拐されたアメリカ大統領もそこにいるんです。へっ、アメリカ大統領？　そいつが石垣に何をしてくれたって言うんだい。石垣的にはどうでもいいこった。

よそ者嫌いの石垣たちには、しかし、意外な急所があった。

なに、子供？　子供もそこにいるのかい？　なんだ、そいつを先に言っとくれよ。子供は世界の宝だ。子供と猫だけは石垣に乗っても許される。まりえの家なら、この道を引きかえして二番目の角を左だ。その先はまたべつの石垣に聞いとくれ。

なんだかんだで石のいい石垣たちを頼りに集落の深みへ分け入っていくほどに、ただでさえ少ない民家の数はなおも減り、野生の天下となっていく。川底の砂粒までも透かす清流。おとぎ話を思わせる竹林。昏い藪。もはや人煙の一筋も立ちのぼらなくなった頃、ゆるやかな上り坂の先で急に視界がひらけ、半分崩れた石垣に囲われた大きな屋敷が現れた。

私たちが一斉に頭を反らしたのは、その平屋建てが堂々たる茅葺屋根(かやぶきやね)を戴(いただ)いていたためだ。土色に乾いた草を幾重にも敷きつめた三角屋根。実物を見るのははじめてのそれをじっくりながめてから目を下ろすと、石柱の前に一人の影が立っていた。

「やっぱり、あんたらか」

羽音だった。昨日とは一転し、今日の彼は黄土色の作務衣に草履(ぞうり)、頭には笠というシーラカンツルックでこの地に溶けこんでいる。

「妙な連中ば入りこんどるちゅうて、鳥たちがざわついとった。なしてここがわかったと?」

「そんなことより」と、羽音の問いを無視して由阿さんが詰めよった。「里宇と早久はどこ？　二人とも無事なんでしょうね」

「無事も無事たい。のんきに小川で遊んどる。あんたら、あん子らば迎えに来たとね？」

「当然よ」

「よう来たばい」

「え」

「条件次第じゃ、あん子らば今すぐ帰したってもよか。ちゅうか、俺も帰ってほしかとよ」

予想外の出方にとまどう私たちに、羽音は笠に隠れた顔をますます翳(かげ)らせ、

「あん子らがおると、大統領と話すこつも話せんとよ」

曰く、大統領は自分一人ならまだしも、二人の子供を誘拐の巻きぞえにしたことに（勝手についてきたとはいえ）遺憾の意を示している。かくなる上は、大人の責任として、まずは二人を手厚く遇すること。ラテンの君の話を聞くのはそれからだ。そう宣言し、率先して二人と遊びまわっているのだという。

「トノもトノたい、一理あるちゅうて納得しとる。ばってん、あん子らば普通の子供じゃなか。とりわけあのぼうず、ほんなこつ元気すぎっとよ。遊んでも遊んでも満足しきらん」

羽音の声が悲愴感を帯びるに比例して、由阿さんの顔には余裕が広がっていく。首に縄をつけてでも連れ帰ってくれ、とついに羽音が本音で泣きついたときには、獲物を狙う猫の目を完全にとりもどしていた。

「言われなくたってもちろん連れて帰るけど、さっき、条件次第とか言ったわよね」

「俺たちんこつば口外せんっち約束せい。アンダードームでも、欅壺でも、あんたらはなんも見とらん。聞いとらん。こんままおとなしゅう家へ帰って、一生、口ば閉ざしとき。余計なこつバラしよったら、日本中の鳥からどがん報復受けるかわからんばい」

肩をそびやかして脅す羽音に、これまた肩をそびやかした由阿さんが何かを言い返そうとした。

その寸前に私が割って入った。

「大人しく帰るわけにはいかない」

「なんち？」

「羽音、君たちは何をする気だ。奥ノ鳥島へ鳥を集めてどうするつもりなんだ」

「そげんこつ教えられんばい。ただでさえ昨日、あんたらに言わんでよかこつ話してしもたき、俺は肩身が狭いっちゃん」

「それなら、あなたたちのリーダーから直接うかがおうかしら」

ここぞとばかりにあごを突きだしたのは由阿さんだ。

「雑魚のおしゃべりはもうたくさん。ラテンの君への独占インタビュー。それが、うちの子たちを連れて帰る条件よ」

「そがん条件、呑めんっちゃん。トノはマスコミば好かん。いっちょん信用してなか。それに、俺もあんたらば信用しちょらん」

あんたら、と言う目は私と鈴虫、そしていまだ影法師に徹しているテルを向いている。羽音と初対面の二人にとっては手厳しい挨拶だ。

「あんたらには大義がなか。ただの商売人ばい。せっかく授かった力ば世んため人んために使わんと、金儲けん道具にしとっとー」

「いや、それは……」

「ネット・アドであんたらば見たとき、俺はうれしかったとよ。あん夢に出てくるめずらしか世界ば、この三人も知っとーかもしれん。俺ん仲間がおるかもしれん。仲間がおったら力ば合わせて日本ばよか国にしきれる」

ばってん、と羽音は厚い唇を震わせた。

「香瑠は俺の誘いばけんもほろろにはねつけた。あんたらん興味は商売だけっちゃん。こん国がどげなこつなってもかまわんとね」

「聞いてくれ、羽音。私たちは……」

「あげくに、香瑠は妙な石ばもたせて、俺ばだましよった」

とりつくしまのない羽音と言い合っているうちに、一人、また一人と茅葺屋根の下からヌートリアのメンバーたちが現れ、こちらへにじりよってきた。その国籍は様々ながらも、やはりそろいの作務衣姿で笠を被り、手には斧や鎌を光らせている。

「もうこれ以上話すこともなか」

不穏な空気を背後に、切り口上の羽音が質した。

「最後んチャンスばい。おとなしゅう子供らば連れ帰ってくれるんか、くれんのか」

「何度も言わせないで。まずはあなたが私の条件を吞むことよ」

「そげなこつなら、しばらく強制的に黙っとってもらうしかなか」

羽音の合図を受けて足を速めた男たちから後ずさり、まわれ右をした私の足が宙に凍った。

敷地を囲む石垣が黒い。無数の鴉で埋めつくされている。

無駄な抵抗はよしときな。どう考えたってあんたらにゃ歯が立たん。石垣から諭されるまでもなく、二十人をこえる男たちを相手に、女三人＋影一人では分が悪すぎた。一斉に襲いかかってきた彼らに囲まれ、腕をつかまれ、私たちはあれよあれよと母屋の裏に建つ土蔵へ追いたてられていった。

「こん中ば入っとってもらうばい」

筏（いかだ）さながらに分厚い土蔵の木戸。数人がかりでそれを押しあけた彼らが、その奥に覗く闇の中へと私たちを順に押しやっていく。

予期せぬ展開が待っていたのはそのあとだ。

「羽音。おまえもだ」

日本人メンバーの声と同時にどさっと音がし、足下に羽音が転がった。

「へ。なして」

「トノの命令だ。大統領との交渉中、こいつらをしっかり見張っとけ」

半分面白がっているのか、男の声はにやついている。

「ひどか。俺は仲間ばい！」

「身から出た錆（さび）だ。そもそも、おまえが余計なことをペラペラしゃべるからこんなことになったんだ」

「ばってん、俺がおらんかったら鳥ば……」

「鳥たちは順調に目的地をめざしている」

「ちょい待っ……」

言葉半ばで木戸が閉ざされ、男たちの笑い声が遠のいた。

「俺はヌートリアのエースばい！」

羽音の絶叫も虚しく、ガシッと閂を落とす音が鳴り、そして、私たちは無限大の闇に呑みこまれた。

最初は重くのしかかるような黒一色に塗りつぶされていた視界が、暗がりに目が慣れるにつれて、少しずつ黒水晶にも似た透け感を呈しはじめた。築年数が幸いしてか、屋根のところどころに微少な穴や裂け目がある。そこから細々と洩れ入ってくる光にかろうじて救われる。

とはいえ、幽閉の身という厄介きわまりない立場は変わらない。

「これ、壊せないかな」

渾身のまわし蹴りののちに由阿さんが木戸の破壊をあきらめると、私たちは木箱やらミシンやら桶やら農機具やらが雑多に詰めこまれた蔵の中をうろつきまわり、無駄に体力を消耗した。漆喰に塗りかためられた四囲には隠し戸どころか鼠穴のひとつも見つからない。

「ちょっと！　私たち、いつまでこんなとこにいなきゃなんないのよ」

「知らんたい。トノと大統領の話がつくまでやなかね」

由阿さんの難詰に、羽音はいじけた声を返した。

「ＪＭＰから手を引けって話？」

「そげんこつ教えたら、またトノに怒られるっちゃん。俺はもうなんも言わんち決めたとよ」

「鳥たちがめざしてるのは奥ノ鳥島よね。ＪＭＰの記念式典は三時から。いったい何をするつもり？」

「お口のチャックば目に入らんとね！」

声を裏返すなり、羽音は壁際の脚立へ歩みより、その踏み桟に丸々とした尻を引っかけた。

「俺はもうなんも聞かん。なんも言わん。止まり木で羽ば休める鳥になる」

それきり羽音は何を聞いても答えず、打つ手をなくした私たちもまた徐々に言葉を失った。

しん。しん。しん。ゆるい輪を描いて座った私たちの上に沈黙だけが降りつもる。よほど壁が厚いのか、いくら耳をすましても外界の物音は聞こえない。せめて事情通の石でもいてくれればと願うも、こんなときにかぎって語りかけてくる声もない。入谷姉弟はまだ川で遊んでいるのか。日米両軍は今も血眼で大統領を捜しているのか。ラテンの君と大統領は何を話しているのか。何かが起こるにちがいない記念式典の開始時刻は刻々と近づいている。

このどんづまり状態で、唯一、不幸中の幸いがあるならば、それは羽音と向きあう時間をもてたことかもしれない。

この好機を無駄にしてはいけない。その思いが私を動かした。

「羽音。口にチャックをしたままでいい。私の話を聞いてくれないか」

悄然（しょうぜん）と背中を丸めた羽音の影がぴくりと動く。

「私たちがカザアナを興した理由だ。けっして商売目的じゃない」

羽音は頑として応えない。

代わりに由阿さんの声がした。

「それ、私も聞きたいな」

ふりむくと、暗闇の中で由阿さんの金髪が揺れた。

「香瑠ちゃんたちがどうして知り合ったのか、なんで今の仕事をはじめたのか、機会があったら聞いてみたいと思ってたの。独占インタビューじゃなくてね、友達として」

万物の距離感を曖昧にする闇のせいだろうか。由阿さんとのあいだにいつもうっすら横たわっていた一線がかすれ、今ならば、人とは違う自分の来し方を構えずに話せそうな気がした。

「鈴虫、テル、いい？」

尋ねると、ひざにのせたフンコロガシと遊んでいた鈴虫は「もち」とほほえみ、その横で影もゆらりとうなずいた。

最後に、私は自分の胸もとへ目を伏せ、声を出さずに問いかけた。

彼らに話してもいいですか。

ええ、ええ、あなたさまのお好きなように。

遥けき時代への郷愁を誘う柔らかな声。その音色に心を鎮め、私は語りはじめた。

「はじまりは、夢だった」

そう、すべては夢からはじまった。遠い昔の夢。時代劇の舞台のような屋敷に住まう和装の人々。男も女も長い裾や裳を引きずっている中、裸のくるぶしを小袖から覗かせた異質な一団がいる。場違いな身軽さでのびやかに笑い戯れている彼らは、皆から「カザアナの一族」と呼ばれている。

カザアナ。

夜な夜な彼らの夢を見はじめるまでは、私は普通とは言えないまでも、多少風変わりな人間にすぎなかった。人と違う点があったとすれば、それは幼い頃から度を超えた石好きであったことだ。どこへ行っても足もとばかりに意識が向かい、一日中でも石を撫(な)でたり、さすったりしている。私の部屋は石だらけで、母親に捨てられても、捨てられても、すぐにまた新たな石を拾ってきては嘆かれた。「ああ、いやだ。お父さんの変な血を継いでしまった」と。

おかしな子供と見られていた点では、鈴虫とテルの過去も共通している。が、虫好きや空好きがいかにも子供らしく無邪気な嗜好(しこう)と思われるのに対し、幼い子供の石好きは異様に映ったようだ。やはり石好きだった父の収集癖に辟易(へきえき)していた母親は、あの手この手で私を石から引き離そうと苦心し、それが失敗に終わると不気味な次女に見切りをつけて、長女にのみ関心をそそぐようになった。高校入学と同時に私はアルバイトをはじめ、貯金が一定額に達した大学三年生の秋、都内の自宅を離れて一人暮らしをはじめた。

石の話は人にしないほうがいい。経験からそれを学んでいた私は、大学でも、バイト先でも、人とは違う自分の毛色をひた隠し、周囲と合わせようとした。おかげで表面的には人並みの毎日を送っていたものの、素と素で交わるような他者との関係からは縁遠かった。薄い御簾(みす)ごしに人と接しているような感触。それは大学卒業後、石材会社に就職してからも変わらなかった。

なぜ自分はこうなのか。家族とも他人ともなぜ心から交われないのか。

あの夢を見はじめたのは、自分でもよくわからない自分に疲れ、そんな自問をくりかえしていた時期だった。

それは鮮烈な夢だった。まるで映画の予告編のように、色鮮やかな断片がつぎからつぎへと現れては消える。夢ならではの飛躍もあってストーリーは朧（おぼろ）ながらも、そのビジュアルはクリアで生々しく、目覚めてもなお夢とは思えなかった。同じ夢が十日も続いた頃には、昼日中（ひるひなか）でも目を閉じればその情景を再生できるようになり、「カザアナの一族」への親近感も深まっていた。

とりわけ親しみをもったのは石を愛するイシヨミだ。私自身と重なる彼女のそばには、空を愛するソラヨミと虫を愛するムシヨミがいた。女主人のハチジョウインさまに見守られ、三人はひねもす共に戯れ、野山を駆けまわっている。夢の前半はそんな明るい場面が続く。

ところが、後半になるとそれは一転した。それまで大家族と暮らしていたはずの三人が、なぜだか粗末な掘っ建て小屋で震える肩を寄せ合っている。人目を忍んでいる様子からして、誰かに追われているようだ。草むらにひそんでいる三人。木舟に揺られている三人。屋根裏で息を殺している三人。はたして何が起こったのか。なぜ彼らはこんなに悲しげなのか。その謎も解けぬまま夢は終幕する。

ラストシーンはひときわ印象深い。広い座敷で、青味を帯びた緑の色の石を手にしたハチジョウインさまが、イショミ、ソラヨミ、ムショミの三人と向きあっている。八つの瞳はことごとく濡れている。

「どうか三人、これからも力を合わせて、人々の役に立つよう努めて生きてほしい」

大昔のフィルムのように音声がぼやけた夢の中で、最後に聞こえるその声だけは際やかによく通り、目覚めたあとまでも耳に焼きついていた。

この夢はいったい何なのか。夜を経るほどに謎は深まった。が、不可解な現象はそれに留まらなかった。まるで現実が夢に侵されていくように、不思議な力が私にすりよってきた。夢の中でよく耳にするケシキチカラ——そう、少女イショミと同じ特殊能力が私に宿ったのだ。

ああ、今日もまたまんじゅうか。誰かしょっぱい系の菓子でも供えてくれんかなあ。
道ばたの石地蔵が愚痴っているのを聞いた初体験の衝撃は今も忘れない。

もはやただの夢ですまされない。ここへ至って、私はいよいよ本気で謎を追いはじめた。

とりつかれたように歴史書をひもとく日々がはじまった。もしもカザアナなる人々が実在していたとするならば、彼らはいつの時代に生きていたのか。彼らの身に何があったのか。ハチジョウインさまとは誰なのか。

数ある謎のうち、最後のひとつに関しては、ネット検索で早々に答えが出た。ハチジョウインさまとは、十中八九、平安末期から鎌倉初期にかけて実在した鳥羽天皇の第三皇女、八条院暲子内親王その人だ。

歴史書に散見する跡を拾うに、八条院は血腥い時代を清廉に生きた女性だったようだ。貴族の世から武士の世への過渡期にあったその頃、父の鳥羽天皇から溺愛されて育った彼女は、齢二十一にしてなぜだか出家した。その後、二十五歳で八条院の院号を宣下されている。女院という絶対的な高位に加え、両親から莫大な数の荘園を継いだ彼女は並ぶ者なき財力を誇り、当時「入道」と称していた平清盛からも一目置かれていた。しかし、仏道に帰依した当人は富にも地位にも頓着しなかったようである。

歴史に刻まれたその像は、たしかに夢のハチジョウインさまと相通じるところが多かった。鷹揚な人柄の彼女は義侠心も厚く、窮地にあった多くの人々を御殿へ匿ったとされている。が、誰より彼女の身近にいたはずのカザアナの名は、いかなる書物にも、またいかなるネットサイトにも見られなかった。やはりカザアナなど存在しなかったのか。あるいは、治世者にとって不都合な過去の常として歴史の闇に葬られたのか。

乗りかかった船だと一念発起し、私は京都へも赴いた。生前ゆかりの地に何かしらの手がかりを期待してのことだが、成人後の八条院が常住していたとされる常磐殿の跡地や、八条院の御願寺があった仁和寺、八条院の墓などを訪ね歩いても、八百五十年前の姿のまま現存するものは見つからなかった。

手は尽くした。やることはやった。これ以上なにができるのか。

運命の一日が訪れたのは、カザアナの謎解きが暗礁に乗りあげていた頃だった。

その日、私がコーポのベランダで洗濯物を干していると、瑪瑙のように赤い一匹のとんぼが飛んできて、大胆にも私の鼻先に止まった。刹那、私はあの声を聞いたのだった。

イシヨミ、見っけ！

摩訶不思議にも、その怪異なる現象を私はさほどの驚きもなく受けとめていた。そうか、見つかったか。やっと見つけてくれたのか、と。

その週末、鈴虫とテルがひょっこりとコーポを訪ねてきたときも、よって、私は動じることなく彼らを迎え入れた。間近で顔と顔を突きあわせてみれば、もうそれだけで何の説明もいらなかった。夢の中の少年少女とは年齢も違えば顔形も違う。それでも、嗅覚は互いの異臭を逃さなかった。私と他者とをつねに分かっていた御簾が二人とのあいだには端から存在しなかった。

「ムシヨミに似た私がここにいるなら、もしかしたら、ソラヨミとイシヨミもどっかにいるかもしれない。そう思って、ずうっと探してたの」

私が京都をめぐっていた頃、鈴虫は鈴虫で「私と同じ匂いのする人間を見つけて」と、代理を総動員して私たちを探していたらしい。

「まずはテルちゃんが見つかった。そして、ついにもう一人も」

かくして夢の彼らと符合する三人が一堂に会したのだった。

夢のこと。自分たちのこと。ケシキチカラのこと。これまで誰にも言えずにきたことを、時も忘れて私たちは語りあった。カザアナとは何者か——いくら語ってもその本質的な問いの答えに行きつくことはなかったが、それでも、一人で謎を負うよりは、三人で分けあうほうが遥かに肩の荷が軽い。なにより、生まれてはじめて自分の異質さを意識せずに交われる仲間と出会えたことが、私たちをかつてなく高揚させた。

「せっかく会えたんだ。僕たち、何か一緒にはじめてみないか。八条院さまのお告げに従って」

テルが揚々とそんなことを言いだしたのをみるに、どうやら、その日は快晴だったらしい。

「お告げ？」

「夢の終わりに彼女は言うよね。どうか三人、これからも力を合わせて、人々の役に立つよう努めて生きてほしい、って。あれがずっと気になってるんだ」

鈴虫と私もその一語を忘れたことはなかった。

「八百五十年もの時を越えて届いたメッセージ、か」

「うん。何かやろうよ。力を合わせて生きてるうちに、謎の答えも見つかるかもしれないし」

――八条院さまの思いに応え、誰かの役に立ちたい。

それが、造園会社カザアナの原点だった。

力を合わせる対象として造園業を選んだのは、すでにその頃、鈴虫が庭師として活躍していたという理由が大きい。高校卒業後、虫に近い職場を求めて地元の造園業者へ飛びこみ、修業ののちに独立をはたしていた鈴虫は、着実に顧客を増やして業界内に足場を固めていた。その上、例の特殊能力を授かってからは虫という強力な味方も得た。

「虫たちのおかげでどんどん注文が増えて、一人じゃ手がまわらなくなってたところなの。香瑠ちゃんが営業を受けもってくれたら、私はもっと現場に専念できるし、石材屋さんにもツテができる。造園業はお日さま次第だから、空が読めるテルちゃんもいれば鬼に金棒だね」

そうしてはじめた(株)カザアナで、鈴虫の読みどおり、私たちは最強のコンビネーションを発揮した。どうせならば緑の乏しい首都圏近郊に拠点を置こうと、東京の外れで興した会社はみるみる評判を呼び、庭の手入れや害虫被害に困っている人々からのSOSが殺到した。どれだけ社員を増やしても追いつかないほどだったが、カザアナの目的は会社の拡大ではなく、あくまで緑の拡大だった。

景特審から大口の発注を受けたのは、会社を興して三年目、個人客に加えて企業や自治体からの依頼も増えてきた頃だった。これまで藤寺町を担当していた造園業者の社長が国出し、現場が混乱をきわめている。ついては今後、カザアナに選定業者を代わってもらえないかとの話だった。

「お宅の手が入った植物は枯れないと聞いている。藤寺町の生命線であるしぐれ藤を、我々はなんとしても枯らすわけにはいかない」

景勝特区内でずさんな管理をされている植物たちを見かねていた私たちに断る理由はなかった。

今にして思えば、この藤寺町との縁こそがすべてのはじまりだった。

景特審との打ち合わせのため藤寺町へ繁く通いはじめた私は、ある日、町の一角でえも言われぬ強烈な力にたぐられた。

誰かが自分を呼んでいる。人の声ではない。石だ。それも、そんじょそこいらの石ではない。

抗いがたい磁力のようなものに引かれて行った先には、一人の少女がいた。腰までの茶色い髪を風になびかせた勝気そうな中学生。その胸もとに光る石を、服の上からでもありありと私には捉えることができた。

深い青緑色の石。これは、夢の中で八条院が手にしていたものではないか。

はい、さようでございます。なんと、まあ、このようなところで風穴の末裔とめぐり会うとは。

私の心のつぶやきに、石はいともたおやかな声を返した。

「これです」

首にかけていた石を出し、暗がりにかざした。仄かな蛍光性を帯びているせいか、窓のない蔵の中でさえ、その表面には膜のような青緑の光がちらちらまとわりついている。

約半年前、はじめてこの石に触れた胸の震えは今も忘れない。夢よりも遥かに色鮮やかな情景が瞬時にして私の中へなだれこみ、なぜ懐かしいのかもわからないのに、気がつくと涙があふれていた。

「この石が何もかも教えてくれた。うすうす察していたとおり、私たちは遠い昔、風穴と呼ばれていた種族の子孫だ」

羽音に向かって告げるも、反応したのは由阿さんだった。

「ってことは……あなたたちの夢は、本当にあったことだったわけ？」

「そうです。ここにいる四人以外の先祖は根絶やしにされて、歴史からもきれいに消されてますけど」

「あなたたちの先祖だけが生き延びたと？」

「はい。ただし、怪しき力は遠い昔に一度失われていますが」

石が明かした風穴の運命。その結末を私は口にした。

「八百五十年前、八条院が封印させたんです」

そう、八条院が石読の実母から預かっていたのは、風穴の力を閉じこめる「力緘石」だった。怪しき力は諸刃の剣。もしもそれが世の中に、あるいは風穴自身に悪しき波紋を及ぼすことがあれば、そのときは彼らの力を封印してほしい。我が家系の石読にはそれができる——そんな実母の言葉を思いだした八条院は、今こそそのときと心を固め、石読に封印を申しつけたのだった。

「尋常ならざる力があるかぎり、風穴たちは心安らかに生きられない。鳥読のように戦に利用されるのも不憫だと、八条院は封印によって彼らに平穏な人生を歩ませようとしたんです」

八条院の薨去後、力緘石は三位局の手に渡り、先祖代々の秘宝として受けつがれていくことになった。その悠久なる時の流れの中で、しかし、石にまつわる伝承は次第に風化し、今となってはその来歴を知る者もいない。

私が語った顚末に、しげしげ石に見入っていた由阿さんが「あれ」と瞳を瞬いた。

「でも、なんで里宇がその石をもってたの?」

「京都で出会ったおばあさんからもらったそうです。おそらく、三位局の末裔でしょう。

里宇は厳重な封を解き、巾着袋から石を出しました。そのときに封印が解けたものと。というのも……」

私は石を首にかけなおしながら羽音を見やった。

「約四年前、私たちが例の夢を見はじめた時期と一致するんです。羽音、君もだろう」

呼びかけると、ようやく羽音が口のチャックを外した。が、その声は固く尖っていた。

「ばってん、同じ風穴ちゅうても、俺とあんたらは違うとよ。見とった夢ば違う。八条院なんちゅう女、俺はいっちょん知らんっちゃん」

「それは、君の先祖が別の主に仕えていたからだ。石の話を聞くまでは、私たちも鳥読の存在を知らなかった。後白河帝の鳥読も生き延びていたと知ったとき、はじめてその末裔とヌートリアの鳥使いが重なったんだ」

「そんであげなネット・アドばこしらえたとね」

「君に会って伝えたかった。君は君の先祖と同様、戦いのために力を用いているが、それは本来の風穴の在り方ではないと」

「そげなこつ、なしてあんたに言えるとね」

「風穴は、もとは庶民のよろず相談役で、のちに貴族の慰み役になった。いずれにしても求められていたのは息抜きやガス抜き程度のものだ」

「ばってん、俺の先祖は違うっちゃん！」

どん、と羽音の草履が床を踏みならした。

「ああ、そうたい、たしかに俺ん先祖は戦のためば力を使うとった。ばってん、彼には彼の大義ばあったとよ。流血三昧の野蛮な時代ば終わらすには戦に勝つしかなかろうが。新しい時代ば切り拓けるんは勝者だけやなかね」

戦う先祖の夢を見続けてきた羽音には後白河院の闘魂が植えつけられている。力でのしてきた武士たちに力で抗おうとした治天の君。その執念とラテンの君と、二重の呪縛に囚われているのだとしたら、そこから彼を解き放つには荒療治が必要だ。

「羽音、聞いてくれ。大事な話がまだある」

「もう、よかばい。あんたらが金儲けんためやなく、エコフレンドリーんために力ば使うてきたんはようわかった。もうケチはつけんたい。そやけん、俺のこつも放っといてくれんね。俺にも俺ん大義があるっちゃん。本気で世直しばせんと思うたら、命がけで既存のシステムば打破するしかなかとよ!」

高ぶる羽音に私は言った。

「それは君の大義じゃない。君のリーダーの大義だ。君の先祖が戦っていたのも、彼自身ではなく、彼の主の大義のためだ。風穴には自前の大義をふりかざせない。それが私たちの宿命だ」

「宿命……?」

「大義を成すには時間がかかる。真に実のあることを成すには一生あっても足りないくらいだろう。が、私たちにはその時間がない。君もせいぜいあと数年だ」

「ど、どげな意味ね」

軋みをあげる脚立へ私は足早に歩みより、羽音の頭から笠を奪って宙高く放った。

「なにしよん？」

虚を衝かれた羽音の顔が露わになる。

思ったとおりだった。

「羽音。君はファッションで若作りをしてるけど、本当はそんなに若くないんじゃないか」

昨日はキャップ、今日は笠に隠れていた肌のキメをチェックしての率直な感想だった。

「や、やぶからぼうになんね。年をとったらいかんのか」

「悪くはない。が、怪しき力は加齢とともに失われる」

「は……なんち？」

「私たちが特殊な力を使えるのは二十代までなんだ。君も、私も、三十をすぎればただの人に戻る」

笠を追おうと立ちあがった羽音の足が止まった。ふりむいたその目はうつろだった。何か言いたげに口を開くも、唇がわななくばかりで言葉にならない。ぴんと張りつめた十数秒ののち、羽音はがくんとその場に膝をついた。まるで心臓を射貫かれた鳥のようだった。

無理もない。今、彼の脳裏には怪しき力とともに自分のもとから離れていくものたちが物狂おしくうずまいているにちがいない。大義。トノの信頼。世間の注目。ヌートリアでの地位。スター性——。

「大丈夫だよ、羽音ちゃん」

蔵全体に哀れみがたゆたう中、鈴虫が羽音に歩みより、ひくひくしている背中をさすった。

「私たちも、最初はちょっとガーンと来たけど、今じゃもう心の整理ができてるし。羽音ちゃんも、三十歳になるまでにゆっくり気持ちを立てなおせばいいよ」

「ば……ばってん、あと半年ちょいしかなかとよ」

「ええっ」

よりによって二十九歳だったのか。

「羽音ちゃん。あと半年じゃなくて、まだ半年あるって考えよう」

内心の動揺と闘うように、羽音をさする鈴虫の手が速度をあげる。

「それに、力がなくなったときは、羽音ちゃんが新しく生まれかわるときだよ。同じ苗でも、土を変えれば、違った花を咲かせるよ」

「そんたとえが俺にはわからんばい」

「環境次第で羽音ちゃんはいくらでも変われるってこと。もともと風穴の一族は気ままな居候気質なんだよ。無理して戦うことをやめたら、羽音ちゃんだって、もっと羽音ちゃんらしく生きられるよ」

「俺らしゅう……？」

早くも呪縛がゆるんできたのか、古い樹皮をめくるように、つねに構えていた羽音の背中から強ばりがはがれおちていく。

「うん。私たちと一緒なら、羽音ちゃんだってお日さまのもとで生きられる。エコフレンドリーって名前の鳥にだってなれるよ」

「エコフレン鳥……？」

微妙な空気が流れたところで、私も鈴虫に加勢した。

「羽音。風穴の力を封じるとき、八条院はこうも言われたそうだ。いつの日か、世の中が再び一陣の涼やかなる風を求めるときが来たら、怪しき力もおのずとよみがえるかもしれない、と」

焦点を結んでいなかった羽音の目がようやく私を捉えた。

「俺ん力は……求められてよみがえったと？」

「わからない。しかし、もしそうだとしたら、私たちが力を失っても、未来のどこかでまた新しい風が吹く可能性は残される」

「新しか風？」

「私たちの子孫だ」

「あ」

「風穴が力をふるえる時間は短い。が、その力は個を超えて受けつがれていく。私はそう考えたい」

「俺ん子が、新しか風ば吹かしてくれるとね……？」

羽音の瞳に希望が灯ったのと、私たちをとりまく闇が薄れたのと、ほぼ同時だった。

反射的に天井を仰いだ目を、屋根の裂け目から差しこむ無数の光が刺す。暗がりに慣れていた瞳には痛いほどの光芒(こうぼう)。雲が去り、太陽が空を支配した。蔵の中でもありありとそれがわかった。

「やったー」

一瞬にして影を返上したテルが立ちあがり、小躍りをはじめた。

「万事めでたしめでたし、とっぺんぱらりのぷう！」

「いっちょんめでたくなか！」

はたと目を覚ましたように叫んだのは羽音だ。

「いけん、いけん。俺はもう人の親になんちなれん。もう賽(さい)は投げとっと。後戻りばしきらん」

「賽？」

「これからえらいこつばおっぱじまる。俺もただじゃすまんっちゃん」

「えらいことって？　鳥たちに記念式典を荒らさせるとか？」

小躍りを止めたテルを押しのけ、食いついたのは由阿さんだ。

「そげな甘かもんじゃなか。俺たちは命ばかけとっとよ。もし作戦が成功したら、アメリカとの全面戦争がおっぱじまるかもしれん」

全面戦争。その物騒な響きに皆の顔色が変わる。

「羽音、鳥たちを止めろ」と、私は声をすごませた。「何をする気か知らないが、君の力をそんな大それたことに使ってはいけない」

「もう止まらん。そろそろ奥ノ鳥島に着くころたい」

「だったらトノを止めるんだ。連絡する方法はないのか」

「あったらとうにしとっとよ」

「記念式典、三時からよね」

MW（エムダ）を覗いた由阿さんの目が凍った。

「あと二十分」

「まずいな」

「もう間に合わん。おしまいっちゃん。作戦ば失敗したら、俺たちの命はなか。作戦ば成功しても、俺たちの命はなか。相手はアメリカばい」

絶体絶命。顔面蒼白の羽音を前に、私たちは為す術もなく沈黙し、淡い光にまかれた輪郭のすべてが静止した。

いや――ひとつだけ動いている影があった。

何かが床を這っている。積もりに積もった塵埃をかきわけ、かさこそ、かさこそ、と。

かさこそ？

聞き覚えのある音に吸いよせられた私たちの視線の先には一匹の虫がいた。フンコロガシが後ろ脚で何かを転がしている。

その「何か」を見てとった私たちは同時にぎょっと体を退け、それから再び前のめりになった。

「使えるわね、これ」と、由阿さんの声がしたからだ。

5

『入谷練さま

ダディに紙の手紙なんか書くの初めてだね。でも、紙じゃなきゃダメなんだ。あたしが今いる集落には天の川って呼ばれる川があって、月に1度の新月の日に亡くなった人への手紙をその川へ流すと、死者へ届くのだそうです。さっき川遊びをしながらマリエさんが教えてくれて、今日は新月だからダディに手紙を書け書けって言うから、書いてるの。

死者へ届く？　んなわけないじゃん！　って前のあたしなら思ったと思うけど、今のあたしはちがうみたい。なんたって、あのふしぎな3人（あたしをいつも見守ってくれてるはずのダディには説明いらないよね）と知りあってから、んなわけないじゃん！　ってことばっかり起こってるからね。

今だって、まさにあたしは、んなわけないじゃん！　のまっただ中。これまた説明不要だと思うけど、そう、あたしと早久はアメリカ大統領のジョンと一緒にマリエさんの家にいるのです。

なんていうか、その場の勢いでこうなったわけだけど、時間がたって、マムのこととか今はちょっと気になってる。マムは心配してるよね。

でも、勝手なことして悪いとは思うけど、後悔はしてません。だって、ジョンがしょうゆ色のヤミをなんとかしてくれるって約束してくれたから。

あたしの直訴が成功したのです！　じーん。

何にじーんとしてるかっていうと、これまでたらたら文句ばっかりたれてて自分じゃ何もしてこなかったあたしが、はじめて何かしてみようってヤミに立ちむかってみて、そしたらほんとに何かできたのがうれしいのかも。

正直、あの3人と知りあったときは、やっときゅうくつじゃない世界が見つかった気がして、すごくわくわくしたんだ。これからすごいことがはじまるんじゃないかって。でも、あの人たちはせっかくの超能力をへんなことにムダ使いするばっかりで、だんだんばからしくなってきて、やっぱりタリキホンガンはやめようって思ったの。あたしはあたしのできることをしようって。

前のあたしはずっと逃げ足をきたえてた。逃げるのは大事。でも、このごろ、逃げるだけじゃつまんないかなって思ったりもするんだ。せっかくきたえた筋肉を、どうせなら追いかけるほうに使いたいかなって。で、しょうゆ色のヤミを追いかけてたら、こういうことになったのです。

ね、ダディ。話は変わるけど、ヤミについて考えるとき、あたしの頭にはいつもダディの顔がうかびます。ダディはいつも優しくて、働き者で、うちの庭の創造主で、わが家のムードメーカーで、「いいお父さん」ってだれもが言う人だったよね。でも、そんなダディにもヤミはあったんでしょ?

ダディが庭仕事をしながら「土いじりは心を浄化してくれる」って口ぐせみたいに言

うたび、あたしはダディの心の中を必死でのぞきこもうとしてました。こんなに一生けんめい土いじりをしなきゃ浄化できない何がそこにあるのかなって。

何かはあったはず。ダディがテロのギセイになってから、マムはしばらくおかしくなってしまいました。元気がないとかのレベルじゃなくて、心がなくなってしまった。あの生命力のかたまりみたいなグランマがバーミンガムから飛んできて、2年もいっしょに暮らしてくれて、ほんとに助かりました。グランマはよくダディをネタにマムを笑わせようとして（子供のころからすけべな顔をしてたとか）、マムは最初ビミョーな顔をしてたけど、だんだん少しずつ笑うようになりました。

あたし、マリエさんといるとグランマを思いだすんだ。顔はぜんぜんちがうしグランマみたいにぺらぺらしゃべらないけど、なんだろう、どっしりしてるところ？　体じゃなくてね、ハートがきちんと肉厚な感じ。マリエさんは無口であいそはないけど、いつもさりげなくあたしたちのこと気づかってくれるし、たのめばなんでも教えてくれます。

早久とジョンが二匹の子犬みたいにじゃれてるあいだ、あたし、せんたく板の使い方を教わったんだ。まきでおふろをわかす方法も、川で魚をとる必勝法も教わった。食べられる草と食べられない草。レトロなカメラでとった写真を現像する方法。マリエさんはなんでも知ってるの。

で、あたし、思った。田舎暮らしって毎日がサバイバルなんだって。特区っ子の目からはうろこがぼろぼろこぼれっぱなしです。

もちろん、実際にこういう暮らしを守っていくのはそんなにお気楽じゃないのはわかってる。この集落の人たちは、今のフツーじゃない日本でフツーの生活を続けるために、毎日戦っているのです。マリエさんもこれまでいっぱい国ともめたり、苦労してきたみたい。個人じゃかなわないから、集落のみんなで団結したり、支援団体の力をかりたり、できることはぜんぶやってきたそうです。

「それでも、人間、最後の最後にゃ自分で自分を守るしかねえ。いざってときには体ひとつで戦う。オレにもその覚悟はあるぜ。そのための武器もある」だって。しびれる！

そんなマリエさんを見こんで、あたし、これまでだれにも言えなかったことを相談したんだ。死んだ父親がかかえてたヤミが今も気になってて、でも、そのヤミはもう追わないほうがいいような気もしてる、って。

そしたら、マリエさんは言ったの。

「目をそらしちゃいけねえヤミと、見なくてもいいヤミがある。見なくてもいいヤミは、目をつぶってごくっとのみこんじまいな」って。

で、そうすることにしました。あたしはあたしたちを愛してくれたダディの思い出を大切にして生きていく。これはその宣言の手紙です。

なんかだらだら長くなっちゃったね。ペンになれてない指がいたいです。

早久はとなりでのんきにいびきをかいてます。きのうからあそびっぱなしでさすがにつかれたみたい。あたしたちがいるのはふたりきりのへやで、大人たちはべつのへやでたぶんむずかしい話を
あれ、なんか今、ボンッてバクハツみたいな音がした。

なんだろ。ボンッ？

うっすら火薬くさい気もするけど、ま、気にしない、気にしない。この家はマリエさんが守ってるし、あたしと早久のことはなにがあっても守るってジョンも言ってたしね。

あー、なんか字がふらついてきた。ほんというと、あたしもさっきから眠気とたたかってるのです。早久があんまり気もちよさそうにねてるから。あと、さっきおやつの「おろしうどん」をおなかいっぱい食べちゃったから。

そうだ！　これもダディに言いたかったんだけど、「おろしうどん」っていうのはね、ゆでたてのうどんに、どさっとダイコンおろしをぶっかけたやつで（マリエさんちの庭からひっこぬいたダイコンね）、それはおしょうゆだけで食べるのが一ばんおいしいってマリエさんが言うの。あたしがしょうゆはかんべんって言っても、「いいから食ってみな」って、しつこいの。で、しぶしぶおしょうゆかけて食べてみたら……

おいしかった！！！！

以上、里宇がヤミをのみこんだ、の巻でした。

ダディ、あたしたちがヤミに負けないように、これからもずっと見守っててね。』

＊

土蔵と隣り合わせの母屋に、その爆音はどう響いたのだろうか。

粉々に砕けた木戸を踏みつけて私たちが脱出し、十歩ほど離れた磨りガラスの引き戸を開けたとき、旅館ばりに広々としたその三和土には男たちの狼狽した姿があった。磨りガラス越しに外の様子をうかがっていたらしい彼らは、羽音の顔を見るなり一斉に開口し、

「羽音、ケガないか」

「どこアタックか」

「国軍か？　米軍か？」

おぼつかない日本語も入り交じっての質問攻めから察するに、どうやら、彼らはあの蔵が外部からの襲撃を受けたものと思っているようだった。もっけの幸いだ。

羽音もそう見てとったのか、「まずはトノに報告たい」と彼らをすりぬけて廊下を駆けだした。

「トノはどこね？」

「左の一番奥の間だ」

示された方向へ急ぐ羽音を私たちも追っていく。

黒々と艶めく床を軋ませ、何十畳もの広間を左右にかすめて、奥の間へ。青々とした畳。年代ものの和箪笥や鏡台。扇風機。モノクロの遺影。外観に劣らずリアルジャポな内装を脇目に直進し、庭に面した最奥の間へ踏みこむと、開け放たれた障子の向こうで二人の男が碁盤を挟んでいた。

例に洩れず、二人とも煮染めたような色の作務衣姿で、一見すると地元のご隠居同士である。が、笠の下から覗く褐色の肌とトレードマークのぎょろ目、尖った鷲鼻は見まがいようもなくアメリカ大統領のそれであり、となると、対座した細身のもう一方はラテンの君にちがいない。

「トノ！」

それを証す羽音の呼びかけに、ふわりと上向いたその顔にどきっとした。

笠の下から垂れる長髪。切れ長の艶やかな目に、シャープなあご。五十半ばの大統領よりもひとまわりは若い色白の優男がそこにはいた。

これが型破りなテロをくりかえしている地下組織のリーダー？

「トノ、そがんのんきに囲碁ば打っちょる場合じゃなかとよ」

私たちの当惑をよそに羽音が突っこむと、

「やれやれ。つかの間の静寂だったか」

トノは優雅に微笑し、座布団の上の膝ごとこちらをふりむいた。その流し目が向かった先は由阿さんだ。

「勇敢なるマダム、ようこそ欅壺へ。お子さん方は別室で午睡を愉しんでおられますから、どうぞご安心を。それにしても、まさかあの二人にこれほど美しくチャーミングなお母さまがいらっしゃったとは、いやはや、驚きました」

ラテンの君のラテンはいわゆる「ラテン系」のそれでもあったのか。堂に入ったウインクに、由阿さんはもとより皆がぽかんと放心した。正義感の強い硬派な元官僚の像が音を立てて崩れていく。

「トノ、俺たちば蔵に閉じこめとって、今さらリップサービスもなかよ」

羽音がひとり醒めた声を出すと、

「それは失礼。少々静けさに飢えていたものでね」

トノは悪びれずにほほえんでから、すっとその目を尖らせた。

「だが、このお客人と話がついたら、丁重にお迎えするつもりでいたのだよ。なにも、あんな手荒い真似をしなくてもよかろうものを」

「ひっ」

「さっきの爆音、あれは手榴弾だな。やれやれ、まさか萬利恵さんがあんな物騒なものを隠しておられたとは」

どうやら何もかもお見通しのようだ。

「すまんばい」と、さすがの羽音もバツが悪そうに顔をうつむけた。「時間がなかけん、ばり焦っちょったもんで」

その一語で私たちははたと思いだした。

「あ、そうだ。記念式典」

「そうよ、今はこの人の妙なオーラに当てられてる場合じゃないのよ」

我に返った由阿さんがトノへにじり寄る。

「ね、あなた、鳥を奥ノ鳥島へ集めてどうするつもり？　記念式典で何をやらかすつもりなの？」

「できれば何もしたくない。ですから、こうして話し合いの席を設けたのです」

低く返したトノの目からは笑みが引いていた。

「ジョンさえ我々に協力してくれたら、記念式典は平和裏に終わる。我々だってあの静かな海を荒らしたくはない。すべては彼次第です」

トノの視線を、どうやら大統領はつぎの手の催促ととりちがえたようだ。さっきからの気難しげな顔をますますしかめ、下唇を突きだしての黙考後、ようやく手中の黒石を碁盤の一点に定めた。とても人質とは思えない勝負への執着心である。

「囲碁では私が優勢ですが、残念ながら交渉は難航しています」

「で、戦局はいかが」

「大統領はＪＭＰから手を引く気がないのね」

仁王立ちで追及する由阿さんと、正座の足を崩さないトノの瞳が交差する。まるで野生の豹(ひょう)vsペルシャ猫だ。

「そこまでお察しならば話は早い。先ほどから私は言葉を尽くしてＪＭＰのリスクを説いているのですが、なかなかご理解いただけません」

「どんなリスクを？」

「まずは、言うまでもなく自然破壊です。レアメタル……いわゆる深海底鉱物資源の開発は、あの一帯の海を殺す。十年以上も前から我々は警鐘を鳴らしつづけてきました」

言いながらトノが盤面へ視線を戻し、指に挟んだ白石を打ちつけた。勝負所を突いていたのか、ジョンの瞳に影がさす。

「アメリカが採掘技術を向上させたといっても、それはあくまでコスト削減のための進歩にすぎません。奥ノ鳥島近海の採掘は途方もない規模の海中汚染を生み、日本のみならず近隣諸国にも深刻な被害を及ぼすことでしょう。なにより、なんの罪もない海洋生物たちを犠牲にすることになる」

トノの熱弁は大統領の集中力を阻害したようだ。

「さっきから何を話してる？」

ジョンに問われたトノは日本語と遜色のない流暢な英語でそれを説明した。とたん、聞きずてならぬとばかりに眉を吊りあげた大統領をさえぎり、再び私たちに向きなおると、

「そんな蛮行に出れば、せっかく沈静化している東アジア情勢がまた荒れるのは必至でしょう。そもそも奥ノ鳥島を日本の領土と認めていない近隣諸国が黙っているはずがない。それを承知で、アメリカはレアメタルで稼ごうと日本を焚きつけてきました。東アジアが荒れたら荒れたで、またアメリカ経済が潤いますからね。どちらにしてもアメリカが得するようにこの世界はできている」

それもまたバカ正直に訳して聞かせた結果、ジョンのぎょろ目が拡大した。

ちなみに、彼らの英語をなぜ私が理解できるのかといえば、アンダードームでの反省を踏まえ、ＡＩ同時通訳機を耳孔にセットしてきたからだ。

「つまらない言いがかりはやめてくれ。満身創痍で銃規制法を成立させたこの私が、戦争でひと儲けしようとしているとでも君は言いたいのか」

碁笥を荒くまさぐりながらジョンがトノを睨めつけた。三年前の就任以降、明るいやんちゃ者を演じつづけてきた彼が大衆の前では見せたことのない顔だ。

「いいか、ＪＭＰは前々代の大統領から綿々と受けつがれてきた十年がかりの計画だ。

私にはそれを成功裏に履行する責任がある。現職の大統領としてやるべきことをやっているだけだ」

トノの声が独特の艶を帯びているとすれば、ジョンのそれにはのしかかるような圧がある。

「ジョン、私はあなた個人を非難しているわけじゃない。むしろ三年前、あなたが大統領の座に就いたとき、我々は期待したんです。あなたならばＪＭＰにも反旗を翻してくれるのではないかと。あなたはこれまでの大統領とは違う、そう信じていたからです」

その気持ちは私にもわからないではなかった。

たしかにジョンはここ何代かの大統領たちとは一線を画している。悪夢と混乱のＡＴ（アフター・トランプ）時代——もはやどこのごろつきが大統領になってもおかしくなくなったアメリカで、虚言だらけのＩＴ富豪やら二世三世やらカリスマユーチューバーやらがつぎつぎホワイトハウスを汚していったのち、はたと我に返った米国民が地に足をつけて選出したのがジョニー・カベロだった。大胆不敵で破天荒な新星として上院議員時代から注目されてはいたものの、それはただのこけおどしではなく、彼なりの政治的信念に基づいたものだった。彼の土台にはハーバード大学で法律を学んだ堅実な経歴もあった。

「こうと決めたら黒をも白にひっくりかえすノーティー・ジョンならば。そう信じていたあなたが、永田町の思惑に乗っかってＪＭＰの記念式典に参加すると知ったときには、正直、失望したものです」

吐息とともにトノが白石を放つ。と、その手が盤上から去らぬ間に、ジョンがつぎの手を打った。

「君は政治をわかっていない。たしかに私は必要とあらば思いきった策にも出る。最たるところでは上下両院から猛反発をくらった予算の縮小だ。軍事費を三十パーセント、ホワイトハウスの諸経費を五十パーセント、大統領の警護費用に至っては七十五パーセント……ここで私がやらねば誰がやると腹をくくって限界まで切りつめた。結果、こうしてまんまと誘拐されたってわけだ」

粋なアメリカンジョークにカッとあごを突きあげた彼は、自分以外の誰も笑っていないことに気づくと、心外そうに首をすぼめた。

「しかし、一足飛びに成しえたことなどはひとつもない。何事にも然るべき手順がある。政治とは、黒を白にひっくりかえすようなことじゃない。まずは灰色に薄める。少しずつマシにする」

「我々にそんな時間はありません」

トノの声色からは徐々に余裕が失われつつあった。

「採掘の開始は目前に迫っている。ひとたびそれがはじまってしまえば、もはや永遠にとりかえしのつかないことになります」

「すでにそれははじまっている。アメリカの最新技術を結実させた掘削船はもう動きだしているんだ。経済低迷にあえぐ国民の期待を背負ってな」

「自国の利益さえ得られればアジアの海などどうなってもいいと？」

「私はアメリカの大統領だ。全世界の神じゃない」

冷徹なほどの迷いのなさで言いきるジョンに、メディアが報じるお茶目な大統領の面影はなかった。これが政治家というものか。これが現実か。言葉を詰まらせたトノが私と同じ無力感にとりつかれているとするならば、やはり彼の誘拐計画は甘すぎたのだろう。

トノの苦境を見るにしのびなく、私は二人の背後に広がる庭へ目を移した。過ぎゆく夏の光をちりばめた庭には広々とした畑があり、生い茂る緑のあちこちにナスやトマト、とうもろこしなどのふくよかな実が生(な)っている。そのビタミンカラーに目を潤しているうちに、丸々としたトマトとトマトのあいだに少々皺(しわ)んだ顔があるのに気がついた。頭巾を被った老女だ。

トマト畑の葉陰から見え隠れする彼女は、縁側の決戦など一顧だにせず、手にした籠に野菜を集めてまわっている。よく焼けたその手がもぎるトマトはくっきりと赤く、見るからにみずみずしい。

今はのどかな光景に和んでいる場合ではない。私には大統領に言うべき重要事項があない。頭ではわかっていながらも、英語力の乏しさに気力をくじかれ、会話に割って入れない。

私の横では鈴虫がつぶらな瞳でとんぼを追いかけ、そのまた横ではテルが雲の去った青空をにこにこながめていた。羽音は……とふりむくと、肩に止まった雀を指で突いて遊んでいる。なにはともあれ、やはり私たちは同じ風穴の狢のようだ。

一方、縁側の二人はいよいよ緊迫の度を深めていた。

「これ以上、話を続けたところで時間の無駄だろう。君の主張は聞いた。が、私は気のいいとなりのおじさんではなく、アメリカ合衆国の大統領だ。歴代のリーダーたちが長い時間と大金をかけて推し進めてきた計画を、私個人の一存で白紙に戻すわけにはいかない。そして、何よりも……」

最後の一手を打ちつけるようにジョンが声を力ませた。

「アメリカ大統領はいかなるテロ行為にも屈するわけにいかない。君が誘拐という卑劣な手段に訴えた以上、その要求が何であれ、それは検討に値しない」

「追いつめられた少数派は手段を選べない」

低く呻いたトノの表情はたしかに追いつめられていた。

「あなたが掘削船を撤退させてくださらないのなら、我々は力ずくでその船を海に沈めるのみです」

「掘削船を沈める？」

ジョンがはじめて顔の色を変えた。

「ええ、そうです。あなた方が鳴りもの入りで送りこんできたハイテクの結晶、あの掘削船がなければレアメタルの採掘は為し得ない。巨額の投資が海の藻屑と消えてもいいのですか」

「そんな脅しは通用しない。あの船は日本最大の軍艦に護られている。そもそも、自動撃墜装置を備えたあの船はそう簡単に沈まない」

「軍艦が機能麻痺に陥っているあいだに、レーダーが探知し得ない飛行体に襲われたとしたら？」

ジョンが「なに？」と眉をひくつかせた直後、部屋の奥から鈍い金属音がボーンと三回鳴り渡った。

振り子を揺らす柱時計の短針は三の数字を指している。

「もう遅い。すでに作戦の第一弾ははじまっています」

言いながらトノが障子の陰からタブレをとりあげ、碁盤の上にのせた。その拍子にはねとばされた碁石たちが転がり、縁側の下へパラパラと落ちていく。私以外の誰もそれを追わなかったのは、皆、タブレの画面に釘付けになっていたからだ。

一拍遅れて私も加わり、ハッと息をこらした。

そこには正体不明の物体が映しだされていた。

海上に突きだした巨大な白い塊。シルエットは氷盤のそれに近い。が、ホイップクリームのようにこってりとした白は氷の色ではない。巨岩のそれとも違う。

「これは、いったい……」

その問いに応えるように、タブレから海外ニュースの中継音声が流れだした。

「前代未聞の珍事です。アメリカと日本のJMPの始動を祝う記念式典の開幕直前、見たこともない数の鳥が襲来し、瞬く間に式典会場である軍艦『いにしえ』を大量の糞で埋めつくしました。糞です。糞のゲリラ豪雨です。日本最大の軍艦『いにしえ』が糞の洪水で傾いています。艦内はまさにパニック状態。今、この瞬間も上空からはまだ激しい糞が降りそそいでいます」

キャスターの声と連動し、カメラが上空を映しだした。空一面を覆う黒雲のような鳥の大群。レンズを汚した最初の一撃を皮切りに、見る見る画面は白い斑点に冒されていく。

「ジーザス」と、由阿さんが天を仰いだ。

「これはまだ手はじめにすぎません」

形勢逆転とばかりにラテンの君が息巻く。

「あの鳥たちの中には、うちの頭脳班が開発したドローンバードもまぎれている。本物の鴉と瓜ふたつの緻密なロボットです」

ドローンバード。何かが記憶を刺激した。そうだ、いつか路上に見た鳥ロボットの残骸。本物そっくりのあれは彼らの試作品だったのか。

「私の号令ひとつで、ただちに自爆装置つきのドローンバードが一斉に掘削船へ突撃する。鳥の糞で沈没寸前の軍艦に護衛能力はありません。あなたがＪＭＰの中止を英断し、今すぐ掘削船を撤退させてくださらないかぎり、その目でドローンバードの殺傷能力をご覧いただくことになりましょう」

鳥の糞にドローンバード。その二本立てを解説する声はすっかり自信をとりもどしている。

「お断りしておきますが、撤退後、もしも掘削船が再びあの海へ戻ってくるようなことがあれば、今度こそ確実にドローンバードが撃沈します。あの船があの海にあるかぎり、空には鳥がまとわりつく。あなた方の思うようにはさせない」

意外だったのは、タブレの画像から目を逸らさないジョンもまた、いささかの自信も失っていない声で言い返したことだ。

「よくぞ鳥をあそこまで調教したものだな。その根気と作戦の独創性は認めよう。が、残念ながら君にはそれを決行することができない」

「なんだと」

トノの頬がすっと青ざめる。

「我々を甘く見ているのか。やると言ったら私はやるぞ。たとえ相手がアメリカだろうとな」

「いいや、君にはできない」

「ならばその目に見せてやる」

トノが背後のメンバーをふりかえり、「攻撃開……」と命じようとした。

と、その声をさえぎり、褐色の太い指が華奢な肩をつかんだ。

「よせ。あの掘削船は完全オートを謳っているが、じつは人間も乗っている」

「なに？」

「有人だ。ＡＩクルーのほかに十数名の技術者が配置されている」

「有人……」

「君たちは人間を殺めない紳士的なテロを指針としてきたはずだ。現に、君は私の目の前で二人の子供を丁重に遇した。その名誉を自ら汚すのか」

言葉を詰まらせたトノの顔がみるみる色をなくしていく。

「犠牲は十人に留まらないだろう。君たちが掘削船を沈めるようなことがあれば、アメリカは必ず報復する。まず標的となるのは、君たちが潜伏していたこの村だ。もはや君たちがここにいないとわかっていても、アメリカ合衆国のプライドにかけてミッションは遂行される。この美しい村をめちゃくちゃにされていいのか」

ジョンの手が肩から放れると、支えを失ったようにトノの体がぐらりと傾いた。その空虚な瞳の先には庭で立ち働く老女の影がある。新しい畝に種を蒔いては立ちあがり、握ったこぶしで腰をとんとん叩く。そのゆったりとした所作には年月に培われた威厳がある。

トノの視線を追ったジョンの表情が和らいだ。

「マリエはクールだ。シンプルに生きる名人で、とうもろこしを茹でさせたら三つ星レストランのシェフもかなわない。彼女が愛するこの土地を傷つけてはならない」

すでに勝負はついていた。誰の目にもそれは歴然としていた。庭の老女を目で追いながら、トノもまたそれを受けいれるための時間を稼いでいるようにも見える。

「マドモアゼル萬利恵は私の育ての親です。生まれてこのかた櫸壺を離れたことがない彼女は、遠い昔……うちの父がこの集落を支援していた頃から、私のことを実の息子のようにかわいがってくれました。おかげで私にも故郷ができた」

乾いた声でトノが語りだしたとき、私には彼が勝負を投げたのがわかった。

「少年時代は毎年、この櫻壺で夏休みをすごしたものです。多忙だった両親に代わって、萬利恵は私の師匠になってくれました。自然がいかに厳しく、いかに優しいか。人間がいかに小さく、いかに不遜であるものか。私はなにもかもこの土地から教わりました。

ここにあなたを連れてきたのは大きな誤りだった」

対局の幕切れ――がっくり頭を垂らしたトノに、「よし」とジョンが野太い声で告げた。

「潔くあきらめろ。鳥の糞だけならばまだジョークですむ」

「ジョーク？」

「ああ、そうだ」

すべてを戯れ事として処理するように、ジョンは頭をのけぞらせてカッと笑った。

「実際、楽しい二日間だったよ。愉快な子供たちと夢のような時間をすごさせてもらった。シビアな現実へ戻ったら、私は原因不明の記憶喪失で何もおぼえていないことにでもしておこう。記憶にない、というのは君たちの国でもポピュラーな答弁のはずだ」

舌の回転も軽やかに立ちあがり、愕然としているトノの肩を叩く。

「君のように無鉄砲な若者が、私は個人的には嫌いじゃない。が、何度も言うが、私はテロには屈しない。JMPは予定通りに始動する。それが海中環境を汚染すると言うのなら、君たちはそれをつぶさに調査して可視化し、国際社会へ訴えろ。それがフェアなやり方だ」

「そのときにはもう遅い」

もはや虚空しか映さないトノの瞳はうっすら潤んでいる。

「一度死んだ海は二度と生き返らない。あの海は、そこに棲む生物たちにとって、私にとってのこの村みたいなものだ。命には故郷が必要だ」

命には故郷が必要。縁側の下へのびていたジョンの足が、その一語に反応したように、ほんの一瞬、動きを止めた。が、その足は地面の草履を探していただけだった。

「その信念を、君が正当なやり方で私に突きつけてくる日を待っている」

宙に掲げた手をひらひらふりながら、もう片方の手で畑のマドモアゼルへ投げキッスを送り、ジョンが石垣へ進んでいく。

「トノ……」

沈痛な面持ちでトノへ駆けよった羽音を尻目に、由阿さんがジョンの背中に呼びかけた。

「ジョン、どこへ行く気?」

「夏休みは終わった。公務へ戻るよ」

「どうやって?」

返事の代わりに彼は大きく口を開き、その奥へ手を突っこんだ。再び輪郭を現したとき、二本の指のあいだにはサイコロ状の影があった。

「オフにしていたホワイトハウスとの通信機だ。オンにしたら三分で米軍機が飛んでくる」

「えっ」

「この村には迷惑をかけたくない。どこか手頃なピックアップの場所を探すとしよう」

茫然（ぼうぜん）自失の私たちから遠のいていく後ろ姿を、追わねばならないと私は焦った。肝心なことをまだ伝えていない。今を逃せばもうつぎはない。が、いかんせん英語がしゃべれない。

そのとき、由阿さんがすっと私に歩みより、デニムの後ろポケットから何かを抜きとった。

「待って、ジョン。その格好で公務へ戻るつもり？」

由阿さんがふりあげた手にはバンのキーがあった。

「もとの服に着替えたら、あなたが入院しているはずの病院まで送っていくわ」

調子よく買って出たものの、大型バイクの免許しかない由阿さんは車を動かせず、これ幸いと私が運転を請け負った。これが最後のチャンスだと自分に言いきかせながら。

空にちらつくドロカイを警戒し、大統領にはバンを停（と）めている集落の入口まで作務衣姿のまま歩いてもらった。スーツに着替えた彼が後部座席に、由阿さんがそのとなりに乗りこむと、私はひとつ深呼吸をして運転席へ腰をすべらせた。ナビに病院の名を告げ、オートドライブをオンにする。

発車直後、ふと気になってラジオをつけると、日本の局では「いにしえ」のエンジントラブルによるJMP記念式典の延期を報じていた。鳥の糞に関する言及はない。国にとって好もしくない事象はこうして封印されていく。

「いやいや、けっして日本人をからかってたわけじゃないんだ」

ラジオを消すと、後部座席からジョンの声が聞こえてきた。

「いつでも逃げられたのは事実だが、私にも私の事情があった。これはトップシークレットだが、私は鯉が大の苦手でね。あの金魚のモンスターみたいなやつが不気味でしょうがない」

「だから?」

「今日の予定にあった鯉の餌やりをパスしたかった」

「あきれた。うちの子たちだって家事の分担くらいはちゃんとこなすわよ。あなた、アメリカ大統領なんだから鯉に餌くらいやりなさいよ、公務でしょ」

由阿さんの説教が加熱していくほどに、フロントガラスごしに見える土と緑の分量は目減りし、モノクロの人工物がそれに代わっていく。対向車の数も増えてきたせいか、ジョンが笠で窓を塞いだ。

「そう責めないでくれ、私だって人間だ。どのみち今回の来日は、JMPのためにアメリカ大統領が日本へ来たってこと自体に意義があったわけだし、一日二日、あの希有な土地でのんびりしたところで罰は当たるまい」

おそらくもう二度とこんな夏休みは私の人生に訪れないのだから。そうつぶやいた声は仄かに哀愁を帯びていた。

「しかも、なんとあの村には監視センサーがないんだぞ。盗聴器もだ。信じられるか？　あんな解放感はいつ以来だろう」

「監視センサーや盗聴器がお嫌いなら、それがない社会をあなたが作ればいいじゃない」

「作ろうとするたび、こっぱみじんに打ち砕かれる。あなたはテロを助長するのか、国民を守る気がないのか、とね。国民を守ることと見張ることはいつから同義になったのか、誰も立ちどまって考えようとはしない。あと数年もすればエベレストの山頂だって監視センサーだらけになることだろうよ。誰もが誰かの目を恐れ、世界はどんどん息苦しくなっていく」

「でも、きっと抜け道もある」

由阿さんはさらりと返した。歌うような声だった。

「抜け道？」

「しょせんは人間が作った社会だもの、必ず抜かりはあるでしょう。闇のほつれ目。私は世界がどんなふうになったって、そこから光を追いかけていくつもりよ」

傾きだした陽(ひ)を受けて、車中を淡い琥珀色(こはくいろ)の光線が舞っている。由阿さんの歌を吟味するような大統領の沈黙に、今しかないと腹を決め、私は後部座席をふりむいた。

「由阿さん、これから私が言うことを、大統領に訳してもらえませんか」

由阿さんはとまどいを浮かべながらもうなずいた。

「どうぞ」

「大統領。この来日中にあなたが回避したかったのは、鯉の餌やりだけですか」

由阿さんの訳を聞いたジョンは「どういう意味だ」と顔をしかめた。声と同様、こちらを直視するその眼光にはただならぬ圧がある。

「今日の記念式典自体、あなたはもともと気乗りがしなかったんじゃないですか。だから渡りに船と進んで誘拐された」

「なに？」

「ヌートリアのリーダーの前で、あなたは迷いをおくびにも出さなかった。けれど、実際はあのとき、あなたの心は乱れていたはずだ」

「あのとき？」

「彼と碁盤を挟んでいたときです。囲碁の手を考えるふりをして、あなたは内心、JMPの是非を自身に問うていた。レアメタルの採掘が海を著しく汚染するのはあなたも当然知っていた。周辺諸国も海中生物も犠牲にし、自国と日本だけが甘い蜜を吸う事業にやましさもおぼえていた。この計画の利に義を明けわたすほどの価値はあるのか。表面上は一歩も引かない姿勢を貫きながらも、本当のところ、あなたの胸にはそんな懐疑がうずまいていた」

　由阿さんの巧みな同時通訳に助けられて一気に畳みかけると、ジョンはいよいよいきり立った。

「世迷言(よまいごと)はやめろ。この私が若造のセンチメンタリズムなど本気で相手にするものか」

「いいえ、あなたはたしかに迷っていた。大統領としての使命感と個人の良心を秤(はかり)にかけ、ＪＭＰのメリットとデメリットを緻密に計算し……」

「やめろ！」

　怒号が由阿さんの通訳をさえぎった。

「当てずっぽうも大概にしろ。なぜ君にそんなことがわかるんだ」

「なぜなら」と、私は腰を浮かせてデニムのポケットをまさぐった。「あのとき、あなたが握っていたこの石が教えてくれたからです」

　指に挟んで彼に見せたのは黒の碁石だ。

「無数の汗を吸いこんできたせいか、碁石は人の心に敏感なんです。内面の葛藤をよく読む」

「何を言っているのかさっぱりわからん。いったいどんなジョークだ」

　何事もジョークで片づけようとする大統領は、それでもどこか落ちつかないのか、もそもそと腰をそわつかせはじめている。

重い黙を乗せた車が赤信号で止まった。すでに道は二車線となり、路上の人影も増えている。忙しそうに行き交う人々の誰一人、まさかここにアメリカ大統領がいるとは夢にも思っていないだろう。

そりゃそうじゃ。おまえさんとて、神のいたずらで因果なる力を授かったがゆえに斯様な御役までも負うことになるとは夢にも思わんじゃったろう。まさに人生は奇々怪々。石の目にはそれがほほえましくも映る。さあ、勇を鼓し、この悩み多き異国人に言問いなさい。ここが勝負所よ。

手中の石に背中を押され、私は思いきって急所に踏みこんだ。

「この碁石を手にしていたあのとき、あなたはミレンダちゃんのことも思い出していましたね」

ジョンの瞳が波立った。

「今、なんと?」

「あなたの懊悩の底にはミレンダちゃんがいる。彼女があなたに与えた社会保障という課題です」

「なぜそれを……」

返事に代えて私が碁石を後部座席へはじくと、唖然としているジョンのとなりで由阿さんがそれをキャッチした。

「香瑠ちゃん。ミレンダちゃんって、だれ？」

「彼が駆けだしの弁護士だった頃に出会った少女です。貧しさ故に学校にも通えずにいた彼女に教育を与えるため、彼は必死で両親を説き伏せ、支援団体の助力を求めて駆けずりまわりました。苦労の甲斐あり、ようやく学校側の受け入れ態勢も整って、誰よりもミレンダちゃん自身がその日を指折り数えていた。ところが、初登校日を待たずして、ミレンダちゃんの一家は忽然と行方をくらませてしまった。下手に知恵をつけた娘を働き手として失うことを両親は恐れたんです。子供の幸せを願わない親はいないというのは中流階級の幻想だ。だからこそ社会全体で子供たちを守らなければならない。若き日のジョニー・カベロはそのときそう心に誓ったんです」

　ジョンの息づかいが荒くなる。

「ミレンダのことをどこで調べたんだ。私は誰にも話したことがない」

「石には心を読まれていました」

「嘘だ。ありえない」

　ありえない。ありえない。ありえない。肉厚の猪首を揺さぶりながら、混乱の体でジョンがくりかえす。理性の枠を超えた現象への混乱と抵抗。それを無視して私は続けた。

「社会保障改革はあなたの宿願だった。どうしても任期中に実現させたい。が、議会は国庫の貧窮を理由にいい顔をしない。財源をめぐる議論が絶えない中で、今のあなたには確実に利潤を生むＪＭＰを放棄することなどできない。それが、計画中止へのノーを貫いた最大の理由です。違いますか」

イエスともノーとも彼は返さない。が、由阿さんの手にある碁石を睨む目には徐々に変化が生じている。嫌悪から困惑へ、そして畏怖へ——金魚のモンスターと評した鯉にもこの人はこんな目を向けるのだろうか。

「まずは国庫を潤すことだ」

やがて、苦り声が静寂を破った。

「コストカットに精を出すばかりでは、国民と議会の信は得られない。儲けるところはしっかり儲ける大統領を人々は求めている。そして、ＪＭＰほど確実に金を生むものはない」

「ついに認めましたね」

「愚者は多くを求めてすべてを失う。重要なのは優先順位だ。私はなんとしても社会保障改革を実現せねばならない。何度も言うが、私は全世界の神ではなく、アメリカ合衆国の大統領だ」

これで話はついたとばかりに背を倒し、固くまぶたを閉ざす。社会保障改革以外のすべてを自分からシャットアウトするように。

しかし、私の本題はここからだった。

「わかります。あなたには自国の利益を守る責任がある。だからこそ、ぜひお伝えしておきたいことがあります」

ジョンのまぶたがひくついた。

「まだあるのか」

「残念ながら、たとえJMPを決行したところで、アメリカの国庫は潤いません。むしろ深入りをするほど多くの金をどぶに捨てることになる」

「勘弁してくれ。君の話はどんどん意味を成さなくなっていく」

「欧米の方には理解しがたいかもしれませんが、私には石と通じるシャーマン的な力がある。それを認めていただいた上での話になりますが……」

自分が口にしようとしていることの特異さに怖じけつつも、私は勇気をしぼりだして言った。

「あの岩は……奥ノ鳥島は、このままだと沈みます」

「奥ノ鳥島が、沈む？」

「はい、採掘開始と同時に」

「バカな。そんな調査報告はない」

「でも、沈みます。島は本気です」

「島は……？」

「そこまで追いつめられているんです」

絶句しながらも彼はジョークにしようとはしなかった。

「もともと繊細な岩質なんです。あんな重圧に耐えられるわけもなく、かわいそうに今も震えている」

シャイなその身に世界の注目を背負いつづけてきた奥ノ鳥島。見るも哀れな孤影を頭によみがえらせながら、その苦しい胸のうちを代弁した。

「自分がここにいるせいで人間たちが揉めている。あの島は昔からそのことで心を痛めてきました。今回のＪＭＰが紛争の引き金にでもなったらと、今も悩みに悩んでいる。実際に採掘がはじまれば、もはや自分は沈むしかない。そう固く決意しているんです」

その決意が何をもたらすのかは言うまでもなかった。奥ノ鳥島が海上から姿を消せば、その瞬間に日本は約四十万平方キロの経済水域を失い、海底に眠るレアメタルの採掘権も失効する。

「石は頑固です。人間みたいに揺れません。沈むといったら、沈む。それだけはお耳に入れておきます」

車中に深い海の底を思わせる沈黙が立ちこめた。ジョンは身じろぎもせずに目頭を押さえつづけている。信じているのか、いないのか。いずれにしても今の彼をこれ以上追いつめるべきではない。人間の心は読めない私にもそれはわかった。私の話は彼のキャパを超え、その世界観を根底からぐらつかせている。大統領には時間が必要だ。

　誰ひとり言葉を発しないまま、果たしてどれだけの時が流れただろう。

「目的地が近づきました」

　ナビの声にはたと目をあげたときには、窓外の町並みがすっかり都心のそれに変わり、日本屈指の大病院がそこまで迫っていた。円柱形の棟をそびやかすビル群。そのメタリックな外壁が燃えるような夕日をぎらぎらと反射させている。

　バンがスピードをゆるめながら正門をくぐり、ロータリーの車寄せへ進む。停車の赤ライトが灯るのを待って体をひねると、この移動中に心なしか面窶れしたジョンと目が合った。

　待ちかまえていたように彼は言った。

「この一連が、君たちが周到に仕組んだ寸劇でないって証拠はあるのか」

　私は苦笑し、首を揺さぶった。この人も自分も疲れている、と思った。

「ありません。信じる信じないはあなたの自由です」

　由阿さんの通訳の声も疲れていた。

「まずはゆっくり休んでください。どうかお体に気をつけて。帰国の際には、お孫さんのアンディくんから頼まれた忍者グッズをどうぞお忘れなく」

　ぎょろ目を最大限に見開いた彼に「さようなら、ジョン」と由阿さんが軽いキスをし、そのスーツのポケットに碁石を忍ばせた。

「私も最近わかったんだけど、この世界は、人間が思ってるほど人間だけのものでもないみたい」

本物の記憶喪失者のような呆け顔で車を降りたジョンは、病棟へ向けて十歩ほどふらふら歩いたところで足を止め、私たちに向かって頭の笠をふりあげた。西日の下を再び歩きだした背中が徐々に威厳をとりもどしていく様を、由阿さんと私は車の中から無言で見届けた。国。民。過去。想像もつかない重たいものをその肩に負いながら、一歩ごとに彼がアメリカ大統領へ戻っていく姿を。

＊

『来日中に体調を崩して都内の病院に入院していたカベロ米大統領は、本日午後に退院し、スザンヌ夫人とともに記者会見に臨んだ。

「体調管理の不首尾は私のミス、迷惑をかけたすべての人々に陳謝したい。しかしながら、日本の病院のすばらしさに触れられたことは大きな収穫となった。帰国後はさっそく我が国の医療関係者を集め、日本の病院食がいかに進化しているかをレクチャーするつもりだ」

病みあがりらしからぬカベロ節で記者陣を安堵させた同氏だったが、始動を目前にして延期が決まったJMPに記者の質問が及ぶと、にわかにその顔を曇らせた。

「残念ながら、掘削船の深刻なトラブルが発覚した。まずは入念な調査が必要だ」

再始動までにどれだけの時間を要するのかは神のみぞ知るとカベロ氏は言葉を濁し、いずれにしても日米の絆は固いと強調するに留めた。

ちなみに、日本国内では一切報じられていないが、昨日午後三時より催されたJMPの記念式典の冒頭で、鳥の大群が式典会場の軍艦を襲い、大量の糞で船を傾かせるという希代の珍事が勃発した。これについて会見中、記者の一人が広報官の制止をふりきって「今回の怪現象を自然界からの警鐘とする声もあるが、あなたはどう考えるか」とカベロ氏のコメントを求め、会場を騒然とさせる一幕があった。

しかし、当のカベロ氏は動じることなく真摯に対応した。

「鳥の糞が警鐘？　ジョークと思いたいところだが、この世界には我々の通念を超えた領域も存在し得る。今回のことを警鐘ととるか否かは、これから時間をかけて慎重に、謙虚に検討していきたい」

その後、カベロ氏らしいチャーミングな笑顔で言い添えた。

「私の代理で式典に出席し、雪だるまならぬ糞だるまとなった国務長官には気の毒なことだったが、個人的に、私はそのスペクタクルをこの目で見たかった気もしている。私は鯉が苦手だが、鳥は好きなんだ。彼らはきっと抜け道を探して飛ぶのが得意だろう」

その後、カベロ氏は国務長官と野村首相の会談の成果に触れ、会見は和やかな空気の中で締めくくられたが、最後の最後でまたも小さなハプニングが起こった。

日本国民へ別れを告げ、いったん退席したカベロ氏が、「しまった、しまった」と頭を掻きながら再び記者陣の前に戻ってきたのだ。

「大事なことを忘れるところだった。外国人労働者が起居するアンダードームの劣悪な環境には早急に改善が必要だ。とりわけ厨房は大革命を要する。つぎに来日した際、私はドームの食堂でタンドリーチキンやピッツァを食べたい」

もちろんタバスコもお忘れなく。それが、今回の訪日中にノーティー・ジョンが残した最後の言葉となった。

written by Yua Iritani』

春のエピローグ

あれから約七ヶ月後、あたしは首相官邸へと走っていた。

でも、その話をする前に、まずはあれから約三ヶ月後をふりかえらなきゃいけない。

ある日、突然、日本を襲ったあの〈ザ・ストップ〉を。

遅くに起きたその日——つまり休日だったわけだけど、ようやくベッドから這いだしたあたしが階段を降りていくと、リビングのソファで早久がタブレをいじっていた。

「おっせー。何時まで寝てんだよ」

「寝すぎてお腹すいた。なんか解かすけど、早久は？」

「俺も腹ぺこ。王様スペシャルにしようぜ」

というような会話のあと、あたしは早久が王様スペシャルと名付けたハンバーグ、卵チャーハン、コーンスープの最強セットをフリーザーから引っぱりだして、アンフリーザーへ突っこんだ。

ドアを閉めると自動的に個別加熱機能が始動。あっという間にハンバーグはふわふわに、卵チャーハンはつやつやに、コーンスープはあつあつに──なるはずが、この日はそうはいかなかった。

あたため終了を待ってドアを開けたあたしは、まず嗅覚を疑った。かぐわしいお肉の匂いがしない。続いてパッキングに手を触れ、触覚を疑った。ハンバーグが冷たくて硬い。コーンスープもしゃりしゃりのシャーベット状で、逆にチャーハンは熱しすぎたのかべちょっとしている。失敗か。

失敗。これって、AIにはない概念じゃなかったっけ？

初の事態にとまどうあたしの背後から、そのとき、「うおおっ」と早久の叫び声がした。

「ニノキンが壊れた！」

「ニノキン？」

あたしはソファでのけぞっている早久へ歩みより、まず聞くべきことを聞いた。

「あんた、ニノキンは卒業したんじゃなかったっけ」

「そうなんだけど、ま、ちょっと、ひさびさに込みいった相談が……。けど、ニノキンが急にはちゃめちゃなこと言いだしてさ。見てよ」

タブレをひと目見て、異変を悟った。早久の好みで造形されたニノキンは、眉が太くて四角い顔で、どちらかというと硬派なキャラだったはず。なのに、そこに見えるのは妙に輪郭がぼやけたしまりのない顔だ。とろんとした瞳はハート形で、口はだらしなくにやけている。

「恋かあ。いいなあ、恋。早久もそんなお年頃なのね」

恋――まさか、相談って？

私がバッとふりむくと、早久は真っ赤な顔をぶるぶると揺さぶり、

「げ、げ、幻聴だよ、ニノキンの。壊れてるんだ」

見え見えの言い訳だけど、ニノキンが壊れているのは間違いなさそうだ。

「いいなあ、早久。おいらも恋したいっす。ちょっと妬いちゃうわ。おいらもチューしたいっす。恋に恋するお年頃なのよね。ニノキンのハートは恋模様っす。ハート泥棒にご用心ってか・ん・じ？　君がため春の野に出でて若菜摘みまくりたいっす。こいこいこいこいこいこいこいこい。さあ、これを漢字で書くとどうなるかなー？」

意味不明の出題と同時に、タブレの下に正解の文字が流れた。

恋来い恋乞い恋請い濃い鯉。

「どんな鯉？」

「マジやべー」

早久と顔を見合わせたそのとき、テーブルの上にあるMW（エムダ）が鳴って、マムの声が流れてきた。

「ね、そっちはなんともない？　私、取材で横浜にいるんだけど、なんか街の様子がへんなのよ。妙にざわついてるっていうか。で、何があったのか調べてもらおうとしたら、ヒショが突然、へんなこと言いだして」

「へんなこと？」

「この世に神はいるのかとか、いるとしたらインストールは誰がしたのかとか、どのくらいの頻度でメンテに出してるのかとか」

このとき、あたしは直感した。アンフリーザー、ニノキン、そしてヒショ。これらが一斉に異変をきたしたのは偶然じゃない、と。

「マム、うちでもちょっとおかしなことが起こってる」

「やっぱり？　なんだか胸騒ぎがするから、私が帰るまで気をつけて。ちゃんと戸締まりしてる？」

「見てくる」

即座に玄関へ走ろうとしたあたしは、数歩と行かずに棚の陰から飛びだしてきた何かとぶつかり、弾き飛ばされた。床に転がるあたしを一顧だにせず、超高速で部屋をぐるぐる旋回しはじめたのは、スイッチを入れたおぼえのないお掃除ロボだ。その暴走ぶりに見入っていたあたしは、続けざま、やはり勝手に走りだしたペガトレの後ろ脚に蹴られて「イターッ」と悶絶した。

「もう、何がどうなっちゃってるの！」


何がどうなっていたのか知ったのは、のちに〈ザ・ストップ〉と呼ばれることになったこの日から数日後、混乱の中で飛び交ったデマが徐々に鎮まり、正確な情報が伝わってきてからだ。

日本のAI業界で約八割のシェアを占める某社のマザーコンピューターがサイバー攻撃を受けてダウンした。結果、某社と業務提携していた各社のAI端末に機能障害が発生。日本社会は一時的に機能を停止した、と言っていいほどの大混乱に陥った。

シャトルや電車の故障による交通機能の停止。MWの故障による通信障害。医療系ロボの故障による医療現場の混乱。AIスタッフの故障による各企業や公共機関での業務停滞。宅配バルーンの故障による配達の遅延。ゴミ回収ロボの故障によるゴミの放置と汚臭問題。警備ロボの故障による軽犯罪の急増。広範囲に及んだ被害を挙げれば切りがない。

とはいえ、まあ、そこは日本。国を挙げてシステム復旧にとりくんだ結果、四日間くらいでころっともとに戻ったんだけど。

あっけない幕切れは、ただし、奇妙な余波のはじまりでもあった。

日本の治安神話を守りたい政府は、例によって〈ザ・ストップ〉を「瑣末な問題」として片付け、「我々にさしたる打撃はなく、むしろ復旧能力への自信を新たにした」とうそぶいた。裏では大わらわで捜査中のはずだけど、犯人はまだ特定されていない。巷を賑わせた噂の中には、企業スパイ説や某国の陰謀説に交ざって、ヌートリアの犯行説もある。鳥使いの脱退後、ヌートリアはまた元のサイバー攻撃路線に戻っているから、ありえない話でもないかなと思う。

「どっちみち、当局は捜査結果をバカ正直に公開したりはしないわよ。これまでどおりメディアに規制をかけて、国民の関心が薄れていくのを待つだけ。それとも、何かべつの槍玉でも用意して、国民の関心を逸らすのかな」

そんなマムの読みは的中し、〈ザ・ストップ〉から十日後、定例会見の席で首相はある苦言を呈したのだった。

「このたびの瑣末な問題は、計らずも我が国の風紀の乱れを炙りだしました。あろうことか、日本各地の都市部において、百以上ものダンスホールが無許可で運営されていた」

そう、〈ザ・ストップ〉によって明るみになった問題のひとつに、隠れダンスホールがある。伝統文化の優先条例によってオバシーなダンスを堂々と楽しめなくなった人々が、ひそかに通って憂さを晴らしていた無許可営業の娯楽場。そのホールが、〈ザ・ストップ〉の当日、全国各地で怪我人を続出させた。原因は停電によるAIダンサーズの暴走と集団パニックだ。

「いにしえの雅をもってして外国人ツーリストを遇するべき国民が、隠れて西洋のダンスに耽り、こともあろうに未成年者までもがそこで酒を飲んでいた。これは断じて看過できない非国民行為であります」

そう糾弾した上で、首相は宣言したのだった。

「観光立国の誇りにかけて、我々は今一度、ふんどしを締めなおさなくてはなりません。日本の伝統と文化を守るため、そして海外文化の悪しき影響から日本国民を守るために、今後、我が国は西洋のダンスを全面的に禁止する方向で法整備を進めて参ります」

首相の口から「ふんどしを締めなおして」が出るときは、またひとつ自由が減るとき、そしてまた新しい縛りが増えるときだ。そんなことには慣れているあたしも、今回ばかりはぎょっとした。ダンス禁止法？

ただでさえ、例の優先条例ができて以来、この国を覆う「オバシーな文化はいただけない」って風潮はどんどん加速している。〈ザ・ストップ〉のどさくさにまぎれて、首相はそれを「空気」から「法律」へアップグレードさせる気か。

これにはさすがにネットも荒れた。政府の締めつけに対する怒りや嘆き、そして危ぶみ。〈私たち日本人はどこへ行こうとしているの？〉。もちろんヌートリアも黙ってはおらず、鴉に代わって重用しはじめたドローンバードで反対声明を拡散した。〈ダンスは最初の生贄にすぎない。数年後の日本ではサッカーをするのもコーラを飲むのも違法になっていることだろう！〉

結果は言わずもがなだった。国民総出のネットコメントも、大量のビラも、数時間後には社安局によって跡形もなく処理されていた。

でも、たとえ絶対的な力で押しつぶされたとしても、みんなの怒りや嘆きそのものが消えてなくなるわけじゃない。

つぶれたまま、歪んだまま、それはそこにありつづける。そして——

時として、あたしたちの日常に思いがけないほつれを生む。

「けっ。ダンス禁止令なんか、屁のカッパだ。俺は国籍隠して、ユーチューブのスターダンサーになってやるぜ！」

首相の宣言を聞いた直後はそう笑いとばしていた早久が、一日経ったつぎの夜、大好物のカルビ丼を残した。

その翌晩もミートボール入りのパスタを残した。

そのまたつぎの晩、マムが腕をふるったカツカレー、唐揚げサラダ、クリームシチューのプレミアム王様セットを前にしても、早久の食欲はいっこうにふるわなかった。これは緊急事態だ。

浮かない顔でシチューをちびちびやっている弟を見ていられず、あたしはついに立ちあがった。

「早久。どうしてもダンスがしたいなら、国出(くにで)しちゃえばいいんだよ。一緒にバーミンガムのグランマのとこに行こう」

あたしとしては「一緒に駆けおち」くらいの覚悟で言ったのに、早久の反応は鈍かった。

「国出？」

どこか遠くに心をさまよわせていた早久は、時間をかけて瞳の焦点をあたしに絞り、「はー」と悩ましげなため息を吐きだした。

「国出かあ。国捨てるくらいなら、まだいいんだけどなあ」

「どういう意味？」

「俗世を捨てて出家しちゃうよりはマシってこと」

「出家……って、なにそれ。誰が？」

「多田」

「タダ？」

「多田舞」

「タダマイ……」

早久の口からはじめて聞いた女の子の固有名詞に、マムとあたしが色めき立ったのは言うまでもない。

「誰っ!?」

タダマイが誰かは聞くまでもなかった。やべ、と口を押さえた早久の顔が見る見る火の玉みたいに燃えあがっていったから。

「あっ。もしかして、こないだニノキンにしてた恋の相談って……」

「ああああーっ。違う、そんなんじゃなくて、多田はただの、ただの、ただのクラスメイトだーっ」

むきになればなるほどタダマイがただのクラスメイトでなくなっていくのも知らず、早久はいつにない雄弁さでまくしたてた。

「小六のときから同じクラスだったし、多田もダンスが好きで、そんで気が合うだけだ。あいつ、宝塚の大ファンで、将来はタカラジェンヌになるのが夢なんだ。宝塚はオバシーだって後ろ指さされても、へこたれずに母親と公演に通いつづけてて、入学試験のための自主トレもしてる。誰になに言われても夢叶えるって、すげーガッツなんだ。けど、オバシーなダンスが禁止になったら、宝塚ももうおしまいじゃん」

あたしとマムは「あ」と白目をふくらませた。たしかに、宝塚といえば歌とダンスだ。

「多田のやつ、三日も保健室に籠城するくらいへこんでて、もうこの世に絶望した、夢も希望もない俗世になんか未練ないから出家するって言いだして、やるって言ったらやる奴だし、ガッツあるからすぐにでも尼さんになっちゃいそうで、そしたら、もうただのクラスメイトでもいられなくなって……」

じわじわと前のめりに沈んでいった早久の額が、ついにこつんとテーブルを打った。

「俺の青春、終わった……」

テーブルの上でダディそっくりの渦を描いているつむじを、あたしは感慨深く見おろした。十二年前は赤んぼうだった早久。やんちゃで、強情で、いつも手を焼かされてきた弟が、いつのまにか成長していっちょまえに恋をし、一足飛びに失恋まで突っ走ろうとしている。初恋の相手を仏にとられる無念やいかに。

しんみり哀れむあたしの横で、マムもマムで何やら考えこんでいるらしく、瞳の色がどんどん変わっていくのがわかる。驚きから哀れみへ、そして猛りへ——何かがマムを奮いおこしていく。

「あきらめるのはまだ早いわよ、早久」

案の定、ぞくっとするようなマムの低声が沈黙を破った。

「首相は法整備を進めると言っただけで、実際に法制化されるまでにはまだ時間がかかるはず。たぶん半年後の次期国会中に法案を提出して採決する気でしょうけど、その前に、首相が考えを改めればいいのよね」

「首相が、考えを？」

「そ。やっぱりオバシーなダンスも悪くないって」

ゆらりと頭を起こした早久に、マムが瞳を怒らせたまま唇だけでほほえむ。何かを企んでいるときの悪い微笑だ。

「見てなさい。息子の初恋の君を出家なんかさせてたまるもんですか」

「マム、まさか、虫に首相を襲わせるつもり？」

「由阿、首相を鳥の糞だるまにする気か？」

同時に身構えたあたしたち姉弟に、マムは「いいえ」と首をふり、ミュージカル女優のように両手を広げて天井をふりあおいだ。

「今回は、太陽と北風作戦よ」


そんなこんなで、あたしは今、首相官邸へと走ってる。

正確に言うと、首相官邸へバイクを走らせるマムの背中にしがみついている。

午前中に出席した高校の入学式のあと、一路、作戦決行の地をめざしたのだ。

春の息吹でむんむんの、太陽と北風作戦にはもってこいの昼下がりだった。宇宙の果てまで突きぬけるような青空に、大地の果てまで照りつけるような太陽。ヘルメットのシールドごしにそれを見上げるあたしの胸が弾んでいたのは、でも、春のせいだけじゃない。

今日、初登校した高校で、なんとあたしはクラスメイトの一人から「その髪、ナイス」とほめられたのだ。さすが特区外の私立校、学校の空気も特Aエリアの中学とはまるで違って、先生も生徒ものびのびとくつろいで見えた。ところ変われば価値観も変わる。改めて、あたしは自分が至極ちっぽけな世界に押しこめられていたことを思い知ったってわけ。ま、香瑠さんたちのおかげで、ときどきものすごくぶっとんだ世界にワープさせてもらってはいたけれど。

今回の太陽と北風作戦にも、もちろん、あの四人は一枚……いや、何枚も嚙んでいた。なんたって、かれこれふた月も前から、カザアナは作戦決行の舞台となる庭の改修工事を請け負っているのだ。

いったいどんな庭が完成したのか。

マムの計画は成功するのか。

太陽は北風に勝てるのか。

手に汗握るあたしを乗せて、マムが飛ばすバイクは刻々とその地へ近づいていく。仰々しい建物がやたら多い永田町。国会図書館やら国会議事堂やらをつぎつぎ通りこし、上空がドロカイだらけになってきたあたりで、にわかにバイクがスピードを落とした。

「あれよ」

前方に見えてきただだっ広いお屋敷。どうやらアレが今回の舞台らしい。

観光革命後に改築された新首相官邸——高々とそびえる石塀の向こうに、瓦屋根のてっぺんを飾る純金のしゃちほこが躍っている。

バイクは石塀に沿ってゆるゆると徐行し、警備の固い正門を素通りして裏門へ向かった。

「由阿さん！　里宇ちゃん！」

門前では青いつなぎに長身を包んだテルさんがあたしたちを待っていた。今日の陽気を凝縮させたような笑顔で手をふっている。

「テルさーん」

マムとあたしはバイクを降りてテルさんと合流し、守衛に許可証を見せて裏門をくぐった。

って、言うのは簡単だけど、この許可証をゲットするのはそんなに楽じゃなかった。

知人の子どもたちが首相官邸の庭を見学したがっている。テルさんが最初に官邸へ申し入れたその願いは、想定どおり、あっけなく却下された。そこでテルさんは一計を案じ、早久とあたしが欅壺でジョンと花火をしたり、川の字になって眠ったりしている写真（©マリエさん）を見せ、この子たちはアメリカ大統領の大事な友人なのだと訴えた。

鑑定の末、その写真が正真正銘の本物とわかると、官邸側はにわかに態度を軟化させ、「保護者同伴で、庭だけならば」と条件つきで内密に入来を許可する手はずを整えてくれたのだった。

「じゃ、さっそく庭へ。香瑠たちが待ってるよ」

テルさんの案内で竹林の小径（こみち）をたどっていくと、その先には豪壮な日本家屋が二軒、隣合わせにそびえていた。

「右が官邸で、左が公邸。首相の職場と住居だよ。公邸側の庭には茶室もあるけど、これから行くのは官邸側」

二邸をへだてる敷石の通路には立派な枝ぶりの楓（かえで）が連なっていた。まだ若い青葉の先からは小さな赤いつぼみが垂れていて、風が吹くたびにちろちろと鈴の音が聞こえてきそうだ。その楓並木が終わり、二邸の陰から抜けると、そこはもう宮邸の庭だった。

まず視界を圧したのは山のような木々だ。そそり立つ石塀をも超越しそうな針葉樹が、庭全体を守るようにぐるりと囲んでいる。視線を下げると、山の麓にはこんもりと丸いツツジの刈りこみが大に小に重なりあい、いくつもの森を形成していた。

山と森――そして圧巻は、その燃え立つような緑に抱かれた静かなる海だった。

一面に敷きつめられた白石の海に、岩の浮島。石と岩だけのシンプルな造りで、色も音もない。なのに波音が地面から突きあげてくるようだ。目には見えない奥行きを感じる。永遠みたいなその深みへ引きこまれそうになる。

「香瑠の、渾身の枯山水だ」

息を詰めて立ちつくすあたしにテルさんが言った。

「うちが改修に入る前、ここは一面の芝だったんだ。本来なら池が欲しいとこだけど、官邸が改築された頃にはもう水不足が深刻化してたから、無駄に水を使えるムードじゃなかったんだろうな。代わりに日本芝を敷いたんだと思う」

ところが、およそ四ヶ月前、突如として大量発生したゾウムシの幼虫に食われてその芝が全滅した。官邸には来客も多いため、選定業者が急ぎ芝を一新したのだが、また数日とせず虫に襲われた。芝を替えては食われ……のいたちごっこが続き、官邸側が頭を抱えていた頃、首相のゴルフ仲間でもある景特審の日野会長が、いい業者があると太鼓判つきでカザアナを紹介してくれた。「彼らが手がけた庭はけっして虫に荒らされない」と――。で、まんまとカザアナは請負業者の座を射止めたわけだけど、ゾウムシが誰の差し金かは言わずもがなとして、あたしにはひとつ引っかかっていることがあった。

「ね、どうして景特審の会長がカザアナを知ってたの？」

あたしの質問に、テルさんはギクッとマムへ目を向けた。

マムも一瞬ギクッとなったけど、すぐに居直って白い歯を見せた。

「それはね、いろいろあって、私から会長に脅し……お願いしたからよ」

マムの隠しごとは今にはじまったことじゃない。気にはなるけど、マムの中にあたしたちが立ち入れない秘密の庭があるのは、べつに悪いことじゃない。

「なんか怪しいけど、ま、いっか」

あたしは疑念をごっくんと呑(の)みこみ、目の前の枯山水へ目を戻した。見れば見るほど、その異次元みたいな静けさの中に吸いこまれそうになる。

実際、あたしは吸いこまれるように足を踏みだした。香瑠さんが造った石の海へ一歩ずつ近づいていく。地面の土と白石とを分かつ汀(みぎわ)でしゃがむと、海に浮かぶ岩の角度が変わって、灰色や黒、錆(さ)びたような茶色の浮島たちがしゃきんと背筋を伸ばしたようにも見えた。遠目には白一色に見えていた小石も、陽射しの明滅に乗って金や銀の波頭をきらきら立ちのぼらせている。

「浮島の数は十九。中央の波紋を軸として、ゆるやかな楕円(だえん)を描いている」

頭上からの声に見あげると、箒(ほうき)を手にした香瑠さんがいた。

「どれも念入りに選(え)りすぐった海石だ」

「海石って？」

「海でとれた石。もともと海石は寛容性と柔軟性が高いんだけど、中でも極めつきの気のいいやつを集めた」

「気のいいやつ？」

「人間の手で加工されてない自然界の石は、ぺらぺらしゃべったりしない代わりに、野性の強い気を発するんだ」

あたしは改めて浮島へ目をこらした。寛容性と柔軟性。

「じゃ、毎日この庭を見てたら、心が広くなったり柔らかくなったりするってこと？」

「ん。問題は、石より石頭な人間を動かすには時間がかかるってことだけど」

あたしは「なーんだ」と肩をすくめた。香瑠さんたちはせっかくの不思議な力をあんまり有効に活用しようとしない。その力が三十歳までの期間限定と知って以来、ますます惜しく思えてしまう。

「あ、そういえば……」

あたしは気になっていたことを思いだして言った。

「香瑠さんたちがみんな三十歳になったら、カザアナはどうなるの？　もうミラクルを起こせなくなるんだよね」

香瑠さんの顔にはいつもの涼しげな笑みがある。

「べつにどうにもならないよ。ミラクルなんか、はじめからなかったから」

「たしかに虫の力は借りたけど、基本、私たちがしてきたのは、植物をいかに健やかに育てるかってだけのこと。元気に育った緑の生きものは、そのままで十分、人間にいろんな恩恵を与えてくれるんだ。それはミラクルでもなんでもない、ごく普通のことだよ」

「普通のこと……」

言われてみればたしかに、我が家の庭が生き返ってから、あたしの心は前より安らいでいる。これが健やかな緑の効能だとしたら、一過性のミラクルよりも頼もしいかもしれない。

「じゃ、カザアナはこのまま続けられるんだね」

「もちろん。鈴虫は職人技をしっかり磨きこんでるし、テルは草むしりの匠だしね。私も、もとの自分に戻っても、気のいい石と悪い石くらいは見分けられると思う」

「そっか。よかった」

ホッと胸をなでおろしてから、あたしは抜けている一人に思い至った。

「あれ。そういえば、草むしり見習い中の羽音ちんは？」

「今、茶庭で打ちあわせ中。完璧な演出で有終の美を飾るって張りきってるよ」

「有終……そっか。もうすぐ誕生日だっけ」

話をしているそばから、「おーい！」と太い声が響き、公邸側の庭から色鮮やかな影が駆けてきた。黄色いトレーナーにピンクのオーバーオールを重ねた羽音ちんだ。

「里宇ちん、よう来たばい。高校の制服、似合っとーよ」

「ありがと。羽音ちんも……だいぶ目が慣れてきたよ。打ちあわせは終わったの？」

「ああ、鳥たちにしっかり念ば押してきたとよ」

「念？」

「こん作戦の決行中、鳥は高度百メートルよか下には近づかん。棲み分け、ちゅうやっぱい。そいが鈴虫先輩との約束とよ。最後の大仕事、絶対、成功させるっちゃん」

やる気満々の武者震いのあと、羽音ちんはふと辺りを見まわして言った。

「早久ちんとガールフレンドはまだね？」

「うん。今、鈴虫さんが中学まで迎えに行ってくれてるの」

「タダマイちゃん、どがんおなごか楽しみたい。早久ちんも隅に置けんっちゃん」

ニタニタしている羽音ちんの後ろからは、同じ名前を口にしているマムの声も聞こえてくる。

「ね、ね、テルちゃん、タダマイちゃんってどんな子だと思う？　私、出家を考えてる息子の初恋の君に、どんなふうに接すればいいのかな。どんな挨拶すればいいのかな。はじめまして舞ちゃん、どうぞよろしく、私のことはマムと呼んでちょうだい、みたいな？」

「マムはまだ早いっしょ！」

ふりかえりざまにあたしが言うと、

「じゃ、将来的にはマムと呼んでちょうだい、みたいな？」

「……どうしてもマムって呼ばせたいの？」

この母にかかると枯山水も形なしだけど、タダマイとの対面に緊張しているのは本当みたいで、今日のマムはいつになく清楚な紺色のワンピース姿で気どっている。足下も踵の低い白のパンプス。頭につけた黒髪のウィッグもおとなしいボブだ。

マムもやっぱり人の親、わりと普通のところもあるんだな。

面白いような、面白くないような、複雑な気分で枯山水の水際をうろついているうちに、お待ちかねの三人がやっと到着した。

「遅いよ、鈴虫。首相が国会に向かう一時二十五分まで、あと十分もない」

ひそかに時計を気にしていたらしい香瑠さんが言うと、

「ごめん、ごめん。早久ちゃんがラーメンおかわりするもんだから、私もつい半ライス追加しちゃって、ついつい、半熟卵も頼んじゃって、その勢いで餃子もついついつい……」

あいかわらず緊張感のかけらもない。

逆に、早久の横にいるタダマイとの初対面に、「庭の岩か」ってほどがちがちになっていたのがマムだった。

無理もない。このところぐいぐい成長している早久に引けをとらない背丈のタダマイは、中一らしからぬ抜群のプロポーションで、顔立ちも凛々しい女の子だった。耳を出したショートヘア。意志の強さが光る目。セーラー服のスカートから伸びる長い足。見れば見るほど、この齢で俗世からリタイアさせるのはもったいない。

「はじめまして。早久くんのお母様ですか」

しかも、礼儀正しかった。自らマムの前へ進みでたタダマイは、優雅に腰を折り、見事な腹式呼吸で挨拶をしてみせたのだった。

「早久くんには小学生の頃からたいへんお世話になっております。このたびは、唯一無二のショーを見せていただけるとのことで、このような恐れ多い場にお招きいただきまして、誠にありがとうございます」

「あわ……あわ……あわわ」

見るに堪えないあわあわをくりかえしたあと、マムはようやくそれを言語化した。

「こ、こちらこそ、このたびは、ようこそ……そ、その、今すぐじゃなくても、もしもゆくゆくそういうことになったら、私のことをマ、マ、マムと……」

マムが最後まで言い終える前に、代理の知らせを受けた鈴虫が「来る！」と叫んだ。

「首相が予定より早く玄関へ向かったって！」

許可証があるから隠れる必要はない。頭ではわかっていても、とっさに体が慌てふためき、あたしたちは刈りこみや石灯籠の陰にそれぞれ身をひそめた。

数秒後、首相官邸の重厚な観音扉が開き、秘書やSPを従えた首相が姿を現した。

官邸の玄関から庭の敷石へかかる眼鏡橋。庭一面を見渡すその上に首相が足をのせる。

そのとき、それははじまった。

花――と、最初は錯覚した。庭をとりまく針葉樹の山が、一斉に満開の花をほころばせ、いくつもの色にうずもれた。赤。白。黄色。橙。水色。紫。つぎからつぎへと色が爆ぜ、山の緑を塗りかえていく。花がふくらむ。あふれる。そして、噴きだす――その瞬間、翅を開いた花々が、山から海へと羽ばたいた。

蝶だ。花吹雪の正体が蝶の群舞とわかったところで、遥か上空から笛の音に似た旋律が降ってきた。最初は一筋の糸のようだったそれは、次第に厚くなってほかの音色と絡み合い、やがてひとつのメロディを織りなした。ヴィヴァルディ作「四季」の第一楽章「春」。

空が曲を奏でている。

いや、違う。これも錯覚。強い陽光に目を細めながら仰いだ空には、一面の青に紗をかけたようなグレイの影が群れている。

歌っているのは、鳥だ。

青空の高みから鳥たちの歌がふりそそぎ、それに合わせて幾千幾万の蝶が舞う。それは次第に天女の羽衣みたいな帯状を呈し、枯山水の上をひらひらと旋回しはじめた。静寂の海に色とりどりの波が立ち、美しくうねる。時に弾けて、また寄せる。よく見ると、樹木や刈りこみから顔を覗かせた無数の虫たちも、その調べに合わせてぴょんぴょん踊っている。

そう、これは鳥類と虫類のコラボによるダンスショーなのだ。

「首相にオバシーなダンスを見直してもらうには、まずはその目で見てもらうことよ。あっと驚くダンスショーを演出して、その魅力に開眼してもらうの。やっぱりダンスはすばらしい、って。これぞ、太陽と北風作戦よ！」

毎度ながらすっとんきょうなマムの思いつきが、こんなにも雄大なスケールで実現したことに、あたしは胸がじんとするほどの感動をおぼえていた。と同時に、ぬぐってもぬぐいきれない不安もあった。

「ね……マム。大丈夫かな」

壮大なスペクタクルの幕切れに蝶の帯が象った「THE END」を遠目に、あたしは横で身をひそめているマムに耳打ちした。

「首相は、これをダンスショーだってわかってくれたかな？」

右どなりにある刈りこみの陰では、鈴虫さんと羽音ちんがしかと抱きあって互いの健闘を讃えあっているものの、官邸前の眼鏡橋からゆらゆら漂ってくるのは、感動というよりは困惑の念だ。呆然と立ちつくしている首相の表情も、ダンスのすばらしさに魅せられているというよりは、摩訶不思議な自然現象に目を疑っている人のそれだった。

「安心なさい、里宇」

しかし、マムは決然と言った。

「一から十まで不思議な力に頼りきるつもりはないわ。最後の最後は自分で片をつける。見てて、この三ヶ月間のコソ練の成果を」

言うが早いか、頭のウィッグを宙高く放り投げ、いつのまにか前ボタンを外していたワンピースをバッと脱ぎすてた。

「マム?」

ワンピースの下は赤いラメ入りのチューブトップと、同じく真っ赤な七分丈のレギンスだった。

「おおっ」

刈りこみのどよめきを意にも介さず、マムは矢のごとく首相のもとへすっ飛んでいき、眼鏡橋から二、三メートルほど離れた敷石の上に立った。

「由阿、何する気だ⁉」

早久の怒声に応えるように、マムが左足をすっともちあげ、かつんと敷石を蹴りつける。続けざまに右足をもちあげて、かつん。かつん、かつん、かつん。交互にくりかえされたそれらは、やがて軽快なリズムを刻みはじめた。

タップダンスだ。

完全に面食らっている首相を前に、腕のふりや小粋なステップを交えて、マムが本格的に踊りだす。そして——

とどめとばかりにマムは歌いはじめた。

マムに言わせりゃ　つまらぬことよ
菊はいいとか　薔薇(ばら)はダメとか
しょせんこの世は　一夜の夢で
どうせ夢なら　なんでもいい
菊でも薔薇でも　なんでもいい
元気に咲いてりゃ　それでいい

マムに言わせりゃ　くだらぬことよ
能はいいとか　ダンスはダメとか
しょせんこの世は　シャボンの泡で
どうせ泡なら　なんでもいい
能でもダンスでも　なんでもいい
誰かが好きなら　それでいい

なんでも　なんでも　なんでもいい

なんでも　なんでも　なんでもなんでもいい

ひときわ高らかに敷石を鳴らして、マムの足が止まった。

ダンスが終わった。たぶん、早久の恋も終わった。

全世界が静まり返っていた。風はそよとも吹かず、鳥はぴいとも鳴かず、蝶はぴくとも動かず、木々はさざめきを忘れ、人間たちは魂をもぎとられ——。

恐るおそる眼鏡橋へ目をやると、能面を顔に張りつけたような首相をはじめ、側近の誰もが金縛り状態で棒立ちになっている。悪夢とうつつの狭間に閉じこめられてしまったかのように。

同じ悪夢を見ていた刈りこみ組にも声はなく、庭全体が完璧な沈黙に呑みこまれている。

凍りついていた時を融かしたのは、天高く鳴りわたる一声だった。

「ブラボーッ！」

突如、早久の横にかがみこんでいたタダマイが両手を打ち鳴らして立ちあがり、マムのもとへと駆けだしたのだ。

長い脚を子鹿のようにしならせ、あっという間に距離を縮めたタダマイは、マムの胸にまっすぐ飛びこんだ。

「世界一のショーをありがとう、マム！」

「舞ちゃん……」

マムもひしと抱きかえす。と思いきや、タダマイの長い腕をむんずとつかみ、くるっと方向転換をした。

「撤退よっ」

涙目のタダマイを引きずるようにして、もと来た裏門へとすたこら駆けていく。

ぼうっと見ていたあたしと早久も、一拍遅れて腰をあげた。地面に脱ぎちらかされたウィッグとワンピースを拾い、カザアナのみんなに「またね」と手をふって、二人のあとを追っていく。

「待って、マム！」

「多田ーっ」

セーラー服と真っ赤なダンス衣装。ちぐはぐなコンビの後ろ姿は、枯山水の脇道を突っきり、楓並木の木漏れ日の中へ飛びこんでいく。その息の合った走りを追っているうちに、ふいに横から引きつるような呼吸の音がして、ふりむくと、早久がひくひく胸を波立てて笑っていた。

「太陽ってより……」

目が合うと、早久は言った。

「ゲリラ豪雨じゃんな」

「だね」

太陽と北風作戦は、十中八九、失敗だろう。マムの奇策で首相がダンスを見直したとは思えないし、むしろ逆効果の可能性も高い。とりかえしのつかないトラウマを首相の胸に植えつけてしまった恐れもある。でも――

「でも、舞ちゃんはきっと出家しないね」

「だな」

にんまりとうなずきあい、あたしたちは同時にダッシュした。

謝辞

本書の執筆に当たり、和歌のくだりは田渕句美子さんより、博多弁は里村雄さんよりご指導を賜りました。厚く御礼申しあげます。

尚、歴史上の人物である八条院暲子、後白河院、平清盛等の人物造形につきましては、専門家の皆様のご研究を参考にさせていただきましたが、あくまで本書は想像上の物語です。

解説

芦沢 央

つらいとき、寂しいとき、不安なとき、後悔から抜け出せないとき、自分が嫌になってしまうとき、いつも本を開いてきたが、中でも森絵都さんの本は私にとって、ずっと特別なお守りだった。

行き場のない思いでパンパンになって、これ以上入る余地がないはずの頭にも、森絵都さんの物語は勢いよく落ちてくる。頭の中のもやもやを一気に弾き飛ばすくらいの力強さなのに、なぜか着水は滑らかで、静かに沈んだ小さな種から植物がふくふくと育っていくように、頭の中が物語の世界でいっぱいになる。

森絵都作品との出会いは中学生の頃。

最初に出会ったのはタイトルでも著者名でもなく、〈死んだはずのぼくの魂が、ゆるゆるとどこか暗いところへ流されていると、いきなり見ずしらずの天使が行く手をさえぎって、「おめでとうございます、抽選にあたりました!」と、まさに天使の笑顔をつくった。〉という一文だった。

え、何が起きているんだ？　という疑問は、まだ他の情報は何一つないにもかかわらず、わくわくした高揚に包まれていた。むさぼるようにしてページをめくり続けていくにつれ、自分の内側で樹々がたくましく生い茂っていくような心地がした。あっという間に、その『カラフル』という本を読み終えると、すぐに今度は「森絵都」という名前を探して次の本を手に取った。そのときの興奮――そして、既刊を全部読み、もう新たに読める本がなくなってしまったときの寂しさ。

その後、新作が出るたびにお小遣いで買い、やがてアルバイト代で、今は自分が小説を書いて稼いだお金で買うようになった。ずっと一人で味わってきた森絵都作品の魅力を、打ち合わせやインタビューで語れるようになり、それがきっかけでこうして文庫の解説を担当させてもらえる日が来たのだと思うと感慨深い。

だが、何より嬉しいのは、担当させてもらえるのが、他でもないこの『カザアナ』の解説だということだ。

読み始めてすぐ、面食らった。

この話は何だ？　この語り部は誰？　一体どこに連れて行かれるの？

突然平安時代に「風穴」と呼ばれる異能の徒がいた話が始まったと思ったら、今度はいきなり近未来へと舞台が移る。

しかもその近未来とは、観光革命により街が景勝特区としてランク付けされ、人々がMW（エムダ）システムに管理されて参考ナンバーを競わされるディストピアな日本なのだ。

第一話の主人公は、〈日本には類まれなる固有の文化がある。欧米の模倣をやめ、本来の伝統に立ちもどることこそが、外国人を魅了する国造りの礎となる〉という理念のもと、〈空前のいにしえブームが起こり、なんでもかんでも和的なものが「ジャポい」ともてはやされるようになった〉裏で、〈外国臭のする「oversea（オバシー）」なものたちを排斥する動きも蔓延（まんえん）した〉社会で生きる中学生、里宇（りう）。

彼女はアイルランド人と日本人のミックスの父親を持ち、地毛の色が明るいことで周囲から白い目を向けられて学校にも居場所がないと感じているのだが、もう一つ、急務と言える悩みがあった。

自宅のある地域の景勝特区がBランクにアップすることになり、厳しい規定に合わせて一刻も早く庭の手入れをしなければならなくなったのだ。

このまま規定を満たせなければ、自宅を追い出されて落伍者が集まる「特別支援居留区」へと強制移住させられてしまう。そんなとき、里宇が出会ったのが、株式会社カザアナという造園業者——平安時代には、「怪（け）しき力」と呼ばれた不思議な能力を持った人たちだった。

〈石を読み、その地に眠る記憶をあてる石読（いしよみ）〉である岩瀬香瑠（かおる）。

〈空を読み、雨風の動きをあてる空読(そらよみ)〉の天野照良(てるよし)。

〈虫の気を読み、みずからの気と通わせる虫読(むしよみ)〉の虹川(にじかわ)すず。

この三人の異能の庭師たちの力を借りて、里宇とその家族は抑圧されて淀んだ空気に風穴を開けていく——のだが、いかんせん彼らの力は〈強い力〉に立ち向かうには心許なさすぎる（石読や虫読はともかく、数日間の天候がわかる空読なんて曇り空だとしょんぼりして何もできなくなってしまう！）。

それでも使いようによっては、かなり大それたこともできそうではあるが、実際に作中で使われるのは、センサーが作動しないように蛾(が)の大群で覆う、というような、まあたしかに少しは役に立つけれども、というレベルのものであったり、ハンミョウのコサックダンスのように、何だそりゃと笑ってしまうものだったりする。それなのに、里宇たち自身が策を練り、大胆すぎるほど行動し、戦っていくことで、結局かなり大それたことになっていくのだ！

重く深刻なテーマを扱っていながら、少しも陰鬱(いんうつ)にはならない。むしろ読めば読むほど、登場人物たちと物語のエネルギーにパワーをもらっていく。

そして、カザアナたちに一方的に助けてもらうのではなく、自ら世界を切り開いていくことで、社会の変化以上に彼らの視界は開けていくのだ。

視界の変化を描くからこそ、本書では「視点人物に見える景色からブレずに書くこと」

が徹底されている。設定とあらすじを紹介するだけで解説が終わってしまいそうなほど莫大な情報量がある物語でありながら、設定を説明している箇所がほとんどない（解説を書くために探してみたらなかなか見つからず、あまりに物語の中に馴染んでいるから改めて驚いた）。

「退屈な終業式」という読者にも馴染みのある言葉と同じトーンで、この物語世界ならではの生きづらさや閉塞感、違和感、あるいは「彼女自身はもはや普通のこととして何も感じていない異常なこと」が描かれていく。その日常的な生の目線を追うだけで、自然と世界観がつかめるようになっているのだ。

観光革命後に生まれたという里宇の弟、早久が視点人物になる第二話では、より「本人が気にしていない異常なこと」の領域が広がり、この社会の危うさが浮き上がってくる。

たとえば、早久が頼りにしている官民共同開発のAI家庭教師・ニノキン。ニノキンはワイルドでおもろい兄貴風という早久のリクエスト通りに造形された外見と口調で、人類の失敗と成功のあらゆるパターンを蓄積した電子脳から導き出した「最適な」アドバイスを口にするのだが、他のクラスメイトたちもそれぞれのニノキンに相談して同じアドバイスをもらっているため、みんな同じような解決策にたどり着くシーンがあったりする。

しかしこれが第三話、里宇と早久のマムである由阿のパートになると、AI秘書である〈ヒショ〉を使う限り、MWシステムの監視下に置かれてしまうことを自覚していながら、その利便性には抗えずに使い続ける葛藤が描かれていく。

由阿がニノキンについて〈国と企業が協同開発したAI家庭教師なんて、扱いやすい良い子を大量生産するための仕掛けにすぎないと、なぜ私は購入前に見ぬけなかったのか〉と悔いていることもわかるのだが、ここで私がグッときたのは、それでも由阿が息子からニノキンを取り上げたりはしなかったことだ。

有害さに気づき、案じながらも、息子が心の支えとしているものを一方的に奪うことはせず、意思を尊重する。その上で、守るのだと決めている。

そうした由阿が母親だからこそ、この家族は団結して閉塞した社会に風穴を開けていく際に、決して誰かが誰かに動機を押しつけることはしない。各々が自分の目的と信念を持っていて、手段に納得がいかないところがあれば、躊躇わずにノーと言う。

このフェアさが貫かれていることで、異分子を排除して毛並みを揃えようとする社会に対峙する家族もまた、小さな社会であるということの意味が浮かび上がってくる。

そして——この家族は社会に風穴を開けるよりも前に、内側に大きな穴を抱えているということが。

里宇と早久にとっては父親、由阿にとっては夫である練は、六年前、他国のテロに巻きこまれて命を落とした。

里宇によれば、〈素朴で、明るくて、あたたかくて、ちょっと抜けていて〉〈家族みんなのオアシス〉だったというダディの死は、楽しくユーモアに溢れていて、つい笑いながら読んでしまう本書においても、ところどころで影を落としている。

庭の手入れをできずにいたのは、庭を造ったダディのことを思いだすのがしんどかったからだということ。

早久がニノキンを頼りにするのは、〈ニノキンは死なない。外国でテロに遭った父親みたいに、突然、俺の前から消えていなくなったりしない〉からだということ。

早久が家にひきこもるようになった理由。

由阿が〈夫が死んで以来、独り寝には広すぎる寝室のベッドをどうしても使う気になれずにいる〉こと。そして、由阿が未だに飲み込めず、子供たちにも話せずにいる、ある秘密。

深い喪失を抱えたまま、それでも日々を生き続ける彼らが、ふいに欠落の存在感に打ちのめされる瞬間は、さりげなく、さらりと書かれているからこそ、読み手をも強く揺さぶる。

けれど、カザアナたちが見せてくれた光景、カザアナたちと交わした言葉、そして、カザアナたちと共に手入れをした庭は、彼らの完全に埋まることはこれから先もないだろう穴に、素朴で、明るくて、あたたかくて、ちょっと抜けている風を吹き込ませてくれる。

それは、私がまさに森絵都さんの物語に抱いてきた感覚そのものでもある。

本を閉じたとき、自分の世界にも小さな風穴が開いているのを感じる。そして、柔らかく芽吹き、ふくふくと育ち続ける植物が、その穴に柔らかな風を吹き込んでくれることを。

本書が単行本で刊行されてから今回の文庫化までの三年弱の間に、新型コロナウィルス感染症が世界的に流行した。

たくさんの方が亡くなり、外出時にはマスクが手放せなくなり、衛生感覚の差や同調圧力が至るところで軋轢(あつれき)を生んだ。様々な情報がテレビやYouTubeやSNSを飛び交い、状況も目まぐるしく変化し、しかし人々は驚くほど速く、それを「日常」としていった。

現実からは飛距離があったはずの物語の設定は、以前よりも身近なものになってしまった。

だから正直なところ、今回、文庫化にあたって本作を読み直すのが怖かった。

もしかしたら、もう前のようにはこの物語を楽しめないかもしれない。今自分が抱いているもやもやが物語と絡みすぎて、ページをめくる手が止まってしまうかもしれない。単行本を読んだときの記憶を掻き消してしまうかもしれないことが嫌で、なかなか読み始めることができなかった。

だが、心配は無用だった。

いざ一ページ目を開いて『カザアナ』の物語世界に入った途端、現実のもやもやは弾け飛んだ。物語のエネルギーに引き寄せられ、気づけば次々にページをめくり、一気に読み終えていた。

もちろん、それでも今回自分の中で育った植物は、前回とは少し違う形をしている（たとえば、里宇と早久と由阿の視点の違いは、物心がついたときには既にコロナ禍が始まっていてその前の世界を知らない子供の視点について意識していたことで、より深く刺さった）。

そしてきっと、また数年後に読み返したときには、さらに異なる形になるのだろう。年齢によって、読むときの状況によって、自らの内側に抱えている穴によって、育つ植物も、見える光景も、感じる風も、変わっていく。

『カザアナ』は一方的に何かを教えてくれる本ではなく、読み手が物語の放つ光を浴びながら、自分の内側でそれぞれの庭を作り上げていく本なのだから。

（あしざわ よう／作家）

カザアナ　朝日文庫

2022年5月30日　第1刷発行

著　者　森　絵都（もり えと）

発行者　三宮博信
発行所　朝日新聞出版
〒104-8011　東京都中央区築地5-3-2
電話　03-5541-8832（編集）
03-5540-7793（販売）
印刷製本　大日本印刷株式会社

Published in Japan by Asahi Shimbun Publications Inc.
定価はカバーに表示してあります

ISBN978-4-02-265042-9

落丁・乱丁の場合は弊社業務部（電話 03-5540-7800）へご連絡ください。

送料弊社負担にてお取り替えいたします。

朝日文庫

小説トリッパー編集部編
20の短編小説

人気作家二〇人が「二〇」をテーマに短編を競作。現代小説の最前線にいる作家たちのエッセンスが一冊で味わえる、最強のアンソロジー。

小説トリッパー編集部編
25の短編小説

最前線に立つ人気作家二五人が競作。今という時代の空気に想像力を触発され書かれた珠玉の短編二五編。最強の文庫オリジナル・アンソロジー。

角田　光代
坂の途中の家

娘を殺した母親は、私かもしれない。社会を震撼させた乳幼児の虐待死事件と〈家族〉であることの光と闇に迫る心理サスペンス。《解説・河合香織》

森見　登美彦
聖なる怠け者の冒険
《京都本大賞受賞作》

宵山で賑やかな京都を舞台に、全く動かない主人公・小和田君の果てしなく長い冒険が始まる。著者による文庫版あとがき付き。

伊坂　幸太郎
ガソリン生活

望月兄弟の前に現れた女優と強面の芸能記者!?次々に謎が降りかかる、仲良し一家の冒険譚！愛すべき長編ミステリー。《解説・津村記久子》

湊　かなえ
物語のおわり

悩みを抱えた者たちが北海道へひとり旅をする。道中に手渡されたのは結末の書かれていない小説だった。本当の結末とは——。《解説・藤村忠寿》